菲茨杰拉德

刚学会走路的菲茨杰拉德

菲茨杰拉德一家

菲茨杰拉德与妻子泽尔达

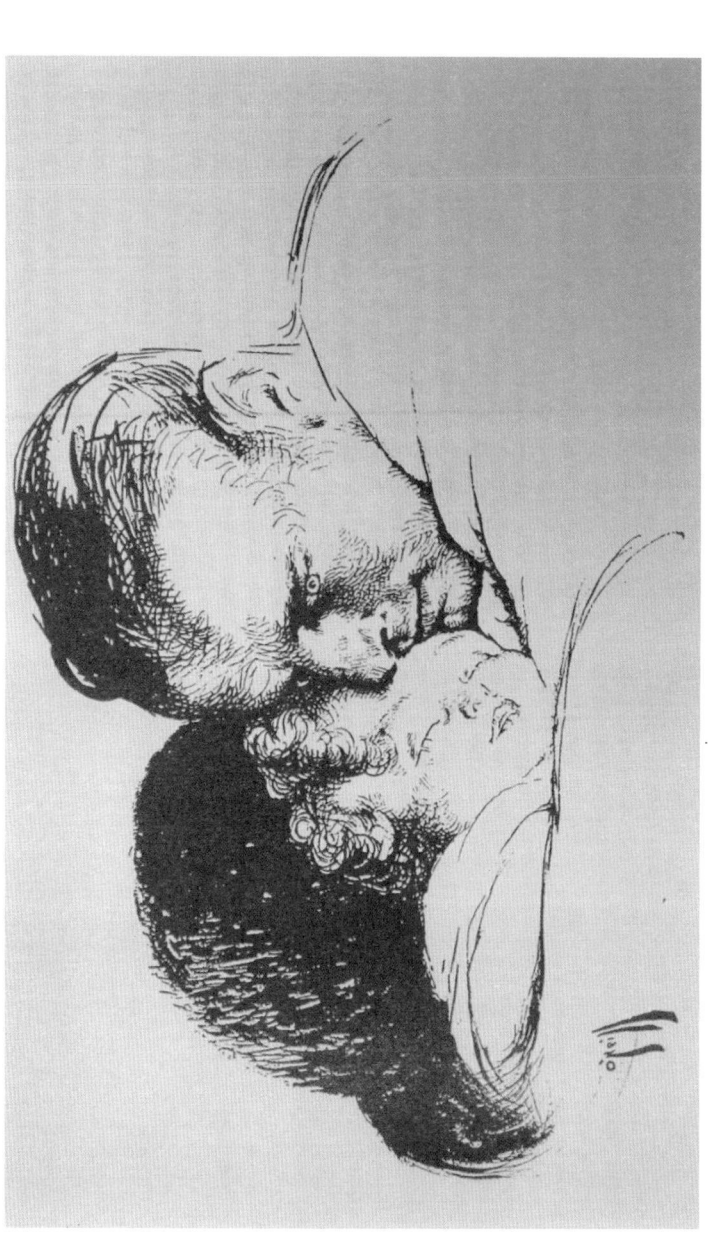

罗丝·欧尼尔为《宝宝聚会》画的插画；父亲的形象很像菲氏。这篇短篇小说后来被收录到菲氏第三部短篇小说集《所有悲伤的年轻人》里。

《所有悲伤的年轻人》
初版护封

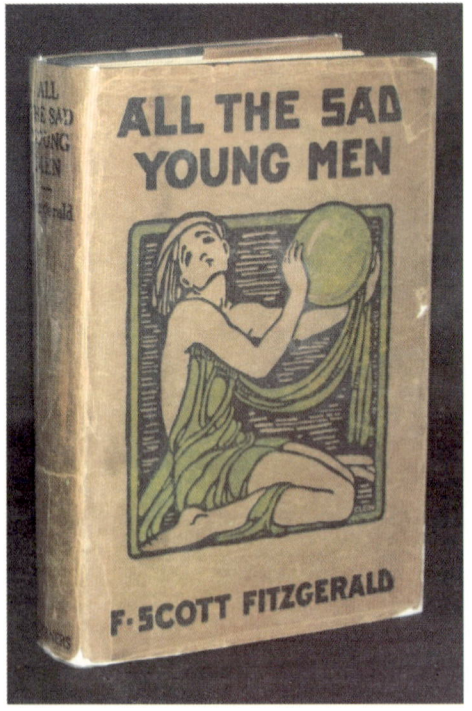

克里昂为《所有悲伤的年轻人》初版设计的封面（1926）

F.S.Fitzgerald

ALL THE SAD YOUNG MEN

所有悲伤的年轻人

〔美〕F.S.菲茨杰拉德 著 吴建国 主编 何绍斌 等 译

人民文学出版社
PEOPLE'S LITERATURE PUBLISHING HOUSE

F. S. Fitzgerald
All the Sad Young Men

Simplified Chinese edition copyright © 2017 by Shanghai 99 Readers' Culture Co., Ltd.
All rights reserved.

图书在版编目(CIP)数据

所有悲伤的年轻人/(美)F.S.菲茨杰拉德著;吴建国主编;何绍斌等译.—北京:人民文学出版社,2017
(菲茨杰拉德作品全集)
ISBN 978-7-02-012852-5

Ⅰ.①所… Ⅱ.①F… ②吴… ③何… Ⅲ.①短篇小说-小说集-美国-现代 Ⅳ.①I712.45

中国版本图书馆 CIP 数据核字(2017)第 109705 号

| 责任编辑 | 朱卫净　邱小群 |
| 封面设计 | 汪佳诗 |

出版发行	人民文学出版社
社　　址	北京市朝内大街 166 号
邮政编码	100705
网　　址	http://www.rw-cn.com
印　　制	莱芜市圣龙印务有限责任公司
经　　销	全国新华书店等
开　　本	890 毫米×1240 毫米　1/32
印　　张	9.75
字　　数	216 千字
版　　次	2017 年 11 月北京第 1 版
印　　次	2017 年 11 月第 1 次印刷
书　　号	978-7-02-012852-5
定　　价	39.00 元

如有印装质量问题,请与本社图书销售中心调换。电话:010-65233595

对经典的呼唤
——《菲茨杰拉德作品全集》总序

一 引 言

"经典"（canon）一词，源自希腊文kanon，原为用于丈量的芦苇秆，后来其意义延伸，表示尺度，并逐渐演化为专指经书、典籍和律法的术语。随着人类文明的发展，经典开始进入文学、绘画、音乐等范畴，成为所有重要的著作和文艺作品的指称。如今人们所说的文学经典，一般指得到读者大众和批评家公认的重要作家和作品。

文学经典的形成（canonization），始于柏拉图和亚里士多德提出的对文学原理以及史诗和悲剧的界定。由于文学经典边界模糊，不确定因素颇多，随着时代的发展，会不断有新的优秀作家和作品纳入其中，已被认定为经典的作家和作品则永远会受到时代的挑战，有些会逐渐销声匿迹，有些则会被重新发现并正名为经典。二十世纪后半叶以来，尤其在文化多元化的氛围下，人们对文学经典和对"入典"标准的质疑，已成为批评界热衷讨论的重要话题。事实上，文学经典的形成往往会经历一个复杂而又漫长的过程，会受到特定时代的意识形态、文化模式、读者情感诉求等诸多因素的介入和影响，"一部作品或一个作家能否真正成为经典，需要经历起码一个世纪的时间考验"[1]。美国小说家F.司各特·菲茨杰拉德（Francis Scott Key Fitzgerald，1896—1940）的批评接受史，便在一定程度上印证了这一界说。

"在美国现代小说家中，司各特·菲茨杰拉德是排在福克纳和海明威之后的第三号人物。"[2]然而大半个世纪以来，菲茨杰拉德的文学声誉却经历了一个从当初蜚声文坛，到渐趋湮没，到东山再起，直至走向巅峰的演变过程。二十世纪五六十年代美国文坛掀起的"菲茨杰拉德复兴"（Fitzgerald Revival），终于将他稳稳推上了经典作家的高位。他的长篇小说《人间天堂》（*This Side of Paradise*，1920）、《漂亮冤家》（*The Beautiful and Damned*，1922）、《了不起的盖茨比》（*The Great Gatsby*，1925）、《夜色温柔》（*Tender Is the Night*，1934）和《末代大亨》（*The Last Tycoon*，1941），以及他的四部短篇小说集：《新潮女郎与哲学家》（*Flappers and Philosophers*，1920）、《爵士乐时代的故事》（*Tales of the Jazz Age*，1922）、《所有悲伤的年轻人》（*All the Sad Young Men*，1926）和《清晨起床号》（*Taps at Reveille*，1935），已被列入文学经典之列。如今，人们已不再怀疑，菲茨杰拉德是二十世纪世界文坛上的一位杰出的社会编年史家和文学艺术家。

---

[1] 转引自《西方文论关键词》，赵一凡等主编，外语教学与研究出版社，2006年版，第282页。
[2] 董衡巽语，引自《菲茨杰拉德研究·序》，吴建国著，上海外语教育出版社，2006年版，第1页。

回望菲茨杰拉德在我国的批评接受史的发展走向，我们不难看出，这位在美国极负盛名的小说家，在我国却经历了一个从全盘否定，到谨慎接受，再到充分肯定的曲折过程，这其中所包含的诸多错综复杂的原因，值得我们认真分析和反思，从中找出经验或教训，供后人记取。

二 被"误读、曲解"的一代文豪

如果我们以美国文学评论家 M. H. 艾布拉姆斯所提出的"文学四要素"，即世界、作家、作品、读者，及其所构成的关系作为参照，来考量文学作品的接受状况，即可看出，实用主义文学观在中外文学史上长期占据着主导地位。实用主义文学观强调的是作品与读者之间的效用关系，即作品应当是达到某种目的的手段，从事某种事情的工具，并以作品能否达到既定目的作为判断其价值的标准，即所谓文学的功能应当是"寓教于乐，既劝谕读者，又使他喜欢，才能符合众望"[1]。各文化群体对外族文学作品的取舍和译介也概莫能外。

我国对美国现当代文学的译介已有百年历史。自"五四运动"以降，尤其在二十世纪三四十年代，就已有不少作品被翻译成中文出版，杰克·伦敦、德莱塞、马尔兹、萨洛扬、刘易斯、海明威、斯坦贝克等作家，都是我国读者较熟悉的名字，他们的作品曾对我国新文化运动的开展和民族救亡斗争起过一定的促进作用。然而菲茨杰拉德

---

[1]《诗学·诗艺》，亚里士多德、贺拉斯著，杨周翰等译，人民文学出版社，1962年版，第155页。

却一直未能引起我国学人的注意，菲茨杰拉德的作品在那战火纷飞的岁月里也未能在中国找到合适的市场。从总体上说，在新中国成立以前，菲茨杰拉德的作品在我国几乎没有译介，这位作家的名字在我国读者中较为陌生。

上世纪五十年代初，刚刚摆脱了连年战祸的新中国百废待兴，恢复经济建设、重整社会秩序是这一年代的主基调，对美国现代文学的译介和研究则相对较为迟缓。但是，在不少有识之士的努力下，我国五十年代中、后期和六十年代初期在美国现代文学研究方面仍取得过突破性的成绩。然而受当时主流文化的影响和历史条件的制约，菲茨杰拉德在中国受到的依旧还是冷遇。虽有不少通晓美国文学的专家、教授开始关注这位作家，但尚无评介文章出现，他的作品也没有正式出版的中文译本，他的代表作《了不起的盖茨比》甚至被称为"下流的坏书"。著名学者巫宁坤由于将他从美国带回中国的英文版《了不起的盖茨比》借给学生，竟受到了严厉批判，并背上"腐蚀新中国青年"的黑锅近三十年。菲茨杰拉德当年在我国的接受状况由此可见。

一九六六年至一九七七年这十余年间，我国对美国现代文学的译介和研究基本处于停顿状态。一九七八年后，美国文学中的一些重要作品开始重返我国学界。但及至上世纪七十年代末，菲茨杰拉德的作品在中国大陆仍无中译本，他的文学声誉在我国很低迷。受"极左"思想的束缚，我国学术界对这位作家依然持批判、否定的态度，他的作品在一定程度上被误读、曲解了。例如，在一部颇具权威性的学术专著中，就有如下这段评述：

……二十年代文艺作品日趋商业化和市侩化，当时的畅销书有菲茨杰拉德的小说《爵士乐时代的故事》(1922年出版)，内容是宣扬资本家的嗜酒、狂赌和色情生活，他的另一作品《伟大的盖茨比》(1925年出版)，把这个秘密酒贩投机商吹捧成英雄人物，加以颂扬。菲茨杰拉德是二十年代垄断资本御用的文艺作者的典型代表，是美化美国"繁荣"时期大资本家罪恶勾当的吹鼓手。及至一九二九年严重经济危机爆发，使美国经济的"永久繁荣"落了空，也暴露了菲茨杰拉德的丑恶灵魂。[①]

这一评说在当时的中国学界具有一定的代表性。客观地说，在那个非常时期，人们或许也只能以这种方式来点明菲茨杰拉德"资产阶级文艺作者典型代表"的身份，姑且先简略介绍一下他的代表作和"畅销书"。至于这位作家本身以及他的作品所包含的思想性和艺术性，只好留待后人去分析和评说。这其中的缘由与苦衷是十分微妙的。在三十多年以后的今天来看，这种现象自是荒诞无稽，但我们仍能感觉到当年意识形态领域里的"非常政治"对学术的严重干预和影响。

三　对经典的呼唤

法国启蒙主义思想家德尼·狄德罗曾说："任何一个民族总有些偏见有待抛弃，有些弊病有待革除，有些可笑的事情有待排斥，并且

[①]《美国通史简编》，黄绍湘著，人民出版社，1979年版，第536—537页。

需要适合于他们的戏剧。假使政府在准备修改某项法律或者取缔某项习俗的时候善于利用戏剧，那将是多么有效的移风易俗的手段啊！"[1]

一九七八年后，在"洋为中用"思想的指导下，我国文艺理论界卓有见识的学者们认真审视了过去几十年我国在外国文学批评领域的得失，详细制定了今后的研究计划、路径和方法，使我国的外国文学研究得以迅速而健康地开展起来。在此同时，我国学界对菲茨杰拉德的评价也已有所转变。一些学者撇开仍很敏感的政治话题和过去已形成的定论，以新的视角对菲茨杰拉德的创作思想和艺术特色进行了实事求是的讨论和分析，其中最值得关注的是董衡巽的观点和研究方法。早在学术研究刚刚开始复苏的一九七九年初，董衡巽就指出："外国现代资产阶级文学，像外国古典文学一样，有它的价值，有它的思想意义。不过，我认为除了这两条，还应该承认它在艺术上的成就。我们所说的思想是通过一定的艺术形式表现出来的思想；我们所说的艺术是指包含一定思想内容的艺术。它们难能分家。""评价外国文学，最好两头都能照顾到，既分析思想内容，又顾及艺术特征……"[2] 董衡巽分析了菲茨杰拉德的创作思想和文体风格，第一次在中国大陆为这位美国作家恢复了他应有的声誉和地位：

>一位作家之所以不会被读者忘记，是因为他有自己的特色。如果说他在思想上没有告诉我们新的东西，艺术形式沿用老一

---

[1] 《论戏剧艺术》，狄德罗著，转引自童庆炳著《维纳斯的腰带》，中国人民大学出版社，2009年版，第7页。
[2] 《艺术贵在独创》，董衡巽著，刊《外国文学集刊》（第一辑），中国社会科学出版社，1979年版，第60—61页。

套,那么他凭了什么活在读者的记忆中呢?菲茨杰拉德的作品不多,可是当代美国人喜欢读,他的代表作《了不起的盖茨比》已经成了一部现代文学名著。人们通过他的作品重温美国绚丽奢侈的二十年代,那种千金一掷的挥霍、半文不值的爱情,那种渴望富裕生活却又幻灭的心情,清醒了又无路可走的悲哀……引起读者的共鸣。今天的美国,贫富的鸿沟依然存在,凡是存在贫富悬殊的地方,"富裕梦"总是有人做的,但是,幻灭恰似梦的影子,永远伴随着做梦的人们。菲茨杰拉德去世将近四十年,他的作品在美国还是那么走红,除了这个思想上的原因,他那优美而奇特的文体也是美国读者不能忘怀的一个因素。[1]

可以这样说,在菲茨杰拉德研究中,我国最具权威的学者当数董衡巽。他是中国大陆研究和介绍这位美国作家的第一人。他的观点、研究思路,以及他的若干专论,对我国的菲茨杰拉德研究具有重要而深刻的影响。

一九八三年,由巫宁坤翻译的《了不起的盖茨比》正式出版,与菲茨杰拉德的八篇短篇小说一同收录在《菲茨杰拉德小说选》里。这是中国大陆首次正式出版的这位美国小说家的中译本,是上海译文出版社推出的"二十世纪外国文学丛书"的一种,为我国的美国现代文学研究填补了一项空白,使我国读者对这位"迷惘的一代"的代表作家有了直接的感性认识。巫宁坤在译本"前言"里高度评价了菲茨杰

---

[1]《艺术贵在独创》,董衡巽著,刊《外国文学集刊》(第一辑),中国社会科学出版社,1979年版,第72页。

拉德的艺术成就和他的作品所包含的思想意义，称他是"二十世纪最重要的美国小说家之一"。①

一九八六年出版的《美国文学简史》，是一部具有开创意义的史学著作。董衡巽在这部专著中第一次向我国读者全面评述了菲茨杰拉德的文学生涯、创作思想和艺术特色，同时也阐明了对这位作家展开研究的意义所在。从此，我国对菲茨杰拉德的译介和研究正式拉开了序幕。

上世纪整个八十年代期间，我国正式发表的专题评论菲茨杰拉德的文章并不多，且大都集中在《了不起的盖茨比》上，但我国学者已从他的作品中发现了远比他所描绘的那个年代更为重要的价值，认为他既是战后美国年轻一代的典型代表，又是"喧腾的二十年代"的批判者。他的创作标志着十九世纪浪漫主义传统向二十世纪现代主义文学的过渡，他的《了不起的盖茨比》是为"美国梦想"和"爵士乐时代"奏起的一首无尽的挽歌。"他是美国小说家中最精湛的艺术家。他的最佳作品在内容上体现了高度的精确性，在语言上表现了高度的简练性。"②在这一时期，我国出版的各类美国文学教材，也使菲茨杰拉德走进了高校课堂，并成为不少院校的学位课程。至上世纪八十年代后期，全国已有近十篇以菲茨杰拉德为研究对象的硕士学位论文，如刘欣的《菲茨杰拉德〈人间天堂〉及〈了不起的盖茨比〉中对幻想破失与灭败的社会批评》(1986)、左晓岚的《论〈了不起的盖茨比〉

---

① 《菲茨杰拉德小说选》，巫宁坤等译，上海译文出版社，1983年版，第1页。
② 《当代美国文学——概述及作品选读》(上册)，秦小孟主编，上海译文出版社，1986年版，第62页。

中象征手法的作用》（1989）等。这充分表明，这位作家已开始引起我国学人的高度关注。

及至上世纪九十年代末，菲茨杰拉德在我国的接受状况已大有改观。最为明显的例证是，《了不起的盖茨比》在中国大陆出版了八种中文译本和两种中文注释或中英文对照本；《夜色温柔》有五种中文译本。除此之外，还有三本《菲茨杰拉德短篇小说选》译本问世。我国学者在这十余年间发表的专论菲茨杰拉德的文章在数目上也有明显增加。我国在这一时期出版的美国文学专著，如王长荣的《现代美国小说史》（1992）、常耀信的《美国文学史》（1995）、史志康的《美国文学背景概观》（1998）等，也都对菲茨杰拉德予以了高度的肯定。杨仁敬在《二十世纪美国文学史》中指出："菲茨杰拉德的作品，作为'荒原时代'的历史记录，今天已显得越来越重要了。"[①] 这是我国学界在沉寂多年之后对这位经典作家的呼唤。

四 关于菲茨杰拉德作品的译介与研究

1. 关于《了不起的盖茨比》。至上世纪七十年代初，台湾已有四种中文译本。由于种种原因，这些译本很少为大陆读者所知。一九八二年，我国首次出版了这部小说的注释本《灯绿梦渺》。注释者在此书"前言"中说："书名有译《伟大的盖茨比》者，似乎失之平淡；有译《大亨小传》者，但实非传记体，盖茨比也算不得大亨。

[①]《二十世纪美国文学史》，杨仁敬著，青岛出版社，2000年版，第247页。

仔细读来,盖茨比的经历颇富传奇性,小说情节又类'言情',作者用意当在批判,注释者姑译为《灯绿梦渺》。"[1] 注释者还指出了作者独具匠心的象征手法的运用:"绿色实为盖茨比毕生梦想的象征。绿色代表生机,绿色使人欢快,绿色又是万能的美元钞票的颜色。出身农家的盖茨比抵抗不住财富和美色的诱惑,走上了一条典型的美国式的奋斗道路。黛西则象征着财富和美色的结合。此种象征手法书中屡见不鲜……但其着力点不在机械地比附,而在气氛的烘托……书尾处的安慰激励之词亦不能稍减其渺茫之感。盖茨比凄凉的下场是美国生活的悲剧。"[2] 在评价这部小说的语言特色时,注释者说:

> 作者遣词造句朴素真挚,极少十九世纪小说中的冗长繁缛,也没有当时已萌芽的现代主义的奇奥艰深。可是他行文并不单调平直。他时而后退三步,描绘中夹着若隐若出的讽刺和淡淡的幽默;他时而又置身其中,情不自禁地激昂动情;他时而又诗意盎然,不乏华丽之词,是浪漫气质的自然流露。[3]

注释者还将此书与中国古典名著《红楼梦》作了比较,认为:"这本书绝不仅是'负心女子痴情汉'的恋爱悲剧。从中读者可以触摸到美国社会生活的脉搏,可以看到美国一个历史阶段的文艺画卷。"[4] 这些话语足见注释者的慧眼识金和对这部小说的喜爱。他的观

---

[1] 《灯绿梦渺》,菲茨杰拉德著,周敦仁注释,上海译文出版社,1982年版,第1页。
[2] 同上,第1页。
[3][4] 同上,第2页。

点也代表着我国读者对这位美国作家的接受态度。

巫宁坤也在《了不起的盖茨比》"译后记"中指出：

> 菲氏并不是一个旁观的历史家。他纵情参与了"爵士乐时代"的酒食征逐，也完全融化在自己的作品之中。正因为如此，他才能栩栩如生地重现那个时代的社会风貌、生活气息和感情节奏。但更重要的是，在沉湎其中的同时，他又能冷眼旁观，体味"灯火阑珊，酒醒人散"的怅惘，用严峻的道德标准衡量一切，用凄婉的笔调抒写战后"迷惘的一代"对于"美国梦"感到幻灭的悲哀。不妨说，《了不起的盖茨比》是"爵士乐时代"的一曲挽歌，一个与德莱塞的代表作异曲同工的美国的悲剧。①

随着研究的不断深入，我国学者对这部经典之作的叙事艺术和文本结构的挖掘也在深化。例如，程爱民认为："从叙述的角度看，叙述者尼克的故事似乎是条主线，从头至尾时隐时现地贯穿于整个小说；而盖茨比的故事只是尼克的故事的一部分。但从故事的内容和重心来看，盖茨比的故事实际上才是小说的主体。如果采用'红花绿叶'比喻的话，那盖茨比的故事毫无疑问是红花，尼克的故事只是扶衬的绿叶。因此，小说的叙述主线只是作为一个背景，一个舞台，实际上演的是盖茨比的'戏'。这种叙述手法的安排及产生的艺术效果是颇具匠心的。""这部作品并不局限在使用单一视角上……小说不时

---

① 《了不起的盖茨比·夜色温柔》，菲茨杰拉德著，巫宁坤等译，译林出版社，1999年版，第125页。

地变换叙述视角和叙述者,有时还采用视角越界等手段,使得叙述呈多元化展开。不同的侧面展示组合在一起,仿佛不同镜头的变换,构成了一幅反映盖茨比故事的立体图像。"[1] 程爱民还分析了菲茨杰拉德与亨利·詹姆斯之间在叙述者和人物设计上的相同和不同之处:"菲茨杰拉德的独特或高明之处,就在于他创造了尼克这个'一半在故事里、一半在故事外'的存在,并利用这一人物的特殊位置把(作者自己的)两种不同的看法统一在了《大人物盖茨比》这部作品之中……起到了传统的第一人称叙述或第三人称全知叙述均不能起到的作用,产生了独特的艺术效果。"[2]

时至今日,我国已出版五十余种《了不起的盖茨比》的中译本(包括台湾地区)。我国研究者在各类学术刊物上发表的专论《了不起的盖茨比》的文章已达一百三十余篇;以这部作品为研究对象的硕士和博士学位论文有四十余篇。由此可见我国读书界对这部经典作品的接受程度和研究的深度。

2. 关于《夜色温柔》。《夜色温柔》是一部"令人越读越感到趣味无穷的小说"(海明威语)[3],但中文译本一九八七年才在中国大陆首次出现,然而我国学者对这部曾经受到冷遇的作品的艺术构造和思想意义的解读却颇有独到之处。王宁等认为:"若是将小说的结构与福克纳的《喧哗与骚动》以及乔伊斯的《尤利西斯》的结构相比,我们

---

[1]《英美文学研究论丛》(第一辑),虞建华主编,上海外语教育出版社,2000年版,第184—185页。

[2] 同上,第188页。

[3] Carlos Baker, ed., *Ernest Hemingway: Selected Letters, 1917—1961*, New York: Scribners, 1981, P.483.

便不难发现,《夜色温柔》仍是一部以现实主义传统手法为主的小说,远没有前两位意识流大师那样走极端。因此,若想从结构上来贬低这部小说的重大价值,看来是难以令人接受的。"①

陈正发等在论及这部作品错综复杂的叙事结构时也指出:"我们完全可以把它看作是作者颇具匠心的艺术处理……菲茨杰拉德善于在叙述中一而再、再而三地中断,或是场面骤然更替,而内中又有逻辑上的必然联系。这样读者便可渐渐不受作者的主观影响,化被动为主动,独自对作品做出自己的阐释。"②

不管这些评论是否准确,都足以表明,我国学者对这部作品已有自己的认识和理解,并在学术上开始逐渐走向了成熟。

继《了不起的盖茨比》后,《夜色温柔》也引起了我国读者浓厚的兴味。如今,《夜色温柔》在我国已有十六种中文译本(包括台湾地区);从不同角度探讨这部作品的专题研究论文有三十余篇,以这部作品为研究对象的硕士和博士学位论文近二十篇。目前,我国学者对这部作品的研究仍在不断深入。

3. 关于菲茨杰拉德的短篇小说。上世纪九十年代后期是我国菲茨杰拉德译介和研究规模空前的时期。在这一时期,我国出版了三部《菲茨杰拉德短篇小说选》的中文译本,他的一百六十多篇短篇小说中,有二十三篇被翻译成中文正式出版。不少研究者认为,他的短篇小说"情节生动,遣词造句流畅舒展,字里行间充满诗情画意,艺术感极强……塑造和记录了生活在已逝去的那个特定时间和特定空间

---

① 《夜色温柔》,菲茨杰拉德著,王宁等译,山东文艺出版社,1999年版,第7页。
② 《夜色温柔》,菲茨杰拉德著,陈正发等译,安徽文艺出版社,1996年版,第3—4页。

里的一批特定的人物……弥漫着一种梦幻色彩,充满敏感和颖悟,令读者不得不紧张地同他一起去品味和感受人生与世界。"① 他"是美国二十世纪二十年代最具代表性的作家",② 是"第二次世界大战前美国主要短篇小说家""他的作品在风格上与欧·亨利很接近""会使人想起克莱恩的嘲讽手法和藏而不露的用语技巧"《重访巴比伦》的叙事技巧可说是天衣无缝,炉火纯青,思想上也很有深度。这使它成为传世之作"。③

时至今日,菲茨杰拉德的四部短篇小说集已有三部被译成中文,尽管受各种条件所限,目前的研究尚不够深入,评价的方法和观点仍可进一步商榷,我国学人对他的短篇小说的阅读和研究兴趣正在与日俱增。

五 "回声嘹亮"

"文学作品并不是对于每一个时代的每一个观察者都以同一种面貌出现的自在的客体,并不是一座自言自语地宣告其超时代性质的纪念碑,而像一部乐谱,时刻等待着阅读活动中产生的、不断变化的反映。只有阅读活动才能将作品从死的语言中拯救出来,并赋予它现实生命。""文学作品的历史生命力没有接受者能动的参与是不能想象的。"④

---

① 《菲茨杰拉德短篇小说选》,菲茨杰拉德著,曹合建译,湖南文艺出版社,1998年版,第4页。
② 《爵士乐时代的代言人——菲茨杰拉德短篇小说选》,菲茨杰拉德著,吴楠译,外文出版社,2000年版,第3页。
③ 《现代美国小说史》,王长荣著,上海外语教育出版社,1992年版,第306—307页。
④ 《接受美学与接受理论》,(德)H.R.姚斯、(美)R.C.霍拉勃著,周宁等译,辽宁人民出版社,1987年版,第24、26页。

纵观我国对菲茨杰拉德的批评接受史，我们可以看出，我国对这位美国小说家的译介和研究相对较晚，真正意义上的研究高潮期出现在本世纪以来这十余年间，以《菲茨杰拉德研究》(2002)为标志。据文献检索，仅在近十年来，《了不起的盖茨比》在我国就有四十二种风格各异的中译本，《夜色温柔》有十五种中译本，《人间天堂》有四种中译本，《漂亮冤家》有四种中译本，各类短篇小说集有十八种；我国学者发表的各类学术论文有二百四十一篇，硕士和博士学位论文七十二篇。在近十年出版的美国文学论著中，如王守仁等的《新编美国文学史》(2002)、虞建华等的《美国文学的第二次繁荣》(2004)等，都以较大篇幅评述了菲茨杰拉德的文学生涯，分析了他的创作思想和艺术成就，并肯定了"菲茨杰拉德和海明威作为青年文化的文化英雄的历史地位"[1]。这位小说家如今已受到我国越来越多的读者的喜爱和评论家的广泛重视。虽然现有的译文质量参差不齐，某些论文或论著也有拾人牙慧之嫌，但目前在我国读书界出现的"菲茨杰拉德研究热"却足以表明，我国对这位经典作家的研究正方兴未艾。

就总体而论，我国对菲茨杰拉德的译介和研究远不及对海明威等同时代作家的研究那样有深度和体系化，譬如，我国学界对《人间天堂》《漂亮冤家》及"巴兹尔系列小说""约瑟芬系列小说""帕特·霍比系列小说"等作品的评论文章，目前仍不多见，对这位作家复杂的文学生涯、创作思想、语言艺术、文学性等方面的深层特征，以及对他何以成为经典作家的文化和社会历史背景的剖析，也有待从理论上

---

[1]《美国文学的第二次繁荣》，虞建华著，上海外语教育出版社，2004年版，第202页。

进一步深化。

作为"爵士乐时代"杰出的代言人和忠实的"编年史家",菲茨杰拉德对他所处的那个特定历史时期原生状态社会生活和精神风貌的主要特征的准确把握、他独具匠心的叙事艺术、他那富有隐喻和象征意义的优美的语言风格,以及他隐埋在作品话语结构中的真切的感受、真挚的情感和真诚的理念,最大限度地拉近了作者——文本——读者之间的时空距离,使他作品中的那些人格被异化了的男女主人公的形象和虚幻的故事情节呈现出真实的人生历练和历史的可感性,能激发起读者对现实生活的联想和对人生意义的思考,在人们的心灵上产生共鸣。他的作品中所表现出的高度的艺术真实、所传达的精神价值取向和道德判断要素,具有一种令评论家难以还原到概念上来的持久的艺术张力。在大半个世纪已经过去的今天,在中国这个特定的文化语境下,我们发现,当今这个时代所出现的许多事物,当今这个世界所存在的诸多问题,早已在他那些优秀的作品里被生动形象地记录和描绘过了,因此,我们在重读经典时,依然能感到他的作品十分清新,具有历史理性与人文关怀之间的张力。他的作品的生命力已在中国这片大地上得到了延伸。

六 并未终结的结语

文学从来就是生活和时代的审美反映。一个作家以什么样的姿态来从事创作,他的作品究竟能否真实地反映现实生活和时代精神,要看这位作家是否真正走进了现实生活,获得了真切的体会,发现了真正闪光的思想和真正有血有肉的人物形象。作家光凭着自己极高的天赋、满腔的热情、良好的愿望是远远不够的。他必须站在时代潮流的前列,以高度的使命感和强烈的忧患意识去贴近现实、观察社会、感受人生,以自己独特的写作姿态和艺术形式去如实反映人与社会、人与自然、人与自我的关系,去揭示和描绘时代的变迁对社会道德、文化习俗和人的个性发展所产生的深刻影响。唯有这样,才能写出"像样的"、有深度的、经得起时代考验的经典之作来。这是菲茨杰拉德留给我们的启示。

锐意进取,不断创新,羞于重复,格外重视个人的文体风格和独特的创作个性,这是名作家们之所以名不虚传的一个重要原因。"文体风格如同作家的专有印记,刻下了他独特的创作个性。"[1]凡是严肃的、对艺术有所追求的作家,都会以十足的劲头去探索新的艺术表现形式和具有个性特点的写作风格,而绝不会与他人雷同。菲茨杰拉德与海明威、福克纳、沃尔夫、多斯·帕索斯等作家生活在同一个历史时代,但菲茨杰拉德笔下的世界一眼望去,便知是菲茨杰拉德的,绝不会与其他作家所创造的世界相混淆。这是因为他一生都在执着地追求具有自己独特个性的写作技巧和文体风格,力求以自己的方式来描绘现实,表现人物的精神面貌和性格特征,"像奴隶一样对每句话都进行艰苦细致的推敲","在每一篇故事里都有一滴我在内——不是血,不是泪,不是精华,而是真实的自我,真正是挤出来的"。[2]正

---

[1] 《艺术贵在独创》,董衡巽著,刊《外国文学集刊》(第一辑),中国社会科学出版社,1979年版,第69页。
[2] Matthew J. Bruccoli, ed. *F. Scott Fitzgerald On Authorship*, South Carolana: University of South Carolana Press, 1996, P.178.

因如此,他笔下的人物才那样栩栩如生,他创造的那个艺术世界才那样富有魅力,感人至深。这是他的作品之所以会引起历代读者和评论家兴趣的原因之一。

菲茨杰拉德在我国的批评接受史,恰好是对二十世纪文学史上出现的"菲茨杰拉德现象"的有力补充。在当前世界各地出现的"菲茨杰拉德研究热"中,相信我国学者对这位经典作家的研究将会有自己的声音,将会与国外学者的研究同步,得出更加深入、更加令人信服的成果来。"菲茨杰拉德有福了,他将以他不朽的诗篇彪炳千秋"。[1]

吴建国

2013年12月29日

于上海维多利书斋

---

[1] 巫宁坤语,见《了不起的盖茨比·夜色温柔》,巫宁坤等译,译林出版社,1999年版,第128页。

目录

总序   1

阔少爷   1
冬之春梦   65
宝宝聚会   99
赦罪   117
拉格斯·马丁-琼斯和威尔士王子   141
读心人   169
热血与冷血   201
明智之举   223
格雷琴的四十次眨眼   245

论菲茨杰拉德短篇小说叙事艺术——兼评《所有悲伤的年轻人》   273

阔少爷

一

　　如果从某一个具体的人开始写起，还没有等你来得及弄明白是怎么一回事儿，你就会发觉，你居然已经创作出了一个典型；倘若你从某一个典型开始写起，结果却发觉，你创作出来的居然是个——什么也算不上的东西。这是因为，我们大家都是精神很不正常的怪物，在我们的面孔和声音的背后，我们更是古怪到了不想让任何人了解、自己也不想了解的地步。每当我听到有人标榜自己是一个"平凡、诚实、开朗的人"的时候，我就会非常自信地认为，此人身上肯定有某种确凿无疑的、说不定还是特别吓人的反常之处，这一点他自己也心知肚明，因而想把它隐藏起来——而他之所以坚称自己是一个平凡、诚实、开朗的人，不过是他时刻在提醒自己要把自身所存在的重大问题遮掩好的一种方法罢了。

　　这里可没有什么典型，也没有多少人物。这里只有这样一位阔少爷，而且这篇小说描写的就是他的生平故事，并不是他那几个兄弟的生平故事。我这辈子就生活在他这几个兄弟的圈子里，然而这位阔少爷却一直是我的朋友。此外，倘若我真要描写他这几个兄弟的话，那我从一开始就应该对所有的谎言逐一加以驳斥，这些谎言有些是穷人在议论富人时说出来的，有些则是那些富人在讲述他们自己的事情时讲出来的——他们营造出的是这样一套荒诞不经的结构，每当我们随手拿起一本描写富人的作品时，总有某种直觉会让我们做好心理准备：你就等着看不真实的东西吧。甚至连那些头脑聪明、充满激情、专门报道现实生活的人，也已把这个属于富人的国家描写得像仙境一样不真实了。

还是让我来讲讲那些大富豪们的情况吧。他们跟你我不一样。他们从小就拥有财富，而且坐享其成，但是这一点或多或少也影响了他们，造成了在我们态度强硬的地方，他们却心肠软弱，在我们深信不疑的地方，他们却冷嘲热讽，从某种程度上说，你如果不是生来就很富有的话，这一点是非常难以理解的。在他们的内心深处，他们总认为他们比我们强，因为我们不得不为自己的生计去四处奔波，去寻找生活的补偿和避难所。即便他们深入到我们这个世界里来，或者沦落到比我们还不如的地步，他们也照样会认为他们比我们强。他们这些人就是不一样。我能描写安森·亨特这位青年的唯一办法，就是努力去接近他，把他当作一个外国人，而且还要顽固地坚持我自己的观点。万一我接受了他的观点，哪怕只有那么一小会儿，我都会感到一派迷惘的——我唯一能拿得出手的不过是一部有悖常理的电影而已。

二

安森在六个子女中排行老大,有朝一日,这六个子女将会分割一笔数额达一千五百万美元的财产,况且他也到了开始懂事的年龄了——人应该在七岁就开始懂事了吧?——那时候正好是二十世纪之初,那些爱出风头的年轻女郎已经坐在电动"汽车"里招摇过市地行驶在第五大道上了。在那些日子里,他和他弟弟有一名英国籍的家庭女教师,这位家庭女教师说得一口非常清晰、干净利落也很好听的英语,于是,这兄弟俩说起话来渐渐也跟她一模一样了——他们字字句句都说得清脆利落、字正腔圆,绝不像我们这样呜哩哇啦、口齿不清地说话。他们说起话来虽然并不完全像英国人的孩子,却已经学到了一种惟妙惟肖的口音,那是纽约市的时髦人士所特有的腔调。

这年夏天,他们把这六个孩子从坐落在第七十一号大街上的那幢别墅转移到位于康涅狄格州北部的一座大庄园里去了。那里可不是一个时髦的去处——安森的父亲想让他的儿女们尽可能晚一点儿知道人生的这一面。他这个人反正要比他那个阶层的人高明一些,而构成纽约上流社会的也就是他这个阶层的人,也比他所处的那个时代要高出一筹,他所处的那个时代就是以特别讲究派头和已经规约化了的庸俗之风为特色的"镀金时代"。因此,他要让他的儿子们逐步养成凡事都要专心致志的习惯,让他们练就一副健全的体魄,好让他们长大后能成为身心健康、事业有成的人。他和他太太总是尽其所能地时刻留意着他们的一举一动,直到那两个年龄大一些的男孩子离家去外地上学为止。不过，在规模如此庞大的庄园里，要想做到这一点也很困难——要是在那些面积小一些的，或者中等面积的屋子里，这种事情就简单多了，我自己的年轻时代就是在这样的环境里度过的——我从来没有远远超出过能听得见我母亲的呼唤声的范围，时时都能感觉到她就在身边，知道她是赞成抑或不赞成我的做法。

安森第一次切身体会到那种高人一等的优越感，是在他初到康涅狄格州的这个村落的时候，因为他发觉人们对他表示出的是那种半含着嫉妒的美国式的敬意。跟他一起玩耍的那些男孩子的家长们老是向他的爸爸和妈妈问好，每当他们自己的孩子被邀请到亨特家的豪宅里来做客时，他们都会隐隐约约地有些激动。他把这种情形当作是理所当然的事情了，因此，每当他在哪一群人里没有成为众人瞩目的中心——不论在金钱方面、在地位方面，或是在威信方面，他就会变得有些不耐烦——在他后来的人生中，这种脾性一直都伴随着他。他不屑于跟别的孩子去争夺地位的高低、排名的先后——他指望着别人会把这种优先权拱手相让给他呢，一旦得不到，他便会缩回自己的家中。他家富裕得应有尽有，因为在东部地区，金钱多少还是一种带有封建色彩的东西，一种形成氏族集团的东西。在势利的西部地区，金钱则会使家族四分五裂，从而形成一个个"小群体"。

安森十八岁那年去纽黑文[①]的时候，就已经出落得身材高挑、体格健壮了，由于一向在学校里过着井然有序的生活，人显得眉清目秀的，气色也非常好。他的头发是黄色的，而且还颇有些滑稽地长在他

[①] 纽黑文（New Haven），美国康涅狄格州第二大城市，美国"常青藤院校"耶鲁大学的所在地。

的脑袋上,他的鼻子是鹰钩形的——这两样东西合在一起,就使他够不上英俊了——但是他具有一种充满自信的魅力,再加上他在一定程度上又有些桀骜不驯的做派,那些上流社会的人若是在大街上从他身边经过时,用不着向别人打听也会知道,他就是一个阔少爷,而且还在某一所最好的学校里就读过。不过,他那极度的优越感却也妨碍了他在念大学的时候成为一名品学兼优的好学生——他那天马行空、独来独往的性格被人家误解为自恃清高、目中无人了,他不肯怀着应有的敬畏之心去遵从耶鲁大学的校规的表现,似乎就是对所有那些已经在这样做的人的一种蔑视。所以,在离毕业之日还遥遥无期的时候,他就开始把生活的中心转移到纽约来了。

到了纽约,他就感到如鱼得水了——这里有他自己家的房子,有"你今后恐怕再也寻觅不到的那种用人",还有他自己的家人——因为他脾气好,又有一定的办事能力,很快就成了这个家庭的中心。除此之外,还有那些为刚刚步入社交界的青年男女举行的各种舞会,形形色色的男性夜总会里的那种充满阳刚之气的男性世界,以及偶尔跟那些风流成性的姑娘们在一起时放浪形骸的狂欢作乐,那种女孩子在纽黑文只有从第五排座位里才能找得到。他的种种抱负全都普通得很——甚至包括他遐想着有朝一日会结婚的那种无可指责的幻影,不过,他的那些抱负倒是跟大多数青年男子的抱负大不相同的,因为他的那些抱负并没有笼罩在迷雾之中,根本没有那种时而被称之为"理想主义"、时而被称之为"幻想"的特点。对于这个到处都充斥着高度聚财和高度挥霍、离婚和放荡、势利和特权的世界,安森都毫无保留地照单全收了。我们这些人的大部分人生都是以某种妥协而告终的——他的人生却是以妥协开始的。

我和他初次见面是在一九一七年的晚夏，那时恰逢他从耶鲁大学毕业，于是，跟我们这些人一样，他也被卷入了这场战争系统化的歇斯底里大发作中。他穿上了那身海军航空兵的蓝绿色军装，南下到了彭萨科拉①，在那儿，宾馆的管弦乐队在演奏着《很抱歉，亲爱的》，而我们这些年轻军官则在搂着姑娘们跳舞。人人都喜欢他，尽管他总是与那些酒徒为伍，也算不上一名特别出色的飞行员，甚至连那些教官们都对他另眼相看呢。他常常跟他们泡在一块儿漫无边际地侃大山，说起话来既充满自信，又很有条理——说来说去，最终总免不了要说他自己，或者，更多的时候，说另外某个军官，说他是如何摆脱某个迫在眉睫的麻烦事儿的。他爱吃喝交际，爱说淫猥下流的话，劲头十足地渴望着到处去寻欢作乐，所以，当他后来爱上了一个思想保守、举止相当规矩的女孩子时，我们都感到十分惊讶。

那姑娘名叫葆拉·勒让德尔，是个浅黑色皮肤、表情严肃端庄的美人儿，出生于加利福尼亚州的某个地方。她家在此地一直保留着一幢过冬用的别墅，就在城外不远的地方，她虽说总是一本正经的样子，却极其讨人喜欢；世上有不少唯我独尊的男人，这等男人是受不了女人的脾气的。不过，安森却不是这号人，然而我没法理解的是，对于他那思维敏捷，而且多少还有些玩世不恭的头脑来说，她的"真诚"到底有多大的吸引力——用"真诚"这个词语来形容她最恰如其分了。

---

① 彭萨科拉（Pensacola），美国佛罗里达州西北部城市、军港，临墨西哥湾。

不管怎么说，反正他们相爱了——而且是按照她提出的条件相爱的。他再也不来参加在德·索塔酒吧里举行的暮色时分的聚会了，无论什么时候，人们只要看见他俩在一起，就会觉得他俩一直在进行着一场漫长而又严肃的对话，这场对话一定已经持续好几个星期了。过了很久以后，他才告诉我说，那场对话其实并没有涉及任何实质性的话题，不过是双方在各抒己见地聊着一些很不成熟，甚至是毫无意义的话罢了——后来，有关情感方面的内容终于渐渐增多了，却并不是从言谈中滋生出来的，而是从谈话时的那种十分严肃的气氛中滋生出来的。这简直就像在施行某种催眠术嘛。他们的谈话时常会受到干扰，让位给那种已经失去阳刚之气的幽默，全然没有我们所说的那种乐趣了；等到他们单独在一起时，这场对话又会再度进行下去，既庄重，又低调，而且还用装腔作势的声音说话，目的就是想让彼此都能在感情和思想上有一种和谐融洽的感觉。他们渐渐开始讨厌一切干扰了，对于那些拿生活当笑料的插科打诨也毫无反应，甚至对同龄人的那些还算温和的挖苦也一概不予理会。只要这种对话在继续进行着，他们就感到快乐，而且还沉浸在那种一本正经的气氛中，就像沐浴在琥珀色的篝火的亮光中一样。到快要结束的时候，有一种忽然冒出来的干扰他们却一点儿也不讨厌——谈话开始被情欲所干扰了。

说来还真奇怪，安森居然也跟她一样完全沉浸在这种对话之中了，而且也同样被这种对话深深打动了，然而，与此同时，他也很清楚，他这边的许多话都不是真心实意的，而她那边的许多话则纯然就是些简单、肤浅的谈吐而已。起初，他也瞧不起她在感情上过于简单直白的言谈，不过，因为有了他的爱情，她的性格竟也变得深沉、成熟起来，于是，他也就不能再瞧不起她那些简单直白的言谈了。他的感觉是，如果他能走进葆拉那温馨而又安稳的生活，他一定会很幸福的。经过这么长时间的交谈，他们彼此也有了思想准备，什么拘谨也都消除了——他便把自己从那些更加喜欢冒险猎奇的女人身上学来的招数教给了她一些，她也怀着一种痴迷的、神圣的强烈感情欣然做出了响应。有一天晚上，在一场舞会结束之后，他们在谈婚论嫁这件事上达成了一致意见，于是，他便给他母亲写了一封很长的信，告诉了母亲有关她的情况。第二天，葆拉便告诉他说，她其实是很有钱的，她拥有一笔将近一百万美元的个人财产呢。

三

那种情形倒还真像他们有可能说过"我们俩都一无所有，我们将在一起过穷日子"这样的话——结果却发现他们居然很富有，那种喜出望外的高兴劲儿一点儿也不亚于这种情形。这也使他们在思想和情感上有了相同的经历过风险的体会。然而，当安森在四月里休假，葆拉和她母亲陪伴他一起来到北方的时候，他家在纽约的显赫地位和他们的生活水准，却在她脑海中留下了深刻的印象。等到她第一次单独和安森一起待在他少年时期曾经嬉戏玩耍过的那些房间里时，她心中便充满了一种舒适安逸的感情，仿佛她已经提前领略到了无与伦比的安全感，提前享受到了无与伦比的呵护似的。那些琳琅满目的照片，有安森第一次上学时头戴一顶无檐便帽的照片，有安森在某个神秘的已经被遗忘了的夏天带着那个小甜心骑在马背上的照片，有安森在一次婚礼上与一群快乐的迎宾员和女傧相的合影,这些照片使她不由得嫉妒起他过去的那段没有她在其中的生活来,他这个说一不二的人看来确实已经把他曾经拥有过的这一切都彻底收拢起来了,彻底把它们典型化了,使她萌生出了要立即嫁给他,并以他妻子的身份返回彭萨科拉去的念头。

可是,立即结婚这件事他们并没有商议过——甚至连订婚这件事也还得保密呢,要等到战争结束之后才能向外界宣布。当她忽然意识到他的休假已经只剩下了两天时,她的不满便渐渐凝结成了一个明确的意向,要设法让他像她自己一样不愿再等下去。他们正要驱车去乡下吃晚饭,她决定当晚就强行采取措施,好让这件事有个结果。

且说葆拉有一个表姐,此时就跟他们一起住在里茨大酒店里,她是个不苟言笑、说话尖酸刻薄的姑娘,她很喜欢葆拉,但是对葆拉的那场洋洋大观的订婚仪式也多少有些嫉妒。由于葆拉正在忙着梳妆打扮,迟迟没有出来,这位不打算去参加此次聚会的表姐,便在这套豪华套房的客厅里接待了安森。

安森五点钟的时候跟几个朋友相聚在一起,大家毫无节制地开怀畅饮了足足一个小时的酒。他适时离开了耶鲁俱乐部,是他母亲的司机开车送他到里茨大酒店来的,可是他平日的风采却已不见了踪影,再加上有暖气的客厅里的热浪的冲击,他顿时感到头晕目眩起来。他知道自己有些失态,因而觉得既好笑又有些难为情。

葆拉的这位表姐虽说已经二十五岁了,却依然特别的天真幼稚,起初还没有看出来究竟是怎么一回事儿。她以前从没见过安森,因此,看见他在那儿嘟嘟囔囔地说着一些莫名其妙的话,还差点儿从座椅上摔下来,便感到十分惊讶,要不是葆拉出来了,她怎么也想不到,她本以为是干洗过的军装所发出的那种气味,竟然是地道的威士忌的气味。但是葆拉一出来就明白了。她心里只有一个念头,要趁她母亲还没有看见安森,赶紧先把他打发走,她表姐看了看她的眼神,也明白是怎么回事儿了。

葆拉和安森下楼来到那辆豪华型大轿车前,却发现车里还有两个人,都在呼呼大睡,他俩就是先前跟安森在耶鲁俱乐部里一起喝酒的人,也是来参加这次聚会的。他已经完全不记得他俩还在车子里。在去亨普斯特德①的途中,他们醒了,接着便唱起歌来。其中有几首歌的歌词十分粗俗,尽管葆拉在竭力隐忍着,因为安森倒没有口无遮拦地说出什么不该说的粗话来,但是由于难堪和嫌恶,她把嘴唇抿得紧紧的。

留在旅馆里的那位表姐,仍然还是一头雾水,又有些焦躁,把刚才发生的事儿思来想去,最后还是忍不住走进了勒让德尔太太的卧室,对她说:"他是不是很滑稽呀?"

"谁很滑稽啊?"

"哎呀——亨特先生呗。他好像挺滑稽的。"

勒让德尔太太警惕地朝她看了看。

"他怎么会很滑稽呢?"

"哎呀,他说他是法国人。我还真不知道他是法国人呢。"

"简直是荒唐。一定是你搞错了吧。"她微笑着说,"那是他在开

---

① 亨普斯特德(Hempstead),美国纽约州拿骚县三大镇之一。

玩笑呢。"

表姐执拗地摇着头。

"不会吧。他说他是在法国长大的。他说他一句英语也不会说,所以他没法跟我交谈。而且他也真的开不了口呢!"

勒让德尔太太不耐烦地扭过脸去望着别处,偏巧那位表姐又若有所思地补了一句:"大概是因为他酒喝多了的缘故吧。"说完便走出了屋子。

这位表姐出于好奇的告密说的全都是实情。安森是因为发觉自己说话口齿不清,连舌头也不听使唤,才迫不得已地找了这个非同寻常的借口,声称自己不会说英语的。过了若干年以后,他还时常向人讲起这段往事,而且一说到此事就忍不住要捧腹大笑,因为这段回忆总是让他暗自觉得好笑。

在接下来的那一个小时里,勒让德尔太太先后朝亨普斯特德那边打了五次电话。等到她终于接通了,那边又拖延了十分钟,这才听见了葆拉在电话里的声音。

"乔表姐刚才告诉我说,安森喝醉了。"

"啊,没有……"

"啊,没错。乔表姐是这么说的,他喝醉了。他居然对她说他是法国人,还从椅子上摔了下来,举止也有失体统,看样子他确实醉得很厉害。我希望你不要把他带到家里来。"

"妈妈,他没事儿!请你不要操心——"

"可是,我实在放心不下呀。我觉得这事儿太让人担忧了。我要你答应我,别把他带到家里来。"

13

"这事儿我来处理吧,妈妈……"

"我希望你不要把他带到家里来。"

"行啦,妈妈。再见吧。"

"现在就要把话说定,葆拉。你就另找人送你回来吧。"

葆拉心事重重地从耳边取下电话听筒,随手把它挂好。她的一张脸涨得通红,心里感到既无奈又恼火。安森正七仰八叉地熟睡在楼上的一间卧室里呢,而楼下的宴会也乱糟糟地快要收场了。

那一个小时的驱车赶路,多少使他清醒了点儿——他的到来只是引起了众人的一阵哄堂大笑——而葆拉满心希望的则是,不管怎么样,只要今天晚上别让大伙儿扫兴就行,没想到,他晚宴前又冒冒失失地喝下了两杯鸡尾酒,这就雪上加霜地使这场灾难变得无法挽回了。他吵吵嚷嚷,甚至还有些令人生厌地冲着参加这次聚会的所有人吼叫了足足有十五分钟,然后便不声不响地咻溜一下滑到桌子底下去了,活像一幅旧版画上的某个人物——非但如此,还不如一幅旧版画好看呢,因为那场面着实相当糟糕,却没有一点儿雅趣可言。在场的那些年轻姑娘谁也没有对这件事大发议论——对这种事情看来也只有保持沉默为妙。他叔叔和另外两个男人架着他上楼去了,葆拉也就是在这一幕发生之后被人叫去接电话的。

一个小时之后,安森醒了过来,眼前是一片战战兢兢的痛苦的迷雾,过了一会儿,他才透过这层迷雾,看见他叔叔罗伯特的人影儿伫立在门口。

"……我是说,你现在好些了吗?"

"什么?"

"你感觉好点儿了吗,老伙计?"

"很难受。"安森说。

"我再给你拿一瓶含溴矿泉水试试吧。你要是能喝下去不吐出来,它就会起点儿作用,能让你好好睡上一觉。"

安森费劲儿地把两条腿从床上挪下来,直挺挺地站在地上。

"我没事儿。"他有气无力地说。

"悠着点儿。"

"我倒是觉得,你还不如给我来一杯白兰地呢,那样的话,我就可以下楼去啦。"

"啊,不行——"

"怎么不行,只有这玩意儿管用。我现在没事儿啦……我估计,我即使到了楼下也没人理睬我了。"

"他们知道你有点儿不舒服,"他叔叔不以为然地说,"不过,这一点你就别担心啦。斯凯勒甚至都没上这儿来呢。他还待在高尔夫球场那边的更衣室里醉得不省人事呢。"

除了葆拉的看法之外,安森对谁的看法都毫不在乎,不过,他还是决定去补救一下晚会的残局,不料,等他洗了个冷水澡之后再堂而皇之地露面时,参加本次聚会的大多数人都已经走了。葆拉立即站起身来要回家。

在那辆豪华型的大轿车里,老一套的严肃对话又开始了。她知道他喝酒,她承认说,可是她万万没料到居然会闹出这样的事情来——在她看来,也许他俩彼此并不相配,毕竟是人生大事啊。他们的人生观相差太大了,她还说了许多诸如此类的话。等她讲完之后,安森就接着讲，头脑非常清醒。之后，葆拉说，她不得不把这件事从头至尾仔细想一想；她今晚不会做出决定的；她并不生气，她只是感到非常难过。她也不会让他陪她一起进旅馆的，不过，在下车前的那一刻，她还是探过身来，很不高兴地在他的脸颊上吻了一下。

第二天午后，安森跟勒让德尔太太长谈了一次，葆拉默默无语地坐在一旁听着。最后，他们达成了一致意见，让葆拉把这件事再好好考虑一段时候，到那个时候，要是母亲和女儿都认为这是最佳选择，她们会跟随安森去彭萨科拉的。在他这一方呢，他诚恳而又不失尊严地道了歉——也就仅此而已；勒让德尔太太虽然胜券在握，却一点儿也占不了他的上风。他没有作任何承诺，也没有表现得低声下气，只不过发表了几句对人生的严肃的看法，这几句话到头来反而使他带着一种精神上的优越感摆脱了困境。等到她们三个星期之后来南方时，无论是对这次团聚感到心满意足的安森，还是感到如释重负的葆拉，两人都没有意识到，那种心理上的最佳时机已经永远逝去了。

四

他牢牢左右着她、深深吸引着她，然而与此同时，却也让她内心充满了焦虑。令她困惑不解的是，他这人既稳健踏实、又自我放纵，既多情善感、又玩世不恭——这些互为矛盾的性格特点是她那颗温柔的心所无法理解的——葆拉后来终于意识到，他就是一个双重性格在不断交替变换着的人。每当她看到他单独一个人，或是在某个正式宴会上，或是跟他的那些偶尔相识但远远比不上他的人在一起时，她便觉得他身上具有一种强烈、迷人的感染力，具有那种如父兄般的、通情达理的精神境界，一种无与伦比的自豪感便会油然而生。一旦他同另外那帮人搅和在一起时，她就会变得惴惴不安起来，这时候，他连起码的一点儿斯文也没有了，纯然是一副对什么都无动于衷的样子，露出了另一副面孔。这另一副面孔竟然如此粗俗不堪、滑稽可笑，只顾寻欢作乐，对别的一切都满不在乎。这副面孔吓得她一时都不敢再把心思放在他身上了，甚至还使她偷偷地试着同过去的一个情郎短暂来往了几次，但还是无济于事——在安森那遮天蔽日的旺盛活力的笼罩下过了四个月之后，别的男人统统都像得了贫血症一样黯然失色了。

七月里，他接到了要开赴外国前线的命令，他们的柔情蜜意和欲望也达到了高潮。葆拉也考虑过要在这生离死别的最后时刻举办一个婚礼——最后决定不这样做，完全是因为他现在的呼吸中总是有股子鸡尾酒的气味，不过，离别本身也使她悲伤得真的生病了。在他出发之后，她给他写了好几封缠绵悱恻的信，信中对他们因为等待而白白错过的那些情深意切的大好时光深表惋惜。八月里，安森驾驶的飞机一头栽进了北海。他在海水里浸泡了整整一夜之后被拖上了一艘驱逐舰，后来因为得了肺炎又被送进了医院，就在他最终要被遣送回国的前夕，停战协定签订了。

此后，虽然各种机会又再次接踵而来，虽然已经没有什么实质性的障碍需要去克服，可是他们特别喜欢在暗中较劲儿的那种气质特点却偏偏横亘在两人中间，耗干了他们的亲吻，耗干了他们的热泪，连说话的声音在彼此听来也不那么动听了，连推心置腹的缠绵絮语也哑然失声了,到后来,连从前的那种交流方式也只能在偶尔相隔遥远时通过写信来维系了。有一天下午,一位专门报道社会新闻的记者在亨特家中等了足足两个小时,就为了想确认他们是否订过婚。安森矢口否认了这一点,岂料,在随后的那一期刊物上却把这样一段报道作为头条新闻给登了出来,说——人们经常"看见他们出入成双地出现在南安普敦、温泉城、塔克西多·帕克①等地"。可是,原来的那种严肃的对话已经拐了弯,变成了一种漫无止境、持续不断的争吵,这场恋爱眼看就要告吹了。安森时常明目张胆地喝得醉醺醺的,有一次居然还错过了与她的约会,葆拉因此向他提出了若干条行为主义者②的要求。面对他的自尊心和他对自己的了解,他的绝望之情已经发展到了无可救药的地步:这个婚约是必破无疑了。

"最亲爱的,"这是他们如今在信中的称呼,"最亲爱,最亲爱的,每当我在夜半时分醒来,意识到事情终究不是这么回事儿的时候,我就有一种想死的感觉。我没法再活下去啦。也许等我们今年夏天见面时,我们可以把情况再好好谈一谈,做出不同的决定——那天我们太激动,也太伤感了,可是我觉得,要是没有你,我这辈子就没法活下去。你老是谈起别人如何如何。难道你不知道,我心里没有别的人,唯独只有你……"

不过,葆拉在东部随波逐流地混日子的时候,有时也会提到一些

---

① 南安普敦(Southampton),此处指美国纽约州萨福克县境内的南安普敦村,为纽约长岛地区的商业中心;温泉城(Hot Springs),此处指纽约长岛附近的一处休闲度假胜地;塔克西多·帕克(Tuxedo Park),此处指纽约州奥兰治县境内的一处村落。这三处均为富人区,是上流社会时尚人士经常光顾的去处。
② 美国现代心理学主要流派之一。产生于20世纪初的美国,认为心理学不应该研究意识,而应该研究行为。此处指葆拉要安森拿出实际行动来。

她在那边狂欢作乐的事情,让他去煞费苦心地猜疑。安森精明得很,根本不去瞎猜。当他看到她的来信中有一个男人的名字时,反倒觉得对她更有把握了,而且还有那么点儿鄙视呢——他在这类事情上向来是高出一筹的。不过,他仍然希望他们有朝一日能够缔结良缘。

在这期间,他精力旺盛地一头扎进了战后纽约的各种活动频繁、令人眼花缭乱的生活中,进了一家经纪人事务所,加入了五六个俱乐部,常常跳舞跳到深夜,而且分别在三个不同的社交圈子里活动着——他自己的圈子、由耶鲁大学的那些年轻毕业生们所组成的圈子,以及一头连着百老汇半个世界的那片天地。不过,他总是雷打不动地把完完整整的八个小时奉献给他在华尔街的工作,在那里,他那些势力强大的家族关系网,加上他那过人的聪明才智,再加上他浑身上下总有使不完的力气,使他几乎一下子就脱颖而出了。他就是有那种难能可贵的头脑,思考起问题来条分缕析、丝毫不乱;有时候,还不到一个小时的睡眠之后,他就能面貌焕然一新地出现在他的办公室里了,但是这种情况很少发生。所以,早在一九二〇年,他的薪资加佣金的收入就已大大超过了一万二千美元。

当耶鲁大学的传统悄无声息地渐渐成为历史时,他却在纽约他那帮同学中成了越来越红的人物,甚至比他在念大学那会儿还要有名气。他住在一幢非常豪华的别墅里,而且还有办法把那些年轻人介绍到别的豪华别墅里去住。更重要的是,他的人生似乎已经有了保障,而那些年轻人的人生,从总体上说,则又一次走到了一个很不稳定的开始阶段。他们纷纷前来向他求助,目的是为了消遣和逃避现实,安森倒也有求必应,愿意帮人家解决问题、安排事务,以此为乐。

现在，葆拉的来信中已经不再提那些男人了，反而通篇都洋溢着一种温馨缠绵的情调，这倒是以前从来不曾有过的事情。他从好几个渠道得知，她已经有了"一个膀大腰圆的情人"，名叫洛厄尔·塞耶，是个又有钱、又有地位的波士顿人，虽说他坚信她依然在爱着自己，可是一想到他毕竟有可能失去她，便不禁感到有些惴惴不安。除了那不能令人满意的一天之外，她已经有将近五个月没到纽约来了，随着诸如此类的传言越来越多，他也越来越急于见到她。二月里，他利用休假之便，南下去了佛罗里达。

棕榈滩雍容华贵，婀娜多姿地横卧在波光粼粼、闪烁着蓝宝石般晶莹光泽的沃思湖与大西洋延伸过来的那条黛绿色的巨大水带之间，美中不足的是，这里那里都停泊着一些水上船屋。"浪花"和"凤凰木"这两座雄伟的建筑物拔地而起，宛如一对大腹便便的孪生子，高高耸立在明媚、平坦的沙滩上，而环绕在它们周围的则是"格莱德舞厅"、"布拉德利赌场"，以及十来家专门设计与制售时尚女装的商店和专门设计与制售时尚女帽的商店，这些商品的价格是纽约的三倍呢。在"浪花"大酒店的花格凉亭式的游廊上，有两百来个女人在向右踏步、向左踏步、身段回旋、向前滑步，这就是当年广受追捧的健美操，叫作"双滑步舞"，与此同时，在二分之一节拍的音乐声中，有两千来只手镯在两百来条胳膊上咔嗒咔嗒、上上下下地晃动着。

天黑以后，在埃弗格莱茨夜总会里，葆拉、洛厄尔·塞耶、安森，以及因为三缺一才被临时拉来的一个朋友正在打桥牌，用的是那种画面热辣的扑克牌。在安森看来，她那张善良、严肃的脸庞似乎显得有些苍白，而且带着倦容——她周游各地已经有四五年了。他认识她也有三年了。

"两张黑桃。"

"有烟卷吗？……哦，请原谅。我过。"

"过。"

"出三张黑桃，我就加倍。"

这间屋子里有十二张桥牌桌，因为张张牌桌都快坐满了，到处都烟雾腾腾的。安森的目光遇上了葆拉的目光，便目不转睛地久久盯着她，即便有塞耶的眼神在他俩之间来回扫视着，他也全然不顾……

"叫的是什么牌？"他心不在焉地问了一声。

华盛顿广场的玫瑰啊

是坐在角落里的那几个年轻人在歌唱呢，

我正在那儿渐渐枯萎
迎着地下室里的寒风——

烟气愈积愈浓，形成了如同浓雾般的屏障，有一扇门被推开了，屋子里顿时布满被风儿吹得直打转的灵的外质[①]。"一双明亮的小眼睛"飞快地掠过一张张桌子，在那帮英国人当中寻找着柯南·道尔先

[①] 灵的外质（ectoplasm），据说是神在恍惚状态中溢出的一种超自然的黏性体外物质，成为显灵的物质证明。

生①，他们其实是假冒的英国人，正在大厅里四处溜达呢。

"你可以拿把刀把它割断。"

"……拿把刀把它割断。"

"……拿把刀。"

这一局桥牌刚打完，葆拉便出人意料地站起身来，用一种急切、低沉的声音对安森说了句什么。他们几乎都没顾得上朝洛厄尔·塞耶看上一眼，就走出了大门，顺着长长的一溜石砌台阶走下来——转眼间，他们便手挽着手漫步在洒满月光的海滩上了。

"亲爱的，亲爱的……"在一处暗影里，他们不顾一切、充满激情地拥抱在一起……激情过后，葆拉仰起脸来退让着，好让他的双唇吐露出她渴望听到的话来——当他们再度热吻在一起时，她能感觉到，那些话就在他的嘴边……她又一次挣脱开来，侧耳倾听着，可是，当他再一次把她揽过来紧贴着他时，她明白了，他其实什么也没说——只有那一声声"亲爱的！亲爱的！"那深沉、伤感的喃喃低语，总是让她忍不住要哭出声来。她羞涩、温顺、百般柔情地曲意逢迎着他，泪水在止不住地顺着她的脸颊流淌着，然而她的心却在一声声地呼唤着："快向我求婚吧——啊，安森，最最亲爱的，快向我求婚吧！"

"葆拉……葆拉！"

这声声呼唤犹如一双手在绞着她的心，而此时的安森，因为感觉

---

① 阿瑟·柯南·道尔（Arthur Conan Doyle，1859—1930），英国作家，著名侦探小说《福尔摩斯探案》的作者。"一双明亮的小眼睛"是柯南·道尔一篇恐怖小说中的一个傻姑娘，她被灵媒散发出的体外物质所包围，在烟雾弥漫的房间里识别假冒的英国人。此处指葆拉与安森神秘的心灵感应。

到了她在战栗,心里顿时也明白了,有她这份情意就足够啦。他无需再说什么了,无需再把他们的命运交付给那些毫无实际意义的暧昧不明的话了。既然可以如此这般地拥抱着她,那他又何必要拿自己的青春年华做赌注,再拖上一年——甚至要永远拖下去呢?他是在为他们两个人着想,更多的是在为她着想呢。过了一会儿,她突然说,她得回到她下榻的宾馆去了,他犹豫了一下,心里首先想到的是:"不管怎么样,这也算一次难得的机遇呀。"转而又想:"不行,这事儿还是等等再说吧——反正她是我的人……"

他已经忘了,葆拉也已被三年来的精神重负折磨得心灰意冷了。她的激情早在那天夜里就已永远成为历史了。

第二天早晨,他怀着烦躁不安、大为不满的心情动身回纽约去了。四月下旬,在事先毫无征兆的情况下,他接到了一封从巴尔港拍来的电报,葆拉在电报中告诉他说,她已经跟洛厄尔·塞耶订了婚,他们即将在波士顿结婚。他从来没有真正相信过有可能会发生的事情,现在终于发生了。

那天早上,安森自斟自饮地喝了一肚子威士忌,然后便去了办公室,继续履行着自己的职责,甚至连中间的休息时间也免了——唯恐一停下来就会发生什么。到了晚上,他照样还像往常一样外出,闭口不谈已经发生的事情;他还是那样热情友好、富有幽默感,并没有表现出心不在焉的样子。不过,有一点他却实在没法子——连续三天,不管在什么场合,也不管跟什么人在一起,他都会突然低下头去,双手掩面,哭得像个孩子似的。

五

一九二二年，安森陪同一位资历较浅的合伙人去了一趟外国，目的是要去调查伦敦的几笔贷款，这趟差事表明，他将要受聘进入这家商号了。如今他已经二十七岁，稍许有点儿发胖，但绝对不显得臃肿，而且举止也比他的实际年龄显得老成一些。无论是老年人还是小青年，大家都喜欢他、信任他，连那些做母亲的看到自己的女儿得到了他的照顾，心里都很有安全感，因为他自有他的一套办法，只要一进屋，他总有办法让自己跟在场的那些年事最高的人或思想最保守的人打成一片。"你们和我，"他好像在说，"都是靠得住的人。我们都是明白人。"

对于男人和女人的弱点，他有一种出自本能的而且颇为宽宏大度的了解，于是，如同牧师一样，这就使他更加注重于保持那种外在的仪容仪表了。最为典型的例子是，他每个星期天上午都要在一所时髦人士喜欢光顾的圣公会主日学校里讲课——哪怕只是冲了个冷水澡，匆匆换上了一身燕尾服，也能使他判若两人，绝不会显露出昨天一夜狂欢的痕迹。

他父亲去世后，他便成了一家人实实在在的主心骨，而且，从实际情况来看，他也确实主宰着他那几个弟弟妹妹的命运。出于某种错综复杂的原因，他的威信尚且没有扩展到他父亲的产业范围，这方面的事务是由他叔叔罗伯特管理的。罗伯特叔叔是这个家族中最喜爱赛马的人，一个性情温厚、嗜酒如命的人，是那帮以惠特利山区为中心的人当中的一员。

罗伯特叔叔连同他的妻子埃德娜，都曾经是安森小时候最要好的朋友，可是这位做叔叔的却感到很失望，他的这位侄儿竟然因为自己地位优越，坚决不肯加入一家赛马组织。他支持侄儿加入了一家城市俱乐部，那可是全美国最难进入的一家俱乐部呢——只有那些曾经"为建设纽约出过力"的家族（或者，换句话说，早在一八八〇年以前就很富有的家族）的后人，才有可能加入这家城市俱乐部——而安森倒好，参加了选举之后，却压根儿没把这家俱乐部当回事儿，反而去加入了耶鲁俱乐部，罗伯特叔叔在这件事情上对他是颇有微词的。但是，最要命的是，安森居然还拒不肯加入罗伯特·亨特自己开的那家因循守旧、多少也有些疏于管理的经纪人事务所，他叔叔的态度便由此而日渐冷淡起来。好比一个小学老师把他所知道的全都教完了那样，他叔叔终于悄悄淡出了安森的生活。

安森这辈子有过许许多多的朋友——朋友圈里几乎没有一个人没有得到过他的一些非同寻常的热心帮助，也几乎没有一个人没有被他时不时地弄得非常窘迫难堪，无非是他的那些没来由地突然爆出的满口粗话所引起的，或者是他那动不动就要喝得酩酊大醉的恶习所造成的，他这人喜欢我行我素，从来不分时间和场合。要是别人在这方面出了差错，他就会很恼火——对于他自己的过失，他却总是诙谐地一笑了之。倘若碰到什么稀奇古怪的事情，他也会笑呵呵地讲给他那些朋友们听，他那爽朗的笑声还是很有感染力的。

这年的春天，我恰好也在纽约工作，便时常到耶鲁俱乐部来同他一起吃午饭，因为我们那所大学自己的俱乐部还没有建成，暂且还在和他们合用一家俱乐部。我在报上看到过葆拉结婚的消息，于是，有一天午后，当我向他问起有关葆拉的情况时，大概是有所触动的缘故吧，他便告诉了我这段往事。打那以后，他隔三岔五地就会邀请我去他的寓所里享用家宴，而且表现得也很亲密，仿佛我们之间已经有了一种很特殊的关系一样，仿佛随着他向我敞开了心扉，那段令人心碎的回忆也有点儿感染了我一样。

我发觉，尽管那些做母亲的都对他很放心，但他在对待那些女孩子们的态度上，却并不是不加区别地一概予以呵护的。这就要看那女孩子自己的表现了——如果她天生就有那种轻浮放浪的倾向，即使是跟他在一起，她也只能管好她自己为妙了。

"生活，"他有时候会这样自我解嘲地说，"已经把我改造成了一个玩世不恭的人。"

他所说的生活，是针对葆拉有感而发的。有时候，尤其是在他借酒浇愁的时候，这种念头会使他变得有点儿乱了方寸，因为他认为，是她冷酷无情地抛弃了他。

正是这种"玩世不恭"的态度，或者更确切地说，是他总算认识到，那些天性放荡的女孩子是不值得宽恕的，这才促成了他与多莉·卡尔格的这段风流韵事。在那几年里，这也不是他绝无仅有的一段恋爱风波，不过，这一次来得最直接，深深地触动了他，而且对他的人生观也产生了深远的影响。

多莉是一位名声不大好的"国际法学家"的女儿，这位"国际法学家"是靠着裙带关系才混上这个头衔进入上流社会的。多莉本人长大以后加入了"青年女子联盟"①，频频在"广场大酒店"②抛头露面，而且还进了州众议院。只有为数不多的几家像亨特家族这样有着悠久历史的名门望族，才会对她是否"实至名归"提出质疑，因为她的照片经常出现在各大报纸上，而且她所受到的令人羡慕的关注，甚至比许多真正出身于名门望族的姑娘所受到的关注还要多。她有一头深色的秀发，嘴唇红润得像涂了胭脂一般，脸蛋上是一种妩媚可爱的樱红色，在初入社交界的头一年里，她每次外出都要施上淡粉色的香粉加以掩饰，因为樱红色的脸蛋已经不时兴了——维多利亚式的白皙才是当时大势所趋的流行色。她穿着简洁朴素的黑色套装，亭亭玉立地站在那儿，两手插在裤兜里，身子微微向前倾着，脸上带着幽默、矜持的表情。她的舞艺十分精湛——她就喜欢跳舞，别的一切她都可以全然不顾——除了做爱，跳舞就是她的最爱。她从十岁以来就一直在谈恋爱，而且，在通常情况下，她爱上的男生偏偏又对她毫无反应。那些对她确有反应的男生——为数倒也不少——只要经过一次短暂的接触之后，就让她感到厌倦了，尽管在情场上屡屡失意，她还是把恋爱中最温馨的一面都珍藏在心间。每当她遇见这些令她怦然心动的人时，她总要再做一次尝试——有时候她也能得手，但多数都是以失败而告终的。

这位难以遂愿的吉卜赛女郎从来就没有想到过，那些不肯钟情于她的人，骨子里其实都有一定的相似之处——他们的共同点是，他们

---

① 青年女子联盟（Junior League），美国一个由上流社会有闲青年女子所组成的从事社会福利事业的组织。
② 广场大酒店（Plaza Hotel），位于纽约曼哈顿第五大道东侧的五星级豪华大酒店，是纽约标志性的建筑物。

都有一种不容怀疑的直觉，仅凭直觉就能一眼看透她的弱点，倒也不是情感方面的弱点，而是一种指导思想方面的弱点。安森第一次同她见面时就察觉到了这一点，那是在葆拉结婚之后还不到一个月的时候。他那段时间正好老是在没命地喝酒，于是，他便借机假装了一个星期，好像他当真已经爱上了她似的。随后，他便出其不意地撇下了她，把这事儿全忘了——这样一来，他竟立即占据了她心中的制高点。

像那个时代的许多姑娘一样，多莉也十分任性，言谈举止散漫而又浮躁。年龄稍大些的那一代人的不肯沿袭传统习俗的行为，仅仅只是从一个侧面反映了战后流行着的对一切过时的陈规旧习表示怀疑的一种趋势——多莉不遵从传统习俗的行为，却表现得更加守旧、更加媚俗，她看到安森身上也存在着这样两种极端，时而沉湎于纵情享乐，时而又变得很有保护力，这正是一个在感情上走投无路的女人所追求的。从他的性格中，她既感受到了他骄奢淫逸的一面，又感受到了他稳如磐石的一面，而这两方面都满足了她天性中的所有需求。

她察觉到这件事办起来势必会很难，然而她却把其中的原因理会错了——她以为安森和他的家人希望攀上的是一门更加显赫的亲事，不过，她很快就吃准了，她完全可以利用他那嗜酒如命的癖好。

他们频频相聚在那些规模盛大的专门为初入社交界的女孩子举办的舞会上，不过，随着她对他的迷恋程度与日俱增，他们便想方设法地要越来越多地待在一起了。像大多数做母亲的一样，卡尔格太太也认为安森是个格外靠得住的人，因此，她准许多莉跟着他一起到路途很远的乡村俱乐部和地处郊外的别墅去，即使他们回来得很晚，她也从不仔细盘问他们都干了些什么，或对女儿的解释提出质疑。起初，多莉的那些解释或许还都是实话，但是，多莉一心想俘获安森的那些俗不可耐的愿望，很快就被她那愈来愈高涨的情感狂潮吞没了。在出租车和汽车后座上的热吻已经远远满足不了他们的欲念，他们干了一件荒唐的事：

他们暂时脱离了他们原来的那个天地，另外开辟了一个档次稍低些的新的天地，在这个天地里，安森的酗酒、多莉神出鬼没的贪夜不归，都不大会引起别人的注意和议论。这个天地可不一般，它是由各色各样的人物所构成的——有几个是安森在耶鲁大学时的朋友和他们的妻子，有两三个年纪轻轻的股票经纪人，有国债推销员，还有少数几个是刚从大学毕业、既有钱又喜欢挥霍、暂时还无牵无挂的单身汉。这个天地，就其活动范围和规模而言，还是存在一定缺憾的，但是在另一方面却得到了弥补，因为他们得到了一种其本身就弥足珍贵的自由。更重要的是，这个天地是以他们自己为中心的，这就使多莉获得了一种略微有点儿居高临下、屈尊俯就的快感——对于这种快感，安森是没法感同身受的，因为他的整个人生，从少年时代起就确有其事了，一直是带着一种居高临下、屈尊俯就的态度与人相处的。

他并不是在跟她谈恋爱，在那个漫长的、他们的风流韵事已经闹得沸沸扬扬的冬季里，他曾经多次对她说过这样的话。到了春天，他感到厌倦了——他要重新调整自己的生活、另寻新欢了——此外，他也看明白了，他要么现在就必须跟她断绝来往，要么就得对一起确凿无疑的诱奸行为承担责任。她家人竭力想撮合此事的怂恿态度，反而促使他当机立断地下了决心——有一天晚上,卡尔格先生小心翼翼地敲了敲那间书房的门,告知他们说,他在餐室里留了一瓶陈年白兰地,安森当即就感到,生活正在一步步地禁锢着他。当天晚上,他就给她写了一封很简短的信,告诉她说,他马上就要去度假了,信中还说,考虑到目前的种种情况,他们还是不要再见面为好。

转眼就是六月。他家人已经把那幢别墅贴上了封条,全家人都到乡下去了,所以,他只好暂时蛰居在耶鲁俱乐部里。有关他跟多莉之间的这段风流韵事的进展情况,我随时都可以听到——都被他添油加醋地描绘得妙趣横生,因为他压根儿就瞧不起那些水性杨花的女人,也不会在他所信仰的那座上流社会精心打造出的大厦里给她们以一席之地的——所以,当他那天晚上对我说,他肯定会跟她一刀两断的,我还暗自替他感到高兴呢。我时常在各种场合见到多莉,每次见到她在那儿作完全无望的挣扎时,都不免心生怜悯,也为自己知道了她那么多我本不该知道的事情而感到羞愧。她就是人们常说的那种"天生丽质的小尤物",不过,她身上倒也有某种令我颇有些着迷的勇往直前的闯劲儿。她要是不那么精神百倍地投入的话,她那种崇尚绝代美女就该及时行乐的献身行为也许就不会表现得那么明显了——她极有可能会主动献身的,不过,当我得知她的这种牺牲行为不会在我的眼皮底下完成时,我还是感到很庆幸的。

安森打算第二天早晨就把那封诀别的信留在她家里。在第五大道上的这片住宅区里,这个季节只剩下少数几幢别墅里还住着人,她家的那幢别墅便是其中之一,而且他也知道,卡尔格夫妇由于听从了多莉所提供的错误信息,已经预先出国旅行去了,好给他们的女儿创造机会呀。当他刚刚踱出耶鲁俱乐部的大门,正要迈步走向麦迪逊大道时,忽然看见那名邮递员从他身边走了过去,于是,他便跟在后面返回到俱乐部里。他一眼瞥见的头一封信上就是多莉的手迹。

他知道那封信里写的都是些什么内容——无非就是一大通孤独、悲切的自我表白而已,通篇都是他所熟知的那些带有指责性的怨言、勾起的种种回忆、"我真不知道是否"等等之类的言辞——也包括如今已经无法追忆起来的、他曾经对葆拉·勒让德尔表达过的那些亲密无间的话语,那一切现在看来都恍若隔世了。他先翻看了那几张账单,接着再把那封信拿到最上面,然后才把它拆开。令他惊诧的是,信很简短,颇有点儿像那种礼节性的便条,信中说,多莉不能陪他一起去乡下度周末了,因为佩里·赫尔出人意料地从芝加哥来到了纽约。信中还说,安森这是在咎由自取:"——要是我真能感受到你是爱我的,就像我爱你那样,那么,无论什么时候,无论什么地方,我都会陪你一起去的,可是,佩里是那样的忠厚老实,而且他又是那样迫切地想要我嫁给他——"

安森不屑一顾地笑了笑——对于这种设圈套诱人上当的书信,他早就领教过了。再说,他也知道多莉是怎样挖空心思才想出这个计策来的,说不定还是派人前去把那个对她一片忠心的佩里请到这儿来的呢,而且还计算好了他抵达的时间——甚至还挖空心思地炮制了这张便条,这样一来,她就能既让他感到嫉妒,又不至于把他轰走了。好比大多数折中的办法一样,这封短信既没有确切意义、又缺乏应有的活力,有的只是一种怯生生的绝望之情。

突然间,他气恼起来。他在大厅里坐了下来,把那封信又看了一遍。随后，他走到电话机前，拨通了多莉的电话，用他那清晰、有力的嗓音告诉她说，他已经收到她那张便条了，他会按照他们原先安排好的计划在五点钟的时候前去拜访她的。几乎没容她来得及说完那句假装还不能确定的话："也许我能够抽出一个小时来见你吧。"他就挂上了听筒，径直到他的办公室去了。走到半路上，他把自己写的那封信撕成了碎片，随手把它扔在了大街上。

他不是嫉妒——对他来说，她根本算不得什么——不过，面对她那可怜兮兮的小计谋，他内心的一切倔强和自我放纵的性格全都一股脑儿浮现到表层上来了。这是一个在心智上不如他的人所采取的自行其是的行为，是容不得忽视的。如果她想知道自己属于谁，那就让她等着瞧吧。

五点一刻，他站在她家的门槛外。多莉一身上街的打扮，他默默地听她讲完了那句话："我只能抽出一个小时来见你。"这句话她刚才在电话里只说了个开头。

"戴上帽子，多莉，"他说，"我们去散散步吧。"

他们悠闲地沿着麦迪逊大街漫步向前走去，一直走到第五大道上，由于置身在闷热难当的暑气中，安森的衬衣已经汗津津地贴在他伟岸的身躯上。他言语不多，只是责备了她几句，也没有对她说什么调情的话，可是，还没等他们走完六个街区，她就又成了他的人了，因为她一路上都在为那封短信道歉，主动表示决不再跟佩里见面了，权当是一种赎罪吧，还主动表示愿意向他献出一切。她满以为，他之所以能来，是因为他已经开始真心爱她了。

"我热了，"他说，这时他们已经走到第七十一号街了。"这是一件冬装。路过那幢别墅时,如果我顺便进屋去换身衣服,你能不能在楼下等等我?我只要一分钟就行了。"

她很高兴;总算让她知道他热了,总算让她知道有关他身体那方面的事情了,这种私底下才会说的亲昵的话儿,使她激动得心里怦怦直跳。当他们走向那道装着铁栅栏的大门前,安森掏出他的钥匙时,她体验到了一种异样的喜悦。

楼下黑乎乎的,等他乘电梯上楼之后,多莉撩起一扇窗帘,隔着不透光的蕾丝窗纱眺望着路对面的一栋栋别墅。她听见电梯的机械声停了下来,便怀着要捉弄他一下的念头,顺手揿了一下那只按钮,让电梯降了下来。随后,反正绝不是出于一时的冲动,她走进了电梯,让电梯上升到了她估计是他此刻所在的那层楼面。

"安森。"她喊道,还轻轻地笑了几声。

"再等一分钟就好。"他在卧室里应答着……转眼又耽搁了一小会儿之后,他说,"现在你可以进来了。"

他已经换好衣服,正在扣那件背心的纽扣。"这就是我的房间,"他轻声说,"你觉得怎么样?"

她猛然看到有葆拉的照片挂在墙壁上,便出神地凝望着那张照片,那神情恰如葆拉五年前凝望着安森少年时代的那些小情人的照片一样。她对葆拉的情况略知一二——也正因为知道这段往事中的一些支离破碎的片段,她才时常自寻烦恼的。

突然间,她张开双臂,朝安森直扑过来。他们拥抱在一起了。在那孔天窗外,一派柔和的亦真亦幻的人造灯光已经在摇曳不定地闪烁着了,尽管太阳依然还亮晃晃地照耀在马路对面的一个后屋顶上。不出半个小时，这间屋子里就会变得十分幽暗。这个事先根本就没有想到的、自然而然地出现的机会，弄得他们兴奋得不知如何是好，弄得两人都激动得喘不过气来，于是，他们搂抱得更紧了。这事儿看来是明摆着的、不可避免的了。他们抬起头来，彼此依然紧紧相拥着——他们的目光一齐落在了葆拉的那张照片上，葆拉正在墙壁上目不转睛地俯视着他们呢。

突然间，安森垂下了双臂，在他的写字台前坐下，拿出一大串钥匙在试着开抽屉。

"要来杯酒吗？"他声音粗哑地问道。

"不要，安森。"

他用一只平底玻璃酒杯给自己斟了半杯威士忌，一口全倒进了肚里，然后打开了通向大厅的那扇门。

"来吧。"他说。

多莉犹豫了一下。

"安森——不管怎么样，我打算今晚陪你到乡下去。那种事情你是明白的，对不对？"

"当然明白。"他粗暴地回答说。

他们开着多莉的车朝长岛驶去，两人在感情上比以往任何时候都贴近了。他们心里明白将会发生什么样的事情——不会再有葆拉的面孔来提醒他们眼下还缺少点儿什么了，不过，等他们两人单独在一起度过那静悄悄、热辣辣的长岛之夜时，他们就无所顾忌了。

华盛顿港那边有一座庄园，他们打算去那儿度过这个周末，那座庄园的产权属于安森的一位表姐，那位表姐后来嫁给了蒙大拿州的一位铜材经营商。一条长得一眼望不到头的私家车道,从看门人的那间小屋开始,蜿蜒曲折地掩映在外国进口的小白杨树下,一直通向一座规模宏大、呈粉红色的西班牙风格的别墅。安森以前是这儿的常客。

吃罢晚饭后,他们都到林克斯俱乐部跳舞去了。到了将近午夜的时候,安森暗自认定,他表姐一家两点钟之前是不会离开的——于是,他便解释说,多莉感到累了;他得送她回家,晚些时候再回到舞会上来。两人都激动得微微有些发抖,一起钻进了一辆借来的小轿车,然后便径直朝华盛顿港驶去。他们开到看门人的那间小屋门前时,安森停下车来,跟那位值夜班的看门人聊了几句。

"你什么时候开始巡夜啊,卡尔?"

"这就去。"

"巡完夜之后,你会一直守在这儿等大家都进来吗?"

"是的,先生。"

"不错。你听着:如果有哪辆汽车,不管是谁的车,拐进了这道大门,我要你立刻打电话到别墅里去。"他把一张面额为五元的钞票塞进了卡尔的手里。"听清楚了没有?"

"听清楚了,安森先生。"由于是老派的欧洲人,他既没有眨一下眼睛,也没有报以微笑。然而,坐在一旁的多莉却看不过去,把脸微微扭开了。

安森有一把钥匙。一进屋,他就给两人都斟了一杯酒——多莉由他把自己的那杯酒放在那儿,动也没去动它——随后,他特意去查看了一下,想确切地弄清那部电话的具体位置,却发觉那部电话就在他们房间附近,很容易听到,他俩的房间都在一楼。

五分钟之后,他在多莉那间房间的门上敲了敲。

"是安森吗?"他昂然直入,随即把房门反锁上了。她已经上床了,正焦急万分地斜倚在那儿,胳膊肘支在枕头上;他坐到她身边,把她拥进自己的怀抱里。

"安森,亲爱的。"

他没有回答。

"安森。……安森!我爱你。……快说你也爱我呀。现在就说——这句话难道你现在还说不出口吗?即使你并不是真心的?"

他根本没听她在说什么。在她的头顶上方,他分明看见葆拉的照片就近在咫尺地悬挂在眼前这堵墙上。

他站起身来,上前朝那张照片凑过去。那只镜框上淡淡地闪烁着微光,映衬着呈三棱形折射过来的月光——镜框里是一张模模糊糊的人脸,他看出来了,这张脸他并不认识。他差点儿忍不住要哭起来,便急忙转过身去,带着厌恶的神情瞪着床上那个娇小的身影。

"这纯粹是在干蠢事,"他嗓音沙哑地说,"我真不知道我刚才在动什么脑筋。我不爱你,所以,你最好还是等别人来爱你吧。我一点儿也不爱你,难道你不明白吗?"

他说话的声音都变了,说完便急匆匆地走了出去。回到客厅后,他想给自己倒上一杯酒,却连手指头都不听使唤了,就在这时,大门突然开了,他表姐走了进来。

"怎么啦,安森,我听说多莉病了,"她开口便关切地说,"我听说她病了……"

"没什么大不了的,"他打断了她的话,嗓门抬得很高,好让声音能传进多莉的房间,"她只是有点儿累。她已经上床睡了。"

事过之后,有好长一段时间,安森一直都相信有一个保护神在时不时地插手人间的事情。可是,多莉·卡尔格呢,她却眼睁睁地躺在床上,两眼直愣愣地望着天花板,从此对什么都不再相信了。

六

多莉在接下来的那个秋天里结婚的时候,安森正好在伦敦出差。如同葆拉的婚事一样,这件事来得也很突然,但是对他产生的影响却大不一样。起初,他还觉得这事儿很可笑呢,而且只要一想起这件事,他就忍不住要放声大笑。后来,这件事终于让他沮丧起来——他感到自己已经老了。

这件事似乎颇有点儿重演历史的味道——怎么说,葆拉和多莉也是截然不同的两代人呀。他提前品尝到了一个四十岁男人在得知某个旧情人的女儿已经出嫁了的消息时的那种滋味。他拍去了一份表示祝贺的电报,而且,跟葆拉的情形不同的是,电报的贺词都是真心诚意的——他可从来没有真心希望葆拉会有幸福美满的婚姻。

返回纽约后,他被擢升为那家公司的一名合伙人,于是,随着他担负的职责在不断增多,能够由他自己支配的时间越来越少了。有一家人寿保险公司居然拒绝给他签发保险单,这件事对他的触动实在太深,这才迫使他戒了一年的酒,为此,他逢人就说,他感觉身体好多了,尽管我认为,他还是怀念那些可供在纵酒宴乐时当作谈资的切利尼①式的猎艳经历的,在他二十岁刚出头的那几年,那些猎艳经历是他生活中如此重要的一个组成部分呢。不过,他从来没有放弃耶鲁俱乐部的那些聚会。他在那里也算得上一个人物呀,是一个有头有脸的大人物呢,因此,他的那些同班同学,那些离开大学到如今已经有七年之久的人,都倾向于要漂往别的地方去了,到那些更符合实际、令他们心驰神往的地方去了,这种倾向却因为他的存在而被遏制住了。

他从不把每天的工作安排得过于饱满,也从不让自己的头脑过于疲劳,所以,不管什么人来找他帮什么样的忙,他都有求必应。原先只是出于自鸣得意和优越感才那样做的一些事情,后来竟演变成了一种习惯,一种强烈的爱好。再说,他也总是事情不断的——譬如说,有个弟弟在纽黑文惹上了麻烦啦,有个朋友夫妻之间吵了一架需要他去和解啦,要为这个人找个职位、要给那个人一笔投资呀,如此种种,不一而足。不过,他的专长还是为那些已婚的年轻人解决各种难题。那些结了婚的年轻人强烈地吸引着他,他们居住的公寓在他看来也近乎是一片圣地——他了解他们的恋爱经过,建议他们该住在什么地方、该怎样生活,而且还记得他们的孩子的名字。面对那些年轻貌美的妻子们,他采取的是谨小慎微的态度:他从不滥用她们的丈夫对他的信任——就他那从不加以掩饰的风流放荡的行为而言,能够做到这一点倒真让人觉得很不可思议了——那些做丈夫的倒也能做到始终如一地信任他。

从别人的幸福美满的婚姻中,他渐渐领略到了一种如同身临其境

---

① 本韦努托·切利尼(Benvenuto Cellini,1500—1571),意大利文艺复兴时期的雕塑家、作家、音乐家、美术理论家、当时最著名的金匠。

般的愉悦，对于那些误入歧途的婚姻，他也能从中有所感悟，产生出一种近乎幸灾乐祸的伤感。没有哪一个季节过去时，他不亲眼看到一桩爱情的土崩瓦解，而且那桩爱情说不定还是他亲自从无到有撮合起来的呢。当葆拉离了婚、随即又嫁给了另一个波士顿人时，他跟我谈起了她的情况，谈了整整一个下午。他绝不会像当初爱葆拉那样爱任何人的，可是他却硬说，他不会再对这件事耿耿于怀了。

"我永远也不会结婚的，"他幡然醒悟似的说，"这种事情我看得太多啦，而且我也知道，幸福美满的婚姻是十分罕见的。再说，我也太老啦。"

不过，他对婚姻的确是抱有信心的。如同所有那些从幸福、美满的婚姻中诞生出来的人一样，他对婚姻的信念也是情有独钟的——无论他亲眼看到了什么样的现象，都改变不了他的这个信念，他的玩世不恭只要一遇到这一点，就会像空气一样消散得无影无踪。不过，他倒是真的觉得自己已经太老了。到了二十八岁那年，他怀着一颗平常心，开始接受那种毫无浪漫爱情可言、但大有可能成为他结婚对象的人了。他果断地选择了一位属于他自己那个阶层的纽约姑娘，那姑娘不但人长得漂亮，而且天资聪慧，跟他志趣相投，各方面都无可指责——于是，他就着手准备跟她谈恋爱了。他以前怀着真挚的感情对葆拉说过的那些话、怀着恩赐的态度对别的女孩子说过的那些话，现在却再也说不出口了，而且只要一开口，就总是带着微笑，或者带着那种说出来就要让对方不由得不信的感染力。

"等我到了四十岁的时候，"他对他的朋友们说，"我就会真正成熟起来了。我也会像其他人那样，爱上某个歌舞合唱团的姑娘的。"

话虽这么说，他仍旧在执迷不悟地尝试着。他母亲希望能看到他结婚，何况他现在也完全有这个经济能力结婚了——他在纽约证券交易所里有一个席位，而且挣得的收入可达一年两万五千美元呢。这个主意他也欣然赞同：他的那些朋友——他和多莉一起结交的那帮人，曾经耗去了他大部分时光的那帮人——如今一到晚上居然都把自己关在家里，躲在各自的安乐窝里不肯出门了，他不再为自己拥有那份自由而感到高兴了。他甚至还有些纳闷，不知自己是否当初就应该跟多莉结婚。甚至连葆拉都没有像她那样对自己一往情深啊，他现在也渐渐懂得了，在一个单身汉的生活中，要是能遇到真情，那是多么的难能可贵。

就在这种情绪开始悄然袭上他心头的时候，一条让人心神不宁的奇闻传到了他的耳边。他婶婶埃德娜，一个快到四十岁的女人，竟然在跟一个生活放荡、嗜酒如命、名叫卡里·斯隆的年轻人大搞不正当的男女关系，已经发展到了公然私通的地步。这件事早已闹得尽人皆知了，唯独安森的叔叔罗伯特还蒙在鼓里，他叔叔十五年来只顾在各大俱乐部里高谈阔论，想当然地认为自己的妻子是不会出轨的。

安森一次又一次地听到了这条奇闻，心里感到越来越窝火。他对他叔叔的那份旧情似乎又死灰复燃了，那是一种超出了个人恩怨的感情，一种要重新促使家族成员团结一致的感情，他的自尊就是建立在这种感情基础之上的。他的直觉使他一眼就看清了这场风流韵事中的至关重要的一点，那就是，绝不能让他的叔叔受到伤害。这是他的第一次实验，不请自到地主动插手别人的私事。不过，凭他对埃德娜性格的了解，他觉得这件事由他来处理，可能要比让一名地方法官或者他叔叔来处理更好。

他叔叔在温泉城。安森是顺藤摸瓜地循着这桩丑闻的消息来源进行追查的,这样就不大可能会出差错,查清之后,他便打电话给埃德娜,约请她第二天在广场大酒店一起吃午饭。他说话时似乎话中有话的那种腔调,肯定把她吓坏了,因为她就是推三阻四地不愿来,但是他一再坚持要她来,而且还推迟了见面的日期,直到她终于找不到借口回绝。

她按照约定时间在广场大酒店的大厅里和他见了面,好一个模样俊俏、韶华已逝、灰色眼眸的金发美人啊,身上穿的是一件俄罗斯黑貂皮大衣。五枚硕大的戒指,冷冰冰地镶着钻石和祖母绿的戒指,在她纤细的手指上光华夺目地闪耀着。安森忽然想到,正是靠着他父亲的聪明才智,而不是靠他叔叔的,才挣下了这些皮货和宝石的,也正是靠着这些富丽堂皇、璀璨耀眼的东西,才把她那日渐逝去的美貌衬托出来的。

尽管埃德娜已经嗅出了他的敌意,但是对他那种单刀直入的说话方式,她还是没有任何思想准备。

"埃德娜,我对你近来的所作所为感到十分震惊啊,"他口气强硬、直言不讳地说,"起初,我简直都不敢相信这种事情。"

"相信什么事情?"她厉声问道。

"你用不着在我面前装糊涂,埃德娜。我说的是卡里·斯隆这件事。撇开别的问题暂且不说,我认为,你不能这样对待罗伯特叔叔——"

"喂,你听着,安森——"她气呼呼地刚开了个头,就被他那不

容置辩的声音截断了:

"——也不能这样对待你的孩子们。你们结婚已经有十八年了,而且你都是这么大岁数的人了,应该更懂道理才对。"

"你还没有资格用这种口气对我说话!你——"

"有,我当然有。罗伯特叔叔一直是我最要好的朋友。"他显得十分激动。他是真的在为他叔叔、为他的那三个堂弟堂妹感到担忧呢。

埃德娜站起身来,她那杯沙果片鸡尾酒连碰也没碰。

"简直是荒唐透顶——"

"得了吧,要是你不愿意听我说,那我就去找罗伯特叔叔,把这件事原原本本地告诉他——反正他迟早必定也会听到的。接下来,我就去找那个老摩西·斯隆。"

埃德娜摇摇晃晃地又坐回到椅子里。

"说话别那么大声嘛,"她恳求他,她两眼已经噙满了泪水。"你不知道你的声音传得有多远。你要真想说这些没头没脑地指责人的疯话,不妨找一个人少一些的地方嘛。"

他没搭理她这句话。

"唉,你从来就没有喜欢过我,我知道,"她接着往下说,"你只不过是在利用某些荒唐可笑、道听途说来的闲言碎语,试图破坏我迄今为止唯一觉得有意思的友谊罢了。我到底做了什么事儿,让你这样恨我?"

安森依然在等待时机。她必定会先来恳求他拿出他的骑士精神,然后会来央求他的同情,最后会企求他高超的老于世故的处世经验——等他按自己一贯的做法顶住这一切之后,她就会如实招认了,他也就能牢牢地把她捏在自己的手心儿里了。他沉默不语，不为所动，并且连续不断地反复使用着他的杀手锏，这也是他自己的真实感情，随着午餐时间在不知不觉地流逝，他终于把她逼迫得陷入了狂乱的绝望之中。挨到两点钟的时候，她拿出一面镜子和一块手绢，拭去泪痕，用粉拍在泪水留下的一道道浅浅的凹痕处补了妆。她已经同意五点钟在她自己家里同他见面。

他到达时，她正躺在一张睡椅上，椅子上铺着夏天用的印花装饰布，他在午餐时招惹出来的那些泪珠似乎仍旧充盈在她的眼睛里。紧接着，他发觉卡里·斯隆就靠在冷冰冰的壁炉旁，阴沉着脸，一副焦虑不安的样子。

"你动这个歪点子到底是什么目的？"斯隆立即吼叫起来，"我明白你的用意，你请埃德娜去吃午饭，却又根据某些低级趣味的恶意诽谤来威胁她。"

安森坐了下来。

"我可没有理由认为那只是恶意诽谤。"

"我听说，你还要去罗伯特·亨特那儿告状，还想去我父亲那儿告状。"

安森点了点头。

"要么你们马上一刀两断——要么我就去告诉他们。"

"这他妈的关你什么屁事啊，亨特？"

"别发火，卡里，"埃德娜神情紧张地说，"这只不过是一个要不要向他挑明的问题，要不要向他挑明这事儿有多荒诞——"

"首当其冲的是，老是被人家指指戳戳、传来传去的是我的姓氏，"安森打断了她的话，"这一点全都是你一手造成的，卡里。"

"埃德娜并不是你们那个家族的人。"

"她当然是！"他怒气冲天地说，"你瞧瞧——她住的这幢别墅，她手上戴的那些戒指，哪一样都是靠我父亲绞尽脑汁挣来的。罗伯特叔叔娶她的时候，她还穷得身无分文呢。"

他们齐刷刷地都望着那些戒指，仿佛那些戒指在这种场合被赋予了重大意义似的。埃德娜作势要把那些戒指从手上摘下来。

"我估计它们不是这世界上唯一的戒指吧。"斯隆说。

"啊，这事儿简直太荒诞不经了，"埃德娜叫了起来，"安森，你能不能听我说两句？我已经弄清这个荒唐可笑的传闻是怎么产生的了。是一个被我解雇掉的女用人捣的鬼，她被解雇后就直接去了齐里谢夫家——这些个俄国佬就喜欢从他们的用人那里打探情况，然后再添油加醋地按上凭空想象出来的内容。"她气愤得一拳砸下来，拳头落在桌面上，"去年冬天我们都在南方的时候，汤姆把那辆豪华大轿车借给他们用了整整一个月，打那以后——"

"你明白了吗？"斯隆急切地问道，"这个女用人完全错误地理解了这件事。她知道我和埃德娜是朋友关系，于是就跟齐里谢夫夫妇说了。在俄国，人们会认为，如果一个男人和一个女人——"

他大肆扩展着说话的主题，使之变成了专题讨论高加索人的社会关系的一场演讲。

"如果情况果真是这样的话，那你们最好还是向罗伯特叔叔去解释一下，"安森冷冷地说，"这样一来，等这些谣言传到他那里的时候，他就会知道这些都是谣言，并不是事实。"

他采取的还是他跟埃德娜一起吃午饭时所采用的那种手段,由他们一路解释下去。他知道他们做贼心虚,也知道他们要不了多久就会越过心理防线,从解释走向寻找理由为自己洗刷罪名,进而证明他们自己确实有罪,这个办法比他所能采用的任何别的办法肯定要更加奏效。快到七点钟的时候,他们终于迈出了孤注一掷的一步,把事实真相告诉了他——罗伯特·亨特的疏于问津、埃德娜独守空房的空虚生活、偶尔逢场作戏的调情转变成了欲火中烧的激情——不过,像许多真实的故事一样,这个故事不幸也流于老套,故事中的那个已经变得软弱无力的主体,面对安森盔甲般的意志,在无可奈何地抗争着。安森扬言要去找斯隆的父亲告状的那句狠话,也注定了他们无可奈何的处境,因为斯隆的父亲,一个出生于亚拉巴马州的已经退了休的棉花经纪人,是一位远近皆知的基要主义者①,他是通过一笔控制得非常严格的生活费来管束他这个儿子的,而且已经发出话来,如果他再有胡作非为之举,就永远断绝给他的这笔生活费。

他们在一家法式小餐馆吃晚饭,席间,这场辩论仍在继续进行着——有一度,斯隆试图要以武力相威胁,可是没过一会儿,他俩就一齐来苦苦哀求他再宽限他们一点时间了。不料,安森就是顽固不化。他看得出,埃德娜已经快要崩溃了,也完全明白,绝不能让他们的激情再死灰复燃,让她重新振作起来。

到了深夜两点钟的时候,在第五十三号大街上的一家小型夜总会里,埃德娜的神经终于支撑不住,在突然间垮了下来,她哭喊着要回

---

① 基要主义者(fundamentalist),近现代基督教新教中的一个教派,坚持《圣经》中耶稣基督的基本要义,恪守其中的叙述、教义、预言和道德法则。

家。斯隆整个晚上都在拼命喝酒，他已经淡淡的有了些醉酒后的伤感，人斜靠在桌子上，接着又以双手掩面抽泣了一会儿。安森见时机已到，立即给他们开出了他的条件。斯隆必须离开这座城市六个月，而且必须在四十八小时之内走人。倘若他日后回来了，也不许再旧情复燃，不过，等过满一年之后，埃德娜可以，如果她愿意的话，向罗伯特·亨特提出她想离婚的要求，而且要按照正常途径来办理离婚手续。

他停顿了一下，看了看他们的面部表情，对自己最后要说的那句话更有信心了。

"要不然，你们还可以采取另一个办法，"他慢条斯理地说，"如果埃德娜舍得抛开她那几个孩子的话，我也没有办法能阻止你们一起去私奔。"

"我要回家！"埃德娜再一次哭喊起来，"啊，你折磨了我们一整天，难道你还没有折磨够吗？"

屋外，天色依然黑沉沉的，只有从第六大道那边透过来的一抹朦朦胧胧的灯光映照着这片街面。在那抹灯光下，那两个曾经相爱过的人儿最后一次深情地望着对方那悲切的面容，心里都明白，他们彼此都没有足够的青春和力量能阻挡得了这永久的分离。斯隆猛然转过身，顺着那条大街走去，于是，安森轻轻拍了拍一个正在打盹儿的出租车司机的胳膊。

此时已是将近四点钟了，在第五大道那阴森森的人行道上，有一股冲洗路面的水流在不紧不慢地流淌着，还有两个夜女郎的身影，轻盈地从圣·托马斯教堂那黑魆魆的大门前走了过去。接下来是中央公园的那片杳无人迹的灌木地带，那是安森儿时常来玩耍的地方，随后是数字越来越大的街名，它们和以姓氏命名的街名一样意义深远，这一条条从眼前飞掠而过的大街啊。这就是他的城市，他暗暗思忖着，在这座城市里，他的姓氏已经繁荣兴旺五代人了。没有任何变革能够撼动它在这里永恒不变的地位，因为变革本身就是要变革其最为重要的社会根基嘛，而他以及和他同一姓氏的那些人，正是在这种最为重要的社会根基上将自己与纽约精神维系在一起的。取之不竭的资源，再加上强大的意志——因为他的那些威胁性的话语，倘若换了手段比较软弱的人来说，也许还不如什么也不说为好呢——终于拂去了积压在他叔叔姓氏上的灰尘，拂去了积压在他的家族姓氏上的灰尘，甚至也拂去了在这辆车里坐在他身边的这个抖抖索索的女人身上的灰尘。

卡里·斯隆的尸体是第二天早上被人发现的，就躺在昆斯鲍罗大桥一个桥墩下的那片地势低洼的沙洲上。由于是在黑夜里，也由于他心情太激动，他还以为那是河水黑乎乎地流淌在他的身下呢，可是，还不到一秒钟，是不是水就没什么两样了——除非他还打算再最后一次想一想埃德娜，一边在水中无力地挣扎着，一边呼唤着她的名字。

七

安森从来没有因为他在这场恋爱风波中所扮演的角色而自责过——事情最终呈现出的这种局面并不是他造成的。但是，有理的一方往往会陪着无理的一方一起遭殃，他发觉他那份最长久、在某种程度上也是他最珍贵的友谊，竟不复存在了。他根本不知道埃德娜到底编造了什么样的歪曲事实真相的故事，反正他在他叔叔家里再也不受欢迎了。

就在圣诞节的前夕，亨特太太辞别了人世，魂归把关很严的圣公会的天国去了。于是，安森便成了名副其实的一家之主。有一位至今尚未出嫁、和他们一起生活了多年的姑姑负责操持家务，力不从心、勉为其难地陪护和监督着那几个年龄小一些的女孩子。这几个孩子个个都不及安森那样有主见，无论是优点还是缺点，都表现得更加趋于传统。亨特太太的撒手人寰，既耽搁了一个女儿初次在社交界登台亮相的机会，又延误了另一个女儿的婚礼。除此之外，她似乎还带走了他们所有人早已习以为常的物质上的某种东西，因为，随着她的亡故，亨特家的那种既不张扬、又极其奢华的优越生活便从此宣告结束了。

首先，这笔不动产，由于被征收了双份的遗产税，已经大幅度地缩了水，而且很快就要在六个子女中进行分割，再也谈不上是一笔洋洋大观的财富了。安森发觉，他那几个年龄最小的妹妹中竟出现了一种苗头，只要一提到那几户人家，就带着相当敬重的口气，而那几户人家二十年前是根本不"存在"的。他自己的优越感在她们身上一点儿也引不起共鸣——有时候，她们居然也不可免俗地表现得有些势利了，这倒也算不得什么。其次，这将是他们在康涅狄格州的那座庄园里度过的最后一个夏天了；反对去那儿的吵闹声响得不绝于耳："谁愿意把自己封闭在那个死气沉沉的老镇子里，白白浪费一年中最美好的几个月？"虽说很不情愿，他还是做出了让步——那幢别墅将在秋天拿到市场上去变卖，来年夏天，他们将在维斯特切斯特县租一个稍微小一点儿的住处。这种做法等于是在走下坡路，背离了他父亲一贯主张的要表面简朴、实则奢华的思想，因此，他既能体谅这种叛逆行为，同时也对此深感恼火；他母亲在世的时候，他至少每隔一个星期都要北上去那边过周末的——即便在最欢乐的夏天也不例外。

然而，他自己也亲身参与了这场变革，何况他那出于本能的对生活的强烈愿望，也使他在二十几岁时就从那个已经夭折的有闲阶级的虚假葬礼中脱胎换骨，完全变了个人。他并没有清楚地看到这一点——他依然觉得，这世上还是存在某种规范、存在某种衡量社会等级的标准的。可是，这世上哪儿有什么规范呢，就连纽约这种地方究竟是否存在过某种真正意义上的规范，都还令人怀疑呢。只有为数很少的那些人仍然在不惜付出代价、奋力拼搏，想跻身于某一特定的社会阶层，岂料，到头来却发现，作为一个社会阶层，它几乎发挥不了多大作用了——或者，令人更加吃惊的是，他们曾经避之犹恐不及的那些在生活上放浪不羁的文化人，反而倒坐在他们的上首了。

到了二十九岁时，安森最大的忧虑，就是自己越来越严重的孤独感。如今他已铁了心，永远不结婚。他多次在别人的婚礼上担任过男傧相或迎宾员，次数多得数也数不清——他家里有一个抽屉，里面满满当当装的全都是他在这次或那次婚礼上司职时戴过的领带，这些领带既代表着某些连一年时间都撑持不了的浪漫爱情，也代表着某些已经从他的生活中完全消失的一对对夫妇。什么领带夹呀、金铅笔呀、衬衫的袖钉呀等等，由整整一个世代的新郎们赠送的那些礼物，只不过从他的珠宝箱里经过了一下，随后就不知去向了。随着每一场婚礼仪式的举行，他变得越来越不能想象换了自己当新郎会是什么滋味了。尽管他对所有这些婚事都怀着由衷的良好祝愿，可对他自己的婚事却只有绝望。

到了年近三十岁的时候，由于看到婚姻已经严重影响到了他和朋友们之间的友好关系，尤其是最近，他变得愈发消沉起来。曾经抱成一团、结为死党的人们，如今都有一种让人心慌意乱、四分五裂、各奔东西的倾向。来自他自己母校的那些人——也正是在这帮人身上他花去的时间最多、倾注的感情最深——偏偏就数这帮人溜得最快。他们中的绝大多数人都深陷在各自小家庭的樊篱里，有两个人已经去世，有一个生活在国外，有一人在好莱坞写电影分镜头剧本，这些电影安森都忠实地去看了。

不管怎么说，反正他们中的大多数人都是长年不变地乘坐公共交通往返于城郊之间的上班族，过着一种纠缠不清的家庭生活，只能以某个郊区俱乐部为中心，他十分强烈地感到自己在日渐疏远的也就是这些人。

在他们刚开始过上已婚生活的那段日子里，他们都还需要他：他为他们出谋划策，告诉他们该怎么合理使用他们那点儿微薄的经济收入；他为他们消除疑虑，告诉他们带着一个小宝宝住进一个两居室外加一间浴室的屋子也不失为明智之举，尤其是，他代表着外面那个广阔的天地呢。可是，现在倒好，他们的经济困难已经成了历史，那个担惊受怕地盼来的孩子也已进入了一家人其乐融融的生活中。见到老安森，他们总是很高兴的，可是，他们却为了见他而刻意把自己穿戴得整整齐齐，竭力想给他留下这样的印象——他们现在也出人头地了，却把他们的烦恼都埋藏在心里。他们再也不需要他了。

在他三十岁生日到来之前的几个星期，他早年的也是他最亲密的那些朋友中的最后一位也结婚了。安森一如既往地扮演着他男傧相的角色，一如既往地送上了他的一套银茶具，而且也一如既往地赶到"荷马号"游轮上向新婚夫妇道了别。那是五月里的一个炎热的星期五的午后，当他漫步从码头边走开时，他忽然意识到，星期六已经近在眼前，到下个星期一的早晨之前，他都无事可做。

"去哪儿呢？"他自言自语地问。

去耶鲁俱乐部呗，当然是去那儿啦。打桥牌，一直打到吃晚饭为止，然后再到某个人的房间去喝上四五杯不兑水的鸡尾酒，度过一个惬意而又糊里糊涂的夜晚。他很遗憾，今天下午的这个新郎官不能来陪伴他了——想当初，他们总有办法把那么多内容塞进如此美妙的夜晚：他们知道怎样去勾搭女人以及怎样摆脱她们，也知道按照他们明智的享乐主义原则该付给哪个姑娘多少报酬。参加某个舞会只不过是一件用来调整一下心情的事情罢了——你带上某些女孩子到某些地方去，花上不多不少的钱让她们高兴；你喝一点儿酒，但绝不喝过量，只是比你应该喝的量稍多一点儿；然后，到了早晨某个时候，你站起身来，说你要回家了。你躲开了那些乳臭未干的大学生，躲开了那些依赖他人生活的寄生虫，避开了未来的约会，避免了打架斗殴，也避免了感情用事，以及言行失检。这就是处事之道。其余的则统统都是瞎胡闹。

到了早晨，你绝对不会感到特别遗憾的——你并没有下过任何决心呀，不过，如果你把事情做过了头，心里稍稍感到有些忐忑不安了，那你就连着戒几天酒，闭口不谈那件事得了，等到紧张、无聊的心情积蓄到一定程度，再把你抛进另一场舞会为止。

耶鲁俱乐部的大厅里还没有什么人。酒吧间里，三个年纪很轻的校友抬眼朝他看了看，只扫了他一眼就没了兴趣。

"喂，我说，奥斯卡，"他对那名酒吧服务生说，"卡希尔先生今天下午来过这儿吗？"

"卡希尔先生去纽黑文了。"

"哦……是吗？"

"看棒球赛去了。好多人都去了。"

安森再次朝大厅里看了一眼，略微思考了一下，然后便走了出去，径直上了第五大道。透过那扇宽阔的窗户，那是他曾经加入过的一家俱乐部——这家俱乐部他五年来几乎就没怎么光顾过——只见有一个头发灰白、泪眼汪汪的老男人在低头俯视着他。安森急忙扭过脸去望着别处——那人就端坐在那儿，清闲中透着无可奈何，傲慢中透着孤寂落寞，使他感到很压抑。他停下脚步，顺原路返回，穿过第四十七号大街，朝蒂克·沃登家的那幢公寓走去。蒂克和他妻子一度都是他最熟不拘礼的朋友——这户人家曾经是他和多莉·卡尔格在谈恋爱的那些日子里常去拜访的地方。但是，蒂克后来染上了酒癖，而且他妻子还公开散布说，那都是被安森给带坏的，安森才是真正的罪魁祸首。这话被人家经过一番添油加醋的传播之后，传到了安森的耳朵里——等到事情最终得以澄清时，那种微妙的、令人神往的亲密关系却破裂了，永远也别想修复了。

"沃登先生在家吗？"他问道。

"他们都到乡下去了。"

这话虽然是实情,却完全出乎他的意料,因而深深刺痛了他。他们都去了乡下,而他竟然一无所知。若是在两年以前,他肯定会知道他们动身的日期和具体时刻的,他会在最后一刻赶来,喝一杯送行的酒,并且约定好在他们回来后的第一次拜访。现在倒好,他们竟一声不响地走了。

安森看了看他的手表,寻思着要不要陪家人在一起过一个周末,但是,唯一可乘的列车只有一趟区间车,那将意味着要在热得人透不过气来的酷暑中整整颠簸三个小时。而且明天也得待在乡下,还有星期天——他可没有那份闲情雅致陪那几个文质彬彬的还在念大学的本科生在游廊上打桥牌,吃完晚饭后再到一家乡村路边小旅馆去跳舞,这种小小的娱乐曾经得到过他父亲好得过了头的评价呢。

"啊,不行,"他自言自语地说,"不行。"

他可是一位受人尊敬、令人印象深刻的青年啊,现在多少有些发胖了,除此之外,一点儿也看不出有生活放荡的痕迹。他也许生来就是要做某个方面的栋梁之材的——有时候,你会很有把握地认为,他决计成不了社会的栋梁;有时候,你又会认为,他也许在别的方面也成不了什么栋梁——譬如在法律界,在宗教界。在第四十七号大街上的一幢公寓楼前的人行道上,他一动不动地伫立了好几分钟,他有生以来几乎还是头一回感到这样无所事事呢。

片刻后,他撩开大步沿着第五大道匆匆走去,仿佛忽然想起了那边还有一个重要约会在等着他似的。需要掩饰,这是我们人类和狗类所共有的为数很少的几个特点之一,所以,我认为,安森那天的表现也算得上一个具有良好教养的家伙了,他在一扇他所熟悉的后门口吃了闭门羹呢。他现在打算去见尼克了,尼克曾经是一名备受上流社会时髦人士青睐的酒吧服务生,哪里举办私家舞会都要请他去,如今他已受雇于广场大酒店,专门负责在那迷宫般的地下酒窖里冰镇不含酒精的香槟酒。

"尼克,"他说,"一切都还好吗?"

"憋闷死了。"

"给我弄一杯酸味儿威士忌吧。"安森把一只一品脱的酒瓶递进柜台。"尼克,那些姑娘们如今都今非昔比啦。我在布鲁克林有过一个小姑娘,可是,她上星期居然都没让我知道就结婚了。"

"真有此事?哈——哈——哈,"尼克圆滑地应答着,"居然把你给骗了。"

"绝对是真的,"安森说,"她结婚前的那天晚上,我还带她出去过夜了呢。"

"哈——哈——哈,"尼克说,"哈——哈——哈!"

"你还记得那场婚礼吗?尼克,在温泉城的那场,我当时让服务生和乐手们一起唱《上帝拯救国王》。"

"哎呀,那是在哪儿啊,亨特先生?"尼克一脸疑惑地使劲儿想着,"我倒觉得,那好像是在——"

"他们又一次跑来还想要赏钱的时候,我就开始纳闷了,搞不清自己到底已经付了他们多少钱。"安森接着说。

"——我觉得,那好像是在特伦霍姆先生的婚礼上嘛。"

"我不认识他。"安森斩钉截铁地说。在他回忆往事的时候,一个陌生的名字竟然擅自闯了进来,他感到有些不快。尼克察觉到了这一点。

"这个——哎呀——"他承认搞错了,说道,"这事儿我应该知道的。就是你那帮人当中的一个——布拉金斯……贝克……"

"比克·贝克!"安森立刻应道,"事情办完之后,他们把我放进了一辆灵车,在我身上撒满鲜花,然后就把我拉走了。"

"哈——哈——哈,"尼克笑道,"哈——哈——哈。"

尼克装得像老家仆一样的滑稽模仿,不一会儿就显得索然无趣了,于是,安森便走上楼来,到了酒店的大堂里。他环顾四周——目光所到之处,先碰上的是前台的一个他不熟悉的店员朝他投来的一瞥,接着又落在了一枝花上,那枝花是当天上午的那场婚礼留下的,此刻就摇摇欲坠地耷拉在一只黄铜痰盂的沿口上。他走了出去,迎着血红的太阳慢腾腾地走上了哥伦布圆形广场。突然,他又迅速转过身来,顺原路回到广场大酒店,把自己关在一间公用电话亭里。

后来,他告诉我说,那天下午他给我打过三次电话,他给有可能还留在纽约的每一个熟人都打过电话——他已经多年没见过面的那些男人和姑娘,有一个还是他大学时代的一位艺术家的人体模特儿呢,她的那个已经褪了色的电话号码依然还存留在他的通讯簿里——总机接线生告诉他说,甚至连原来的那个电话交换台都已不复存在了。万般无奈之下,他愤然要求把电话接到了那边的乡下,于是,他在电话里同那几个管家和女佣简短交谈了几句,他们都回答得振振有词,内容却令人大失所望。某某人出去了,某某人骑马去了、游泳去了、打高尔夫球去了,某某人上星期就乘船到欧洲旅行去了,如此等等,反正个个都不在家。活该,谁让你打这些电话呢?

要他独自一人形影相吊地度过这个晚上,那简直是不能容忍的事情——向隅静思,那只是一个人为了排遣片刻的空闲时间而采取的权宜之策,一旦孤独感强行袭来,也就失去了其应有的魅力。虽说有一类女人总是存在的,但是他所熟悉的那些女人一时间竟然都消失得无影无踪了,再说,他也从来没有动过那种念头,花钱找一个不认识的女人来陪伴他度过一个纽约之夜——他大概认为那种事情多少有些可耻和不可告人吧,那是一个四处奔波的推销员到了一个陌生的城市里才会需要的消遣方式。

安森付了电话费——那个收钱的姑娘本想拿他交了这么大一笔电话费开个玩笑,却没敢说出口——于是,那天下午,他第二次拔脚离开了广场大酒店,却不知到底该去哪儿是好。靠近旋转门的地方有一个女人的身影,显然已是身怀六甲,正迎着光侧身站在那儿——旋转门一转动,她肩头的一件纯米色的披肩就会忽闪忽闪地飘动起来,而且门每转动一次,她都要急不可耐地朝门口张望一下,仿佛她已经等得很不耐烦了似的。乍一看见她,他便有一种熟悉的感觉,一阵强烈的神经质般的战栗猛然袭上心来,不过,直到他走到离她不足五英尺的地方时,他才认出,那人竟是葆拉。

"哇,是安森·亨特呀!"

他的心翻腾起来。

"哇,是葆拉呀——"

"哇,这回倒真是巧了。我简直都不敢相信这是真的啦,安森!"

她拉着他的两只手,从她那无拘无束的动作中,他顿时就明白了,她对他怀有的那份感情已经不再强烈得令她心碎了。可是,他却不是那样的——他感到她在他心中唤起的那份旧情正在悄然袭来,占据了他的头脑,他过去总是用那种很斯文的举止对待她的乐观态度的,好像生怕会毁了她那浮在表面上的乐观精神似的。

"我们是来拉伊①避暑的。皮特因为生意上的事情才不得不到东部来的——你当然知道,我现在是皮特·哈格蒂太太啦——所以,我们把孩子们也带来了,还租了一套房子。你得过来看看我们才对呀。"

"我可以来吗?"他直截了当地问道,"什么时候?"

"你愿意什么时候来就什么时候来呗。瞧,皮特来了。"旋转门在转动,放出一个相貌英俊、身材高挑的男人,三十来岁,一张晒得黑黑的脸,蓄着修剪得整整齐齐的小胡髭。他那无可挑剔的健康身材,与安森日渐发福的体态形成了鲜明的反差,再加上安森穿的又是那件略微紧身的燕尾服,就更显富态了。

"你不该老是站着呀,"哈格蒂先生对妻子说,"我们在这儿坐下来吧。"他指了指大堂里的椅子,可是葆拉却有些犹豫不决。

"我得马上回家了。"她说,"安森,你为什么不——你为什么不今晚就过来和我们一起吃晚饭呢?我们才刚刚安顿下来,不过,要是你能受得了——"

哈格蒂也热情地附和着妻子的邀请。

"今晚就过来吧。"

他们的汽车等在旅馆的正门前,葆拉带着一副劳累的倦容,仰靠

---

① 拉伊(Rye),美国纽约州维斯特切斯特县境内一滨海历史文化名城。美国游艇俱乐部即在此城。

在汽车角落里的一堆丝质靠垫上。

"我有太多的话想对你说,"她说,"看来怎么也讲不完了。"

"我想听听有关你的事情。"

"好吧。"她朝哈格蒂微微一笑,"那也要花很长时间呢。我有三个孩子——是我第一次婚姻带来的。最大的一个五岁,下面一个四岁,最小的三岁。"她又笑了笑,"在生孩子这件事上我可没有浪费时间哦,对不对?"

"都是男孩吗?"

"一个男孩,两个女孩。后来——哦,发生了好多事情,我是一年前在巴黎离婚的,接着就嫁给了皮特。就说这些吧——还有一点,我现在非常幸福。"

到了拉伊,他们把车开到了靠近海滨俱乐部的一所规模很大的别墅前,不一会儿就看见三个肤色黝黑、身子纤瘦的孩子从那幢屋子里出来了,他们纷纷从一名英国家庭女教师的管束中挣脱出来,嘴里发出只有他们自己才听得懂的叫喊声,鱼贯朝他们这边跑过来。葆拉自顾不暇而又非常吃力地把孩子们一个个搂进怀里,孩子们在接受她的爱抚时都有些不太自然,他们显然已经事先得到过吩咐,切不可碰撞妈妈。即使衬托着孩子们那一张张鲜嫩的脸蛋,葆拉的皮肤也一点儿不显老——尽管她身体上有些柔弱无力,可她看上去竟似乎比他七年前在棕榈滩最后一次见到她时还要显得年轻。

在吃晚饭的时候,她显得心事重重的样子,吃罢晚饭后,在诚惶诚恐地听收音机的时候,她又两眼紧闭地躺在沙发上,弄得安森心里七上八下的,不知自己在这种时候还待在这儿是否会打扰人家的生活。不过，到了九点钟的时候，哈格蒂站起身来，知趣地说，他想让他们在这儿单独待一会儿，直到这时，她才开了口，慢慢讲起她自己的经历和一些往事来。

"我的第一个孩子，"她说，"我们管她叫'达林'的那个，是最大的小姑娘——当我知道已经怀上了她的时候，我真想去死，因为洛厄尔跟我的关系已经形同陌路了。那情形就好像她不可能是我的亲骨肉似的。我给你写了一封信，却又把它撕了。啊，你那时对我简直太恶劣了，安森。"

又是那种对话，时而高潮迭起、时而一落千丈的对话。安森感到记忆突然活跃起来。

"你是不是有过一次订婚啊？"她问，"跟一个名叫多莉什么的姑娘？"

"我从来就没有订过婚。我倒是很想订婚呢，可是，除了你之外，我从来就没有爱上过任何别的女人，葆拉。"

"啊，"过了一会儿，她才继续说，"这个孩子才是第一个我真正想要的。你瞧，我现在已经有了爱情——终于有了。"

他没有答话，对她在追忆往事时居然说出这种背信弃义的话来感到十分震惊。她一定看出来了，"终于"这两个字眼儿伤害了他的感情，因为她又接着说：

"想当初，我可是十分迷恋你的，安森——你可以随心所欲地要我做什么就做什么。但是我们不会有幸福的。我不够精明，比不上你。我不喜欢像你那样把事情搞得很复杂。"她停顿了一下。"你永远也不会定下心来的。"她说。

这番话犹如在背后给了他一记重击——在所有对他的谴责中,这是他最不该领受的一项谴责。

"假如女人们能换一种活法,我就能定下心来了,"他说,"假如我不是那样太了解女人的话,假如女人不是因为别的女人的缘故而把你宠坏了的话,假如她们哪怕只有那么一丁点儿自尊的话。假如我能够安安稳稳地睡上一觉,而且醒来时是在一个真正属于我自己的家里的话——唉,这就是我一心想要的东西啊,葆拉,这也是女人们会看中我、喜欢我的原因。只不过我没法再从头开始罢了。"

快到十一点的时候,哈格蒂走进屋来。喝了一杯威士忌之后,葆拉站起身来宣布说,她要睡觉去了。她走过去,站在丈夫身边。

"你刚才去哪儿啦,最亲爱的?"她关切地问道。

"我陪埃德·桑德斯喝了一杯。"

"我不放心啊。我还以为你说不定跟什么人私奔去了呢。"

她把脑袋靠在他的大衣上。

"他很讨人喜欢的,对不对,安森?"她问道。

"那还用说嘛。"安森笑着说。

她仰起脸来望着丈夫。

"哎,我已经准备好啦。"她说。她转过脸来对安森说:

"你想不想观赏一下我们的家庭体操特技表演?"

"想啊。"他用颇感兴趣的口吻说。

"好吧。我们这就开始。"

哈格蒂舒开双臂,轻松自如地把她抱了起来。

"这就叫家庭特技,"葆拉说,"由他抱着我上楼。这是不是他的可爱之处?"

"是的。"他说。

哈格蒂略微低下头来,把脸贴在葆拉的脸上。

"我爱他。"她说,"我刚才还一直在对你说这话呢,对不对,安森?"

"对。"他说。

"他就是我在这个世界上最最亲爱的人儿,你是吗,亲爱的?……好啦,晚安,我们这就走。他是不是很健壮?"

"是的。"安森说。

"特意为你准备了一套皮特的睡衣,已经放在那儿了,你会看见的。做个好梦吧——早餐时再见。"

"好的。"安森说。

八

公司里几个老一辈的同事都坚持要安森到国外去避避暑。他们说,他七年来几乎没有休过一次假。他已经疲惫不堪,需要调整一下了。安森回绝了他们的好意。

"我要是真走了,"他声称,"我就再也不会回来了。"

"这话说得太没道理啦,老兄。三个月之后,你还会回来的,所有这些萎靡不振的状态也会统统一扫而光的。照样一切都好。"

"不行。"他固执地摇着头,"只要我放下工作,我就不会再回来上班了。只要我放下工作,那就意味着我已经放弃——我已经完蛋了。"

"我们不妨来试一试嘛。只要你愿意，哪怕休六个月都行——我们不怕你会离开我们。怎么，不工作你就感到难受啊。"

他们把他的行程都安排好了。他们喜欢安森——每个人都喜欢安森——然而他身上近来发生的那种变化，却使办公室的气氛变得有些沉闷起来。他一贯以推进事业发展为重的那种热情，他对同僚和下属的那种体贴入微的关心，他生龙活虎地一出场就显示出的那种高昂的姿态——在过去的四个月里，上述这些品质都被他那惶惶不可终日的表现统统化解掉了，化成了一个四十岁男人常为琐事而烦恼的悲观主义。在他插手的每一笔交易上，他的介入都是一种累赘，一种负担。

"我要是真走了，我就永远不回来了。"他说。

就在他即将乘船旅行之前的那三天里，葆拉·勒让德尔·哈格蒂在分娩中死了。那时候，我有很多时间是和他待在一起的，因为我们当时正准备结伴去漂洋过海呢，但是，在我们的友谊史上，他还是第一次对我只字不提他是什么感受，我也没看到哪怕是最细微的一丝感情流露。他念念不忘的首要事情是，他已经三十岁了——他会时不时地把谈话转到这一点上来，以此来提醒你注意这个事实，然后就又默不作声了，仿佛他认为，他这句话本身就能足以引起一连串的思考似的。与他的那些同事一样，我对他的这种变化也感到十分诧异，不过，我感到庆幸的是，"巴黎"号游轮此时已经启航，驶进了把两个世界分隔开来的茫茫水域，也把他的那个天地抛在了身后。

"去喝一杯怎么样？"他建议说。

我们走进酒吧间,带着启程之日所特有的那种不畏一切艰难险阻的心情,要了四杯马蒂尼鸡尾酒。一杯鸡尾酒下肚后,变化来了——他突然探过身来,拍拍我的膝头,那副喜形于色的快活样儿是我好几个月以来第一次看到的。

"你看见那个戴红帽子的姑娘没有?"他问道,"就是那个樱红色的脸蛋、有两个警察带着警犬赶来为她送行的姑娘。"

"她很漂亮。"我附和道。

"我在游轮事务长的办公室里查过她的登记,而且也打听清楚了,她是单身一个人出来旅行的。再过几分钟,我就下去找那个乘务员。今晚我们要和她共进晚餐。"

过了一会儿,他离开了我,随后,还没到一个小时,他就带着她在甲板上来来回回地散步了,用他那铿锵有力、清晰动听的声音同她交谈着。在墨绿色的大海的映衬下,她那顶红帽子成了一个色彩鲜艳的亮点,她时不时地仰起脸来望着他,捋一捋她那头闪光的短发,带着欢愉、好奇、期待的神情微笑着。晚餐时,我们喝了香槟酒,大家都非常开心——晚饭后,安森怀着他那富有感染力的热情打起了弹子球,有几个人看到我和他在一起,便来向我打听他的名字。我去睡觉时,他和那个姑娘还坐在酒吧间里的一张长沙发上有说有笑呢。

在此次旅途中,我和他见面的时间并没有我原先所希望的那么多。他本想组织起一种四人玩的游戏的,可惜人怎么也凑不齐,所以我只有在就餐时才能见到他。不过,有时候,他也会到酒吧间里来喝一杯鸡尾酒,跟我说说那个戴红帽子的姑娘,讲他和她在一起时的种种大胆举动,把这些事情描绘得既荒诞离奇又妙趣横生,好像他在这

63

方面很有一手似的,而我感到庆幸的是,他又恢复了他的本性,或者说,至少恢复到我所了解的那种状态了,因此,我也感到放心了。我想,除非有人爱上了他,像铁屑遇到磁铁那样顺应着他,帮助他表白自己,给他以某种许诺,否则他永远也不会快乐的。至于那是一种什么样的许诺,我就不得而知了。也许人家给他的许诺是:世上总有这样一些女人,她们会拿出她们最灿烂、最鲜嫩、最珍贵的时光来培育和呵护他珍藏在心底里的那种优越感吧。

(张鋆 译 吴建国 校)

冬之春梦

一

有些孩子到高尔夫球场当球童，因为家里穷得叮当响，住的房舍只有一间屋子，不得不把一头病恹恹的母牛拴在前院里。德克斯特·格林也来捡球，不过他是来赚零花钱的——他家里可不穷，父亲在黑熊湖镇开的杂货店虽不是最赚钱的，也仅次于名气最大的"购物中心"——那可是雪莉岛的有钱人经常光顾的地方。

入秋后，如若连日寒风料峭、阴霾不散，说明明尼苏达的长冬已不期而至。旋即大地像罩上了白色的盖子，积雪把高尔夫球场的球道掩得严严实实的，德克斯特便踩着滑雪板在雪上穿行。每逢如此季节，乡间景象让他格外怅惘——球场被迫歇业，漫长的冬日里，除了些皮毛蓬乱的麻雀经常光顾，空无一人；发球区夏日里彩旗飘扬，而今只剩下一个个孤零零的沙箱①，半埋在硬结的冰雪里，球场显得益发荒凉。德克斯特翻越小山头时，寒风刺骨；若赶上太阳露脸，他边艰难跋涉边眯斜着眼睛，以免受那无边无际的强光刺激。

四月里冬季戛然而止。积雪已融成冰水流进黑熊湖，快得连那些早早赶来的打球人也无缘得见，也就没机会在雪地里击打着红红黑黑的圆球挑战严冬了。严寒尚未发威，连场像样的降雨也没有，冬天就一去不返了。

北国之春的萧瑟沉闷，北国之秋的美不胜收，德克斯特都同样深有体会。每当秋季降临，他禁不住双拳紧握，兴奋得浑身战栗，像白痴般念念有词；眼前仿佛有无数听众和军队，他突然奋力挥手，似在发号施令。金秋十月，他开始憧憬；十一月，他已沉醉于胜利的狂喜中了，喜悦中在雪莉岛消夏的情景浮现眼前——一闪而过但辉煌壮观。幻景中那个夏天，他成了高尔夫赛冠军，在一场精彩绝伦的比赛中击败了 T.A. 赫德里克先生。他已在心里预演了上百次这场比赛，每次都不厌其烦地变换细节设计——有时他赢得太轻松了，轻松得可笑；有时他也落后于对手，于是从容追赶，结果后来居上。然后，学着莫蒂默·琼斯先生的样，他从一辆利箭牌②轿车里走出来，踱着方步朝雪莉岛高尔夫俱乐部的贵宾休息室走去；如若被粉丝们围住，他就到俱乐部浮动码头的跳板上纵身一跃，表演花式跳水动作……观众看得瞠目结舌，尤其是莫蒂默·琼斯先生。

后来某一天，的确有这么一天，琼斯先生——的确是琼斯先生而

---

① 沙箱（sand box），高尔夫球场装沙的容器，打高尔夫时开球处要铺上细沙。
② 利箭牌（Pierce-Arrow），1901—1938 年的美国汽车品牌，以昂贵的豪华轿车闻名。

不是他的魂魄——泪眼婆娑地找到德克斯特,说他是——绝对是——俱乐部里最好的球童,而其他人——其他球童——通常每负责一个球洞都会丢一个球。他问德克斯特,如果给他涨工资,可否留在球场?

"不会,先生,"德克斯特斩钉截铁地说,"我不想再捡球了。"停了片刻,他又说,"我年纪太大了。"

"你还不到十四岁呢!再说怎么早不走晚不走,偏偏今天早上想走?真见鬼!你答应过下周和我去州锦标赛的。"

"我还是觉得年龄大了。"

德克斯特把印有"A级"字样的袖标交出,从球童领队那里领了工钱,然后朝黑熊湖村的家里走去。

"最好的……最好的球童。"那天下午,莫蒂默·琼斯先生喝了几口酒就嚷开了,"从不丢球啊!还任劳任怨、聪明、不多嘴、老实、知好歹。"

造成如此结局的是一个小姑娘,才十一岁。这姑娘,哎,真是天使加魔鬼。这样的小姑娘们,经过岁月的淬炼,总是可爱得无以言表,同时也会给无数男人带去无尽的痛苦。不过嘛,这一切其实是有迹可循的。她浑身透着桀骜不驯——微笑时,嘴唇向嘴角扭;还有,她那双眼睛——天哪!——顾盼间激情流泻。这样的女人从小活力四射,此刻光线照射着她瘦削的身板,更显得精干十足。

才九点钟她就迫不及待地从家里来到球场,还带着一个穿白亚麻布的老妈子,老妈子背着一个白帆布袋子,里面装着五支小小的新球杆。德克斯特首次看到她时,她站在球童房边,显得有些不自在,但她竭力掩饰这一点,和老妈子不着边际地搭着话,还不时扮些令人惊讶但不合时宜的怪相。

"哟，今天天气肯定不错，是吗，希尔达？"德克斯特听见她这么对老妈子说。然后她嘴角往下撇，笑了笑，偷偷地向四周瞟，游移的目光在德克斯特身上停了一瞬。

然后她又对老妈子说："哎呀，我想今天早上不会有很多人来这里，对吧？"

接着她又笑了——明显是装的——但还是那么迷人。

"我不知道我们该干啥。"老妈子一边搭讪，一边四下张望。

"哦，没关系，我来安排。"

德克斯特站在那里一动不动，嘴巴微微张开。他明白只要前进一步，自己的目光就会落在她的视野里，如果退后一步，就会完全看不见她的脸庞。刚才那会儿他没看出她到底年纪多小。这时他突然想起来去年曾见过她几次，当时她穿小灯笼裤呢。

突然，他不由自主地笑起来，又倏然而停——他被自己的笑声吓着了，转身疾步离开。

"伙计。"

德克斯特驻足而听。

"伙——计。"

不错，是有人在叫他。是她，不仅叫他，还赏他一笑，笑得那么诡异，那么不可理喻——至少有一打男人直到中年还忘不了这笑容。

"伙计，知道高尔夫球教练在哪里吗？"

"在授课。"

"哦，那球童领队在哪里？"

"今天他还没到。"

"哦!"听他这么说她好一阵无所适从,不断地变换双脚调整站姿。

"我们想找个球童,"老妈子接上话,"莫蒂默·琼斯夫人叫我们来打球,可是我们没有球童怎么玩。"

话音未落,琼斯小姐狠狠地盯了她一眼示意她闭嘴,又立即换上一副笑容。

"这里除了我没有其他球童,"德克斯特对老妈子说道,"领队到之前我在这里负责。"

"噢!"

随即琼斯小姐和她的跟班就走开了,离开德克斯特适当距离后,两人开始叽叽咕咕说个不停,结果琼斯小姐拿出一根球杆,使劲敲击地面。这好像还不足以达意,她又举起球杆,要向老妈子胸膛砸去。老妈子一把抓住球杆,扭到一边去。

"你这个可恶的老杂毛。"只听见琼斯小姐声嘶力竭地叫嚷着。

接着又是一通争吵。德克斯特看到两人的吵架充满喜剧色彩,好几次忍不住发笑,但每次他都压着笑声不让人听见。他还压不住一个邪恶的念头——那小姑娘杖击老妈子,老妈子罪有应得。

幸好领队及时出现才解了围,老妈子立刻大倒苦水。

"琼斯小姐要找个小球童,可这孩子说他不干。"

德克斯特连忙说:"麦克纳先生说你来了我就可以走了。"

"好啦!他不是来了嘛。"言毕,琼斯小姐朝领队欢快地一笑,把球杆袋往地上一扔,得意扬扬地迈着碎步朝第一个发球座走去。

71

"怎么啦？"球童领队转身对德克斯特说，"你怎么站在那里像个木桩？快去把那位年轻女士的球杆拾起来。"

"我今天……不想干。"

"你不想……"

"我想我会辞工。"

这个想法之大胆把自己都吓了一跳。这里人人喜欢他，而且整个夏季每月三十美元的报酬在黑熊湖周边也是绝无仅有的。可是他已方寸大乱，躁动不安的情绪需要立即痛快释放。

当然，事情也不止释放情绪那么简单，正如他未来人生中经常出现的情形一般，德克斯特常常不知不觉中听命于他的冬之梦。

二

当然，如今那些梦想已不复当年，内容与时机均已变化，不过梦还继续做着。数年后，为了圆梦，他放弃了到州立大学学商科的机会——他父亲已很有钱，本要资助他学这个——去了东部一所历史更悠久、名气也更大的学校。至于到东部学校有什么好处，很难说，能确定的是他在这里常为钱发愁。但不要因为他圆梦的第一步就为钱财费心劳神而觉得这孩子满身铜臭。他不想和光鲜亮丽的人和事沾边——他想自己直接变得光鲜亮丽。他常常想要最好的东西却不知道要来干吗，有时候他也会莫名其妙地拒绝这些常人难以放弃之物。这里要讲的不是他整个事业，而是他某次拒绝的故事。

他发财了，快得令人相当意外。大学毕业后，他来到一个城市，那里的阔人们常去黑熊湖消遣。他二十三岁时，到该地还不满两年，当地已经有人喜欢夸他说："这小伙子真不赖……"他身边的富家公子们，有的在投机债券，有的在盘算家产，有的在啃二十四卷本《乔治·华盛顿商业教程》，而德克斯特凭他的学位和三寸不烂之舌借到一千美元，与人合开了一家洗衣店。

德克斯特投资洗衣店时该店规模很小，不过他学到了一种英国人的特别本领，即如何洗高级羊毛高尔夫长筒袜不致缩水。不到一年，他已牢牢抓住了那些穿灯笼裤①的玩家们，他们坚持要把谢特兰牌长筒袜和毛衣送到德克斯特的洗衣店去洗，如同他们坚持要不会丢球的球童一样。又过了不久，这些玩球汉子们的老婆也把内衣拿到这里来洗了。洗衣店在本城又开了五家分店，不到二十七岁，德克斯特已经成为本地区洗衣行业的龙头老大了。就在此时他却卖掉洗衣店去了纽约。不过，与本故事相关的部分还要回溯到他获得第一桶金的日子。

德克斯特二十三岁那年，哈特先生——也就是那个头发花白、经常说"这小伙子真不赖"的人——给了德克斯特一张请柬，请他去雪莉岛高尔夫俱乐部度周末。某日德克斯特在俱乐部的登记簿上签了名，当天下午还和哈特先生、山武德先生以及T.A.赫德里克先生来了场双打比赛。就在这同一个球场里，他曾为哈特先生扛过球袋，闭上眼睛也知道这里的每一道沟沟坎坎——可他觉得没必要向球友们重提旧事。可不知为何他禁不住扫了几眼跟在身后的四个球童，努力想从孩子们身上捕捉自己当年的眼神和动作，以冲淡今昔之比的巨大

---

① 灯笼裤（Knickerbockers）是一种男人穿的上体宽松、脚踝至膝盖束紧的裤子，20世纪初美国特别流行这种款式，打高尔夫的人和滑雪者特别喜欢穿。

反差。那真是奇妙的一天，熟悉的过往突如其来，又倏然而去。此一刻他觉得自己像是一个非法越境者，彼一刻看着 T.A. 赫德里克又觉得自己高高在上——赫德里克不仅令人讨厌，甚至球技也不复当年了。

后来，哈特先生的球在第十五洞果岭①处丢失了，结果发生了一件大事。他们正在深草区找球，突然从背后附近小山包传来一声大叫"躲开"。就在他们齐刷刷地转身站起来的瞬间，一粒簇新的高尔夫球从小山包上飞旋而至，"嗖"地砸在 T.A. 赫德里克先生的肚皮上。

"哎哟！"赫德里克一声惨叫，"他们怎么不把这些疯婆娘赶出去？真是无法无天了！"

"咱俩来比试比试咋样？"一个脑袋从小山后冒出来，同时冒出这么一句话。

"你打中我肚子了。"赫德里克先生气势汹汹地回敬了一句。

"是吗？"一位姑娘朝这帮男人走过来，"对不起啦！可是我叫了'躲开'。"

她随意地扫了每个男人一眼，然后目光转向平坦球道搜寻球踪，还念叨着："是不是弹到深草区了？"

她是真的在发问还是在挖苦人？这真不好说，不过不一会儿就清楚了。她的同伴出现在小山包上时，她欢快地招呼道："找到了！要不是我的球'拐弯儿'了，这一杆就进洞了。"

她摆好姿势，准备用五号铁头球杆打个短球，德克斯特趁机仔细

---

① 果岭即 Green，高尔夫用语，即球穴区，即球洞周围平整的浅草区域，下文的"深草区"（rough）也是高尔夫球场用语，指设在平坦球道和球穴区周围的深草区。

打量了她一番。她穿着蓝花格上衣,颈部和肩部镶着白边,把皮肤衬托得真黑。她十一岁时,夸张的表情和瘦削的身板衬着那双顾盼生情的双眸和向下撇着的嘴巴,显得何其别扭,如今别扭全无,美得摄人心魄。双颊红晕点染,恰似绘画着色——不是常见的那种"红润",而是介于运动发热和发热症之间那种色调,时强时弱仿佛随时会褪色甚至消失。如此脸色加上灵动的嘴唇,一切让人觉得她永远闲不住,生机勃勃,激情四射,不过她忧郁充溢的双眸又让这种感觉不那么肯定。

她抡起球杆,急不可耐又心有旁骛的样子,"啪"的一声,球飞向果岭另一侧的沙坑里。她脸上挤出一丝笑意又马上收起,漫不经心地咕哝了句"谢谢啦!"然后就朝打飞的球走去。

"这个叫朱迪·琼斯的,"站在另一发球区的赫德里克先生——他本来和另外几位正等着,看她还有什么要表演——此时开始大发宏论了,"这娘们儿欠揍,该把她屁股翻起来,用大巴掌伺候她半年,再把她嫁给老派骑兵头儿去折腾。"

"可她长得那么好看哩!"山武德先生发话了,他刚三十出头。

"好看?"赫德里克先生大声嚷道,"看她那骚劲儿,老像在求别人亲她嘴儿;母牛样的大眼珠子不停地转啊转,把镇上每头小公牛都瞅了个遍。"

赫德里克先生是否在谈论雌性的本能,很难断定。

"她要是再试试,肯定球会打得很漂亮。"山武德先生接着说。

"她要身材没身材。"赫德里克先生严肃地说。

"她身材特棒。"山武德抗议道。

75

"谢天谢地,幸好她那粒球飞得不够快。"哈特先生一边插话,一边朝德克斯特眨眼。

天色已晚,夕阳西下,天际云蒸霞蔚,不断变换色彩,一会儿金光灿灿,一会儿又蓝莹莹红闪闪的。晚上空气干燥,夜风窸窣,真是典型的西部夏日。德克斯特站在俱乐部的露台上极目四望,微风轻拂,湖水漾起微波,后浪缓缓地盖过前浪,秋分前的满月照射在湖面上,仿佛蜜糖上泛出的银光。后来月亮似乎示意万物安静,一泓清水,波澜不惊,水光熹微,静谧无声。德克斯特穿上泳衣,游向最远处的浮码头,爬上码头,舒展四肢躺在跳水板上的帆布上,浑身湿漉漉的。

鱼儿在水里跳跃,星光洒落湖面,黑熊湖周围的灯光影影绰绰。远处黑乎乎的半岛上传来一阵钢琴声,弹奏的曲子有去年夏天流行的,还有之前数个夏季流行的——如《中国蜜月》[1]《卢森堡伯爵》[2]《巧克力士兵》[3]这类歌剧里的选曲。琴声悠扬,湖光潋滟,德克斯特一向认为这样的意境很美,所以十分安详地躺着,静静谛听。

此刻钢琴曲的旋律,德克斯特五年前曾听过,当时觉得这曲子又欢快又新鲜。那时他尚在读大学二年级,一次某个班级举办期末舞会,就奏过这曲子,可他当时囊中羞涩,买不起门票,只能站在体育

---

[1]《中国蜜月》(*Chin-Chin*, 又名 *a Chinese Honeymoon*) 是 1914 年上演的一出三幕音乐剧,剧名中的 Chin-Chin 指两个姓 Chin 的中国奴隶,曾施魔法保护阿拉丁神灯,并为男主人公赢得心仪的爱人;19 世纪末 20 世纪初,英文中 Chin 可以泛指中国人,也可以表示中国人的礼貌语,即"请";这出音乐剧中两个华人 Chin Hop Hi and Chin Hop Lo 实际是当时英美文化中的中国文化符号,西方中心主义的色彩一目了然。
[2]《卢森堡伯爵》(*The Count of Luxemburg*) 是一出两幕剧,改编自一出德语三幕剧,1911 年 5 月 20 日在伦敦首演,大受欢迎,连续演出 300 多场。
[3]《巧克力士兵》(*The Chocolate Soldier*) 是德国作曲家 1908 年根据英国剧作家萧伯纳的一个剧本改编的音乐剧。

馆外听听。这旋律激发了他内心某种欣悦感,就是这欣悦让他看清了自己此刻内心的变化——感激之情充盈心间,这种感觉曾驱使他全身心投入生活,使他觉得身边一切都那么色彩斑斓、魅力无穷——以后恐怕再不会有的一种感觉。

突然,一个低矮的、灰暗的长方形物体从湖岛的黑暗中窜出来,发出的声音是比赛中的汽艇才有的回环往复的轰鸣。那东西奔驰处,水面立刻被划破,屁股后涌起两道水痕,恰似两条白飘带。瞬间那东西就窜到德克斯特身边了,的确是条船,它喷洒水雾的嗡嗡声立即湮没了钢琴声。德克斯特撑着双臂,抬眼望去,有个人影站立着在驾驶,一双黑眼睛越过长长的水道在注视他。然后船开走了,在湖心毫无目标地绕圈,掀起一圈圈巨大的环形水花;同样出乎意料,某一个水圈突然变直,朝浮动码头而来。

"谁在那里?"她喊道,把汽艇熄了火。她已离得那么近,德克斯特已看得见她的泳衣,清清楚楚的,是粉红色的连体泳衣。

汽艇艇头撞上浮动码头一侧,浮动码头剧烈地倾斜,德克斯特朝她的方向翻滚过去。他们都认出了对方,不过各怀心事。

"你不是下午和我们打球的那拨人里的吗?"她叫道。

他就是。

"喂,你会开汽艇吗?要是会就开这个,我跟在后边就可以玩冲浪板了。我叫朱迪·琼斯。"她主动朝他一笑,笑得有点莫名其妙,一副意满志得的样子,毋宁说,她试图用一笑来传达自信自满——这是明摆着的,她使劲地扭着嘴唇,不过那样儿一点也不难看,简直美极了——"还有,我住在对面岛上的一座房子里,有个男人在那里等着我。他开车刚到,我就开船走了,谁让他老说我是他的意中人!"

鱼儿依然在水里跳跃,星光依旧洒落湖面,黑熊湖周围的灯光还是一样影影绰绰。德克斯特挨着朱迪·琼斯坐着,听她讲如何驾驶汽艇。然后她跳入湖中,游向漂在水面的冲浪板,自由式泳姿舒展自如,身段柔软。看她游泳,眼睛一点也不累,仿佛在看微波起伏或海鸥翱翔,晒成胡桃灰的双臂在银灰色的波浪间出没,摇曳多姿,只见肘部一抬,前臂随回波下落,如此有规律地反复起落,在水中劈开一条路。

他们离开湖岸来到湖中。德克斯特转身一看,她正跪在向上翘着的冲浪板尾部。

"开快点,"她叫道,"能开多快就开多快。"

他顺从地把操纵杆向前一推,艇头立刻腾起白色的水花。他再向后看时,她已站在冲浪板上,双臂大张,举目向月。

"冷死了!"她大声嚷着,"你叫什么名字?"

他说了名字。

"喂,明天——晚上来我家吃饭,咋样?"

闻听此言,他的心跳顿时加速,就像汽艇上飞转的轮子;她随口一句话再次改变了他的生活目标。

三

次日傍晚,德克斯特来到朱迪家,在楼下房间等她下楼。夏日夕照洒下一抹微光,屋子里幽明交汇,恍然间他感到这屋子和连着屋子的门廊里挤满了人，都是朱迪以前的追求者。他深知这些都是什么样的人——就是那些在他刚上大学时从预备中学①升上来的那些家伙，他们衣着光鲜，皮肤透着夏日阳光留下的健康的深棕色。他曾以为在某方面这些家伙不如他，比如他比他们更有朝气、更有魄力。可是他又不得不承认自己也希望自己的孩子将来能和他们一样，这无异于说自己不过是粗鄙莽夫之流，而那些家伙生来就已脱胎换骨，高人一等。

德克斯特有机会穿锦绣华服时，他已到了知悉谁是美国最佳裁缝的年纪，而且今天傍晚的外套就是美国最佳裁缝为他缝制的。他在大学里学会了谨言慎行，这正是该大学的特质，与别的大学迥然有别。他深知如此言行举止的价值并付诸实践，他明白做到衣着打扮和言行举止上的随意洒脱比刻意为之更难，那需要更多自信，不过随意潇洒的风度要靠孩子们去实现了。他自己的母亲本姓克里姆斯列契，是属于农民阶级的波希米亚②人，直到终老也讲不出流利的英语。母亲是这个样子，儿子想摆脱这一切谈何容易。

七点多一点，朱迪终于下楼了，身着蓝色丝质便服。德克斯特看到她的第一眼便有些失望，他本以为她会穿得更精致些；更让他郁闷

---

① prep school 是北美的一种中学，又叫 University-preparatory school，即专为升入大学而教学的中学，往往是私立学校，收费昂贵，实际是一种教育水平很高的贵族中学。
② 波希米亚（Bohemia）本是中欧一个古老帝国，位置大致相当于今天的捷克共和国。在英语中，Bohemian 有数种含义。在"捷克人/语"（Czech）这个词流行之前，Bohemian 主要指波希米亚人或波希米亚语；后来，这个词也用来指那些在艺术上不拘传统、善于标新立异者，由此该词在流行文化中逐渐又获得放荡、妖冶但格调不高等负面含义。文中特别提到主人公德克斯特母亲的姓氏 Krimslich，其实这是一个典型的捷克人姓氏，作者似乎在暗示德克斯特出身于移民家庭，而且社会地位很低，而他的梦想就是摆脱自己的阶级地位和社会地位。

的是，她向他简短招呼后，径直走向传菜间，推开门喊道："玛莎，可以开饭了。"他原本预想会有一个男管家来邀请入席，饭前会端上鸡尾酒开胃。直到他和她并排坐在长沙发上，互相打量，才把刚才的不快暂时抛开。

"我父母都不会来这儿。"她若有所思地说道。

德克斯特还记得最后一次看见她父亲的情形，心里窃喜老两口今晚不会在此现身——否则，他们会问：这小子是谁呀？他出生在基勃，一个比此地更偏北的明尼苏达的乡村，离此地五十英里，但他总是对人说他的故乡是基勃而非眼前的黑熊湖村。基勃那样的乡村小镇除了不那么显眼、没有漂亮湖泊吸引如织的游人外，做自己的家乡一点也不丢份。

他们谈起了他所上的大学，她说过去两年里她曾去过多次；他们还谈及附近一个城市，雪莉岛的很多游客都来自该城，德克斯特的事业也在此处，于是顺便讨论了他第二天是否应该回去料理正兴隆的洗衣生意。

席间女主人情绪不高，德克斯特因此有些惴惴不安。她沙哑的嗓子里冒出的任何愠怒之辞都让他担惊受怕，而她的每一次微笑——不管是冲他，还是对着饭桌上的鸡肝，或者毫无来由——都让他心慌意乱，因为她的笑容里毫无欢乐，连逗乐也没有，令人难以捉摸。她那猩红的嘴角往下一牵，与其说她在笑，不如说在招人亲她的嘴。

晚餐结束后，她引着德克斯特来到没有亮灯的玻璃顶游廊上，有意改变一下气氛。

"我有点难过，你不怪我吧？"她说。

"恐怕是我让你生厌了吧。"他迅速回答道。

"你没有啊。我喜欢你,可是今天下午我过得糟糕极了。有个我挺有好感的男人,今天他突然告诉我他一贫如洗,他以前从没透过口风,我也毫无思想准备。你不觉得这事很无聊吗?"

"或许他害怕告诉你真相。"

"就算是这样,"她接口道,"他一开始就不应该隐瞒。要知道,要是我早知道他是个穷光蛋——唉!其实我喜欢过的穷光蛋多着呢,也曾真心实意打算嫁这样的人。可是这次不一样,我一点思想准备也没有,对他的迷恋程度还不足以承受如此突然的打击。就像一个女子平静地告诉未婚夫,说自己是一个寡妇。未婚夫倒不一定觉得寡妇本身有什么不妥,只是……"

"咱们开门见山吧,"她猝不及防地打住,转换了话题,"请问,你是什么样的人?"

"无名之辈,"他大声说,"我的事业很大程度上是一种期货。"

"你也是穷光蛋吗?"

"不是,"他很诚实地回答说,"在西北地区,我挣的钱可能比同龄人都多。这样说可能招人反感,但是你说要我开门见山说实话的。"

她犹疑了片刻,然后笑了,嘴角下坠,身体难以觉察地一倾,与德克斯特靠得更近了,抬头盯着他的眼睛。德克斯特的心提到了嗓子眼,呼吸困难,静待那实验——嘴唇作为元素互相混合,会产生什么不可预知的化合物呢?很快他就知道结果了,她一遍遍地亲吻他,把她的兴奋之情慷慨地、毫无保留地传递给他。但这些吻不是某种承诺而是一种履约,对他而言这不是雪中送炭,而是锦上添花,恰如慈善行为一样，产生需求的原因在于施舍者不求任何回报。

没过多久，他已认定朱迪·琼斯就是他想要的伴侣，这个想法由来已久，始自他刚刚懂得自尊、有明确欲望的少年时代。

四

爱情戏就这样开场了，其间热乎劲儿自有起伏跌宕，但双方的关系始终维持在这样的基调上，直至终场。德克斯特还是首次碰到她这样毫不掩饰而且不遵守游戏规则的人，只好委屈自己迁就她。朱迪想要什么，就极力施展魅力，必欲得之而后快。她从不讲究什么方法，也不玩弄手段，甚至不考虑后果——无论跟谁相好，动脑筋的事儿她是不会干的。她看上某个男人，就直接展现曼妙身姿吸引对方。德克斯特无意改变她——她有缺点，但更有充溢四射的激情，往往后者盖过前者，缺点也不那么重要了。

就在他们约会的第一个夜晚，朱迪将头枕在他肩头的当儿，她对他耳语道："我也不知道自己怎么了，昨天晚上我以为我爱上了某个人，而今天晚上又觉得我爱的是你……"这话德克斯特听起来很受用，感觉很美妙、很浪漫，心头顿时热流奔涌，好不容易才按捺住，埋在心底。可是才过了一个星期他就不得不重新审视她这种做派了。一天她开着自己的跑车，载着他去参加野餐聚会，晚餐后她却不见踪影了，同样是开着跑车走的，只不过载着另一个男人。德克斯特发现后恼怒至极，尽管当时有很多人在场，他气得差点儿连起码的风度都顾不上了。事后朱迪信誓旦旦地保证她没有亲吻那个家伙，他知道她在撒谎，但他还是很欣慰，至少她还愿意费劲儿地遮掩。

那年夏天结束之前，他发现围绕朱迪转的男人已不下一打了，自己不过是其中之一。某一段时间内只有一个男人特别受宠，另外约有半打还在她偶尔复现的亲昵中自我慰藉。不过，某一位追求者因为长期得不到眷顾而准备打退堂鼓时，她会特意亲近他一时半刻，软语温存一番，这家伙又会坚持那么一年半载。朱迪对这群可怜的情场失意者时冷时热，这样做倒不是出于什么恶意，事实上她的行为有无不妥，她自己也是懵懵懂懂的。

一有新欢登场，旧爱自然靠边，跟他们的约会也就自动作废了。试图掌控类似事件是徒劳的，因为一切主动权掌握在朱迪手中。她可不是那种靠情场周旋就能"征服"的姑娘——巧妙的手段骗不了她，迷人的风度也不会打动她；如果这些手段让她招架不住，她会干脆直接和对方上床；无论对方多么强悍、迷人，面对她那曼妙肉体的巨大魔力，都得拜倒在她的石榴裙下，这注定是一场由她而非他们掌控的游戏。只有她的欲望得到满足，她的风姿表现得直接而充分，她才觉得快乐。或许是因为年纪轻轻她就经历过太多恋爱，遇到过各色情人，出于自卫，慢慢地完全把自我封闭起来以求慰藉。

德克斯特第一次从爱恋中尝到甜头后，等待他的却是无尽的烦恼和不安。迷上她，他感到一种无法自拔的狂喜，但这种快乐更像是吸食鸦片而非兴奋剂的感觉。幸好在接下来那个冬季，这种狂喜感只是偶尔浮上心头，没有影响工作。他们交往初期，有一阵似乎双方彼此吸引，很自然，也很深沉。比如第一年八月间，连续三天，两人在她家幽暗的游廊上消磨漫长黄昏，墙壁凹陷里、花园藤架的围栏后，他们相拥而吻,从后晌吻到傍晚,不过那些亲吻有些奇怪,像病人似的绵软乏力;一到早上,她又显得容光焕发、娇艳欲滴了,大白天同他见面时,竟有几分娇羞模样。德克斯特感受到了只有订了婚的人才有的快乐,而当他意识到自己还没有订婚时,快乐顿时倍增。就是在这三天里,他首次请求朱迪嫁给他;她呢,顾左右而言他,一会儿敷衍说"将来再说吧,有可能",一会儿说"吻我",一会儿说"我其实想嫁给你",一会儿说"我爱你"——凡此种种,等于什么也没说。

三天相处带给德克斯特的快乐沉醉因为一个纽约男人的到来倏然而止,九月里那个家伙在朱迪家盘桓了半个月。围绕他俩的谣言不胫而走,德克斯特痛苦万分。那个家伙的父亲是一家大型信托公司的老板。但一个月后,据说他俩在一起时朱迪哈欠连连。某天晚上两人参加一个舞会,结果她整晚都和本地一个旧爱待在摩托艇里,而那位纽约客却在舞厅里发疯似的找她。她告诉本地旧爱自己已厌倦了这位纽约新欢,两天后纽约客只好打道回府了。有人看见她到车站送他,据说他看上去神情哀怨。

那个夏季就在如此氛围中结束了。德克斯特已步入二十四岁,愈发觉得自己有能力做到心想事成了。他加入了本市两家俱乐部,并住在其中一家。虽然他绝不似那般专在舞厅猎艳的光棍汉,但他还是尽力参加每一场朱迪·琼斯可能现身的舞会。其实,只要他愿意,本可以出席各种社交聚会——如今,在生意圈里有待嫁女儿的父亲们眼里,他俨然是个有为青年,人缘好得很呢。他对朱迪溢于言表的执着进一步加深了人们对他的好感。然而,他并没有在社交场上一展身手的打算,而且很瞧不起那些热衷社交场合的男单身汉们——他们整日混迹于舞池,在晚宴上喜欢和已婚年轻夫妇挤在一桌,无聊得很。他已决意去东部的纽约发展,想带着朱迪一起走。尽管由于她的成长环境决定了他们关系的无望,但这并不妨碍他对她的无限渴求。

记住这一点——只有明白这一点,才能理解他为她所做的一切。

德克斯特邂逅朱迪十八个月后,与另一位姑娘订了婚。姑娘芳名艾琳·舍雷尔,其父是那些一向看好他前程者中的一位。艾琳头发颜色不深,长相甜美,品行端正,不过稍显臃肿;此前有两位男士追她,可德克斯特一正式向她求婚,她便毫无歉疚地抛弃了那两位。

春夏秋冬,循环往复,光阴荏苒。德克斯特为了朱迪那两片撩人的嘴唇已虚掷了无数青春。她变着花样儿折磨他,时而挑逗,时而撺掇,时而恶作剧,时而冷眼以对,时而鄙夷不屑;她让他受够了恋人间能够容忍的无数轻慢之举——仿佛她在乎过他,就应该这样报复他一下似的。她一会儿招手唤他,一会儿对着他打哈欠,一会儿又召唤他,而他呢,为了应付她,苦不堪言,时常眉头紧蹙。她曾让他销魂失魄,也带给他无法忍受的精神折磨;她给他添了无数麻烦、苦恼;她羞辱他,欺负他,利用他对自己的热情使其懈怠工作,这样做纯粹是为了好玩。她什么招数都对他使过,但没有批评过他,一次也没有。在他看来,她之所以如此是因为批评他可能会让人觉得她很在乎他,有损她冷美人的形象。

秋来秋又去,日月确如梭,德克斯特猛然觉得他得不到朱迪·琼斯了。他必须把这想法埋在心底,这谈何容易,但他最终还是说服了自己。漫漫长夜,辗转难寐,一忽儿想到她给他带来的麻烦和痛苦,她当老婆的缺陷一条一条地明摆在那儿；一忽儿他又觉得自己毕竟是爱她的。他心里这样斗争了一阵，不知不觉遁入了梦乡。接连一个星期，为了避免自己老想她电话里沙哑的声音和午餐时盯着他的双眼，他拼命地工作，很晚才停歇，夜里又去办公室，规划未来的发展。

他这样干了一个星期，然后去参加了一次舞会，从别人手里把朱迪拉过来跳了一曲。跳完舞他并没有邀请她出去坐坐，或者恭维她长得如何漂亮之类，自他俩交往以来这大概还是头一回吧！她对他的反常举动并不诧异，反而让他有些失落——也仅仅是失落而已。看到她今晚的新欢，他也不觉得嫉妒了。时间磨砺了一切，包括他的嫉妒心。

他在舞会待到很晚。他陪艾琳·舍雷尔聊了一个钟头，谈论读书和音乐。其实这两样他都所知不多，但毕竟他终于可以支配自己的时间了，而且由此产生了一个踌躇满志的念头——我是少年得志的德克斯特·格林呀——自己应该多了解此类知识了。

这还是十月份的事，那时他已经二十五岁了。次年一月，他就和艾琳订了婚。他们决定六月正式宣布喜讯，再过三个月，就举行婚礼。

这一年明尼苏达的冬天格外漫长，快到五月了，风才变得柔和，积雪终于融化，流进了黑熊湖。一年多来，德克斯特第一次体会到心灵宁静的妙处。朱迪·琼斯先去佛罗里达住过一段，后来搬到温泉城，在某处和别人订过婚，又在某处解除了婚约。起初，德克斯特决定彻底忘掉朱迪，但人们老喜欢把他俩相提并论并向他打听朱迪的消息，这让他很不快活。可到了他在宴会上常常被安排坐在艾琳旁边的时候，人们不再问他关于朱迪的消息了——他们反而主动告诉他关于她的信息，他再也不是发布朱迪消息的权威人士了。

终于到五月了。一天晚上，天黑漆漆的，空气湿润得能拧出水来。德克斯特独自徜徉在街上，心生无限感喟，欢娱既短，又一事无成。回想去年五月，正是朱迪搅得自己方寸大乱的时候，想起她就觉得满腹辛酸、不可原谅，虽然最终还是原谅了她——这也正是他难得在心里抱个幻想的时候，幻想着她能慢慢爱上自己。他原来憧憬的巨大幸福，到头来竟化为泡影。他明白，艾琳不过是悬在他身后的一方帘幕，是在闪光的杯碟间挪移的一双手，是呼儿唤女的一个声音……烈火般的激情和妖娆可爱的面孔已一去不返，从此再也无心领略夜色的奇幻、四时及晨昏无穷变化的美妙了……再也没有薄薄的两片嘴唇往下一努，凑到他嘴边，四目相对，让他如登仙境了……此情此景深印心间，他又是多情善感之人，这种印象岂能轻易消退。

五月中旬，还有几天就真正入夏了，天气乍暖还寒。一天夜晚，他来到艾琳家，当然不会有人对此大惊小怪——还有一周，他们订婚的消息就要公布了。今天晚上他们准备去大学俱乐部，在长沙发上坐上个把钟头，看看别人跳舞。和艾琳在一起——她人缘特好，"名气"特大——他感到踏实。

他几步登上她家豪宅前的石阶，径直走进去。

"艾琳。"他叫了一声。

舍雷尔太太从客厅里迎上来。

"德克斯特，"她招呼道，"艾琳头痛得厉害，上楼去了。她本想和你同去，是我让她卧床休息的。"

"不要紧吧?我——"

"呃,不要紧的。明天上午她会和你去打高尔夫,就让她歇一个晚上,好吗,德克斯特?"

她的笑容很和善,他们彼此对对方的印象都不错。德克斯特和她在客厅里聊了一会儿,才起身告辞。

回到他寄居的大学俱乐部,他在门口站了会儿,看别人跳舞。他靠在门柱上,看到一两个熟人,只点头致意——后来竟打起哈欠来。

"哈啰,亲爱的。"

身旁响起一个熟悉的声音,他吃了一惊。循声望去,只见朱迪·琼斯撇下一个男人,穿过舞厅向他走来——好个朱迪·琼斯,装扮得金光闪闪,像个细腰瓷娃娃:头戴金箍,裙摆下露出金色鞋尖。她朝他微微一笑,脸颊上原本淡淡的光芒乍如鲜花绽放,顿时一股熏风袭来,舞池里划过一道光芒。插在晚礼服口袋里的双手突然抽紧,心头立刻热流奔涌。

"什么时候回来的?"他故作淡漠地问道。

"跟我来,我全告诉你。"

她转身而走,他不由自主地跟了上去。她本已从他的生活中消失——如今她意外归来,他几乎不能自持,激动得快要哭了。她仿佛去过魔法城,学过魔法,浑身散发着迷魂曲般摄人心魄的魔力。所有神秘的体验、新生或复生的希望本已随她的离去而消逝,如今又随着她的回归而再现了。

到了门口,她转身问道:"你开车了吗?如果没有,我有。"

"有辆小轿车。"

金光闪闪的衣裙一阵窸窣,她钻进了小轿车,他"砰"地关上车门。她曾钻进过多少小轿车啊——各种型号、品牌的都有——背靠皮座,胳膊肘放在车门上,就像现在这样——等着开车。这个女人,除了她自己,外来的腐蚀从来都不能湮灭她的光彩,不过这是她本性的流露。

他费了很大劲才使自己镇定下来,然后发动汽车,开回街上。别把她当回事,他告诫自己必须这样想。她以前也这样干过,而且他早已在心里把她放下了,就如同把一笔坏账从账簿上划掉一样。

他慢悠悠地驾着车,一副无精打采的样子。汽车慢吞吞地行驶在市区,穿过商业区一些空荡荡的街道,经过电影院旁,才看见三三两两的人群;赌场门前也有好些青年人在游荡,不是萎靡得像痨病汉,就是兴奋得像拳击手;酒吧里传来玻璃杯碰撞的叮当声和手砸吧台的啪啪声,但光溜溜的玻璃窗遮掩了一切,只透出一抹昏黄的光线。

她目不转睛地盯着他,两人都不说话,气氛有些尴尬。这可是紧要关头,可德克斯特偏偏想不出一句得体的话来打破沉默。到了一个方便转弯的地方,他掉转车头向大学俱乐部驶去。

"你想我吗?"她突然问道。

"大家都想念你。"

他暗自猜想着她是否已经知道艾琳·舍雷尔的事了。她回来才一天——她离开的时候,差不多正是他订婚的时候。

"说得真好听!"朱迪苦笑了一下——并没有伤感。她逼视着他,他却紧盯着仪表盘。

"你比以前更帅了,"她沉吟道,"德克斯特,你的眼睛最令人难忘。"

这话让他差点笑出来,但没有笑。这种话说给大二的热血青年还行,不过他的心还是禁不住为之一动。

"亲爱的,我对一切都厌倦了。"她把谁都叫"亲爱的",而且让每个被叫的人都觉得她的亲昵是那么随意,是志同道合者间才独有的。"我希望你娶我。"

话说得如此直白,德克斯特有些摸不着头脑。既然他已经准备和另外一个姑娘结婚了,就应该原原本本告诉她,可是他怎么也说不出口。要是让他对她发誓说他根本不爱另一个姑娘,可能容易多了。

"我相信我俩合得来,"她继续用先前的口吻说道,"除非你可能已经忘了我,或者已经爱上别的姑娘。"

很明显她信心十足。实际上,她已经说了他移情别恋是不可能的,即使有这样的事,那也是他在耍小孩子脾气——或者是显摆什么的。她会原谅他,这种事没什么大不了,过去了就过去了。

"当然,除了我你也不会爱上别人,"她接着说,"我喜欢你爱我的样儿。去年的事你忘了吗,德克斯特?"

"没有,哪能忘。"

"我也没忘。"

她是动了真感情呢——还是在演戏,并被自己的表演感动了呢?

"我们要是还像去年那样,该多好啊!"她说。闻听此言,他硬着头皮回答道,"我想不太可能了。"

"我想,是不可能了……听说你正在狂追艾琳·舍雷尔。"

她提到那个名字时丝毫没加重语气,而德克斯特突然窘迫得无地自容。

"喂,送我回家,"朱迪忽然嚷了起来,"我再也不想回去跳那白痴舞了——都是些什么人呀,尽是些幼稚的家伙。"

于是,他把车子一拐,驶向通往住宅去的街道。朱迪开始独自啜泣,他以前还从未见过她哭泣。

黑黢黢的街道一下子亮起来,一幢幢富人住宅次第展现,小轿车停在莫蒂默·琼斯宅院前。这是一座占地颇广、宏伟的白色建筑,笼罩着如水的月华,静谧而壮丽。这房子多结实呀,他不觉吃了一惊。那坚固的墙体、牢固的钢梁、雄浑的气势和耀眼的光芒,好像特意要跟他身旁的年轻美人做个对照似的。房屋之雄伟反衬出她格外纤弱——这反差似乎要证明,蝴蝶再怎么振翅,也只能扇起一丝微风。

德克斯特虽然坐在那里一动不动,心却紧张得怦怦直跳,生怕他一动,她就会顺势倒在他怀里,让他无法抗拒。这时,又有两行清泪顺着泪痕未干的脸庞滑落,吊在上唇边,摇摇欲坠。

她抽抽噎噎地说道:"我长得比任何人都漂亮,为什么我却得不到幸福呢?"眸子里的点点泪光瞬间瓦解了他的坚守。她的头慢慢耷拉下去,神情哀怨而凄美:"德克斯特,如果你要我,我就嫁给你。也许你会想我不值得你娶,但我一定会努力让你满意,德克斯特。"

愤怒、自尊、激情、愤恨、柔情,万千思绪齐上心头,但他又不知从何说起。随即一股情感巨浪席卷而来,残存的一点理智、俗套、疑虑和自尊被冲刷殆尽。这个倾诉衷肠的姑娘可是自己的女人啊,是自己的心上人,是自己的美娇娘,是自己的骄傲。

"进来坐会儿好吗？"德克斯特听见她呼吸急促起来。

他犹豫了一下。

"好吧，"他的声音有些颤抖，"我来。"

五

说来也怪，无论是此事刚结束还是很久以后，德克斯特一点也不为那晚的事感到悔恨。朱迪对他的激情之火仅仅燃烧了一个月，这事在十年后再进行审视，他仍然觉得是无关紧要的。由于自己对朱迪的迁就使自己陷入更大的痛苦，也给艾琳和她善良的父母带来了极大的伤害，他同样也觉得这算不了什么。艾琳伤心难过的样子并没有深深印在他脑海里。

德克斯特骨子里是个有主见、意志坚强的人。他根本不在乎本市居民对他的行为有何看法，倒不是因为他打算离开本市，而是他觉得任何局外人的看法都流于表面。什么群众舆论、公众看法他完全不管不顾。他一旦看清事情无望，自己没有能力彻底打动或留住朱迪，对她也就不再怨恨了。他爱她，直至地老天荒——可是他无法占有她。这使他尝尽了只有意志坚强的人才能领会的极度痛苦，恰如他也曾领略过虽短犹炽的巨大幸福。

朱迪以不愿"夺人之爱"为借口终结了与德克斯特的婚约——就是这个曾声称非他不嫁的朱迪——即使这么荒谬透顶的行为也没有让他反感。他如今已超脱得"不以物喜、不以己悲"了。

二月，他去了趟东部，原打算卖掉洗衣店，移居纽约，可一切安排都落了空——三月份战争阴云已密布美国上空。① 他又回到西部,把生意交给合伙人去打理,自己于四月下旬进入第一期军官训练营接受军训。参军打仗也许能使他从"欲说还休"的情感漩涡中抽身,得到一定程度的解脱,当时许多参军的年轻人都有这样的动机。

六

读者朋友请注意,本文无意全面叙述主人公的生平故事,但结果还是把许多与他青春梦想无关的闲事扯了进来。闲事快讲完了,他的故事也要结束了。末了还有件小事要交代交代——算来那又是七年以后的事了。

事情发生在纽约,当时他在这里的事业可谓顺风顺水——简直可谓所向彼靡、无往不利。那时他已三十有二,除了一战刚结束时飞回去过一次,七年来一直还没回过西部。一次,一个名叫德夫林的底特律人来他办公室谈生意,那件事就这样毫无预料地发生了,而他的人生,可以说就此改变,至少某个侧面发生了变化。

"原来你也来自中西部啊。"那个叫德夫林的家伙似是无心地打听道。

"有点意思——我原以为像您这样的成功人士大概都是在华尔街出生、长大的。要知道——对了,我在底特律有个最好的朋友,他老

---

① 这里的战争指第一次世界大战(1914—1918)。原本保持中立的美国于1917年4月6日正式对德国宣战,但战争准备早已开始。1917年3月,美国政府借口德国宣布恢复"无限制潜艇战"和德国密电墨西哥企图结成德墨联盟反美,在国内掀起反德浪潮。

婆就来自你原来居住的城市,他们结婚时我还当过迎宾员呢。"

德克斯特不知道他到底想说什么,没有搭腔,等着听下文。

"他老婆叫朱迪·西蒙斯,"德夫林提到这个名字时并未表现出特别的兴趣,"她结婚前叫朱迪·琼斯。"

"好了,我认识她。"德克斯特隐隐有些不耐烦了。他当然听说过她结婚了——也许他刻意没有仔细打听,以后的事情也就不清楚了。

"上哪里去找这么好的姑娘啊,"德夫林的脸色莫名其妙地沉下来,"我真有点为她难过呢。"

"怎么啦?"德克斯特内心某根弦一下子被拨动了,迫不及待想了解详情。

"唉,卢德·西蒙斯大概疯了。哦,我不是说他虐待她,可是他成天酗酒,在外面厮混不着家——"

"她没在外面厮混吗?"

"没有啊,整天在家里带孩子。"

"是吗?"

"她有点儿太老气了。"德夫林说。

"什么?太老?"德克斯特嚷道,"不对呀,伙计,她才二十七岁呢。"

此刻他满脑子就一个疯狂的念头,恨不得立刻冲出去,跳上火车去底特律。这样想着,身子不由自主地、摇摇晃晃地站立起来。

"你有事要忙吧,"德夫林识趣地道歉说,"我真不知道——"

"不,我不忙,"德克斯特边说边清了清嗓子,"我真不忙,一点都不忙。是你说她——二十七岁了?哎,对了,是我说的,她才二十七岁。"

"对,是你说的。"德夫林机械地附和道。

"说下去,再说说。"

"说什么?"

"说说朱迪·琼斯呀。"

德夫林望着他,显得有些无可奈何。

"好吧,就是——我不都告诉你了嘛!她丈夫对她像个恶魔。哎!不过他们也不至于离婚什么的。有时她丈夫特别粗暴,她却原谅了他。老实说,我觉得是因为她真爱他。她才来底特律时,真是个漂亮姑娘。"

漂亮姑娘!这话德克斯特听起来是那么滑稽可笑。

"难道她——现在不漂亮了?"

"嗯,还行吧。"

"你听听,"德克斯特说着说着,一屁股坐下去,"我搞不懂,你刚才说她是个'漂亮姑娘',现在又说'还行吧',你到底是什么意思?——告诉你,朱迪·琼斯不是'漂亮',而是'漂亮极了'。为什么?我认识她,我早就认识她,她——"

德夫林乐得直笑。

"我不是来和你吵架的,"他说,"我个人觉得朱迪人很好,我也喜欢她。可我不明白卢德·西蒙斯这样的人怎么会如此疯狂地爱上她,但事实就是这样。"然后他又补了句:"女人不就那么回事儿嘛。"

德克斯特两眼紧盯着德夫林,脑筋飞快地转动着:这里面肯定有原因——是这个人感觉迟钝,还是在泄私愤?

"女人都是这样，说老就老了，"德夫林边说边甩了个响指，"这种情况你肯定见得多了。大概我记性不好，已想不起她结婚时有多漂亮了。你知道的，从那以后，我经常看到她。眼睛倒是一直蛮漂亮。"

德克斯特只觉得一阵困意袭来，昏昏欲睡。他生平第一次未饮酒而有酒酣脑热的感觉。他还记得德夫林说了什么他就放声大笑，至于说的什么和为何想笑，他却忘了。几分钟后，德夫林一走，他就躺在长沙发上，望着窗外纽约的天际线，夕阳渐渐沉到一座座高楼后，投射出时浓时淡、或粉或金的霞光，一片朦胧氤氲，煞是优美。

他曾以为，他已经没有什么可失去的，因此什么也不怕了——但现在终于明白，他刚刚又失去了点什么。那种疼彻心扉的感觉，就如同他娶了朱迪·琼斯而眼睁睁看着她一天天衰老枯萎一样。

春梦已逝，把他的心也掏得空落落的。他发狂似地用手掌蒙住双眼，想竭力把过去的一幕幕拼成一幅图画：拍打着雪莉岛的湖波，月华笼罩的露台，高尔夫球场的格纹布伞，明晃晃的太阳，还有她脖子上黄茸茸的汗毛。特别是她亲吻时温润的双唇，布满忧伤的眼神，如同清晨崭新、精细的亚麻布般的清新姿质。为什么所有一切不见了？它们曾经都那么真真切切地存在过，可是如今已空空如也。

多少年来，他还是第一次忍不住泪如泉涌。不过这次流泪不是为别人，而是暗自神伤。他在乎的不是亲吻的嘴唇、含情脉脉的眼神和爱抚的双手。他想珍爱一些东西，可是他已无法珍爱。因为早已物是人非，回到当初已不可能了。门已关了，太阳西下，只剩下灰蒙蒙的钢筋水泥建筑在那儿了。即使有过什么心酸，即使曾年少轻狂，即使生活多姿多彩，也都如梦幻般随风而逝了，尽管这个冬之春梦曾那么五彩斑斓。

"很久以前,"他喃喃自语道,"很久,很久以前,我还有这么股心劲儿,可是如今一切皆空了。一切皆无,万事皆空了。我不能哭,我不能牵挂,那股劲儿再也找不回来了。"

(何绍斌 译)

宝宝聚会

每当约翰·安德罗斯感到自己青春已逝，他就会想到孩子正延续着自己的生命，从而得到些许慰藉。孩子"啪嗒啪嗒"的走路声，抑或是电话中传来的孩子语意不清的咿呀声，盖过了他深埋内心的不名一文的怨叹声。在电话中听孩子的咿呀声一般是在每天下午三点，此时妻子会从乡下打电话到他办公室。这是一天中最让他有活力的时刻，渐渐地他每天都会期待这一刻的到来。

他的生理年龄并不算老，可他生命中已历经了无数艰难险阻，犹如不断翻越过一座座奇峰峻岭。如今三十八岁的他已战胜贫困，拥有健康的体魄，但他的欲求不及一般人多，即使对小女儿的感情也有所节制。有一次他和妻子正行云雨之事，却被小家伙打断了。为了女儿，他们搬到郊区小镇，为的是清新的空气，但住在郊区麻烦不断，比如难雇保姆，每天疲于奔命地赶通勤列车[①]上下班等。

---

① commuting train，美国城市的 train 相当于中国今天的地铁或轨道交通车，而不是一般意义上的火车。

女儿小伊德身上洋溢的青春活力才是他最感兴趣的。他喜欢把她抱起来,放在他的双腿上,仔细打量她芳香而又毛茸茸的小脑袋和那清澈明亮的蓝眸子。如此这般爱抚一番后,他才乐意把孩子交给保姆带走。但没过多久孩子的顽皮却让他恼火,听到有东西打碎了,他极容易发脾气。有一个周日下午,孩子在他玩桥牌时总是把梅花A藏起来,他大发雷霆,那情景招得妻子直抹眼泪。

这事当然不靠谱,约翰事后也深感羞愧,可这样的情况还是免不了会发生,因为在家时不可能总让保姆把小伊德抱到楼上关在儿童房里,正如孩子母亲所言,孩子正一天天"长大成人"了。

瞧,她两岁半了,今天下午还要去参加一个宝宝聚会。她的母亲——老谋深算的爱迪丝——给约翰的办公室打电话告诉他这个消息;小伊德也在一边大声帮腔:"我要去'鸡会'了。"① 小家伙这一嗓子,约翰毫无准备,震得左耳嗡嗡作响。

"下班回家后顺便去马基家,好吗,亲爱的,"孩子母亲又接着说道,"肯定很有趣,伊德将会穿上粉色的小连衣裙的……"

突然电话那端"啪"的一声,应该是电话摔到地板上去了,通话就这样戛然而止。约翰大声笑起来,决定乘早一班通勤列车回去,想想在别人家里的宝宝聚会都叫他开心。

"肯定会一片混乱,"他想着就觉得好玩,"一大群当妈的围着孩子——她们什么也不看,就盯着自己的宝宝。宝宝会不停地打碎东西,不断地抓抢蛋糕。回家路上,每个妈妈还暗自觉得自己的宝贝比

---

① 原文用谐音模仿儿童用语,此处亦是模仿语。

别人家的优秀。"

他今天心情特别好——似乎所有事情比以往都要顺利些。刚下通勤列车,一个出租车司机强行拉他上车,他摇头走开。他迎着十二月清冽的暮光,沿着长长的上山道朝家里走去。刚六点,月儿已经探出了头,草地上盖着薄薄一层糖霜似的细雪,泛着令人心神荡漾的光华。

一路走着,虽然吸了一肚子冷空气,可他越来越开心,愈发觉得让宝宝聚会是个不错的点子。他开始猜想小伊德与同龄宝宝相比会怎样,那件粉色的小连衣裙会不会十分耀眼,使她显得成熟?看到自家房屋时他加快了步伐,从圣诞树上拆下的彩灯仍然在窗户上闪烁着,但他没有在自家门前的步行道停下来,继续往前走着,因为聚会在隔壁马基家。

登上砖砌台阶去按门铃时,听到里面仍有声音,他庆幸自己还不算太晚。可当探着头仔细听时——不是小孩的声音,声音很大,是带着怒气的高音;至少有三个人的声音,当他继续细听时,发现其中一个变成歇斯底里的抽泣声,他立即听出来这是他老婆。

"肯定出事了。"他恍然大悟。

他试着推门,发现门没有关,一下子就推开了。

其实,宝宝聚会四点半就开始了。精明的爱迪丝·安德罗斯盘算着五点钟才带着小伊德现身,先到的孩子的衣服已经皱巴巴了,伊德的新连衣裙必然大出风头。当她们到达时聚会已经很热闹了,共有四个小女孩和九个小男孩,正跟着留声机跳着舞;他们的母亲们不仅以他们为荣,也不想自己的孩子被比下去,所以使出浑身解数,把自己的孩子梳洗得干干净净，穿戴得漂漂亮亮。每次一起舞蹈的孩子至多两三个，不过因为所有孩子不断穿梭着跑向站在一旁给他们鼓气的妈妈们身边，所以总体上不失群舞的效果。

当小伊德和妈妈进门时，传来一阵持续的惊呼"真可爱"，一时间把音乐声都压住了，当然这是指小伊德。此时她怯怯地张望着，小手指不停拨弄着粉色连衣裙的裙边。没有人吻她——她已经到了开始讲究卫生的年纪——但其他妈妈们列队似的一个一个地从她面前走过，每个人都重复着一个词"好——可爱"，并拉拉她粉红的小手，才肯放她走开。在母亲鼓励和几次轻推后，她才融入跳舞的孩子们中间，变得十分活跃。

爱迪丝站在门旁与马基太太闲聊着，眼睛却紧紧追逐着那个粉色的小身影。她对马基太太根本没有上心，因为在她看来，马基太太性急又粗俗。可约翰和乔·马基先生却很投缘，况且每天早上两人一起乘通勤列车，所以两位太太也维持着精心设计的表面友情。她们总会责备彼此说，"怎么不来我家玩玩啊？"她们好像总在计划着聚会，并辅以此类开场白，"最近一起吃个饭吧，然后再一起去看场电影"，但此类计划常常不了了之。

"小伊德看着真是惹人怜爱，"马基太太一边笑着一边舔着干燥的嘴唇说道——爱迪丝对此举极度反感——"这么懂事……简直不可思议。"

爱迪丝甚至怀疑，对方称"'小'伊德"是暗示比利·马基（马基的孩子）比伊德小几个月却比伊德重了近五磅。接过一杯茶后，她同另外两位太太同坐在一张长沙发上，开始进入下午的正题——当然是畅谈各自宝贝最近的进步以及他们如何的无忧无虑。

一个小时过去了，宝宝们已经厌倦了跳舞，喜欢上更剧烈的活动。他们冲进餐厅，绕着大餐桌跑，试图把厨房的门打开，却被从远处奔袭而来的妈妈大军拦住。发现被围住，他们立马冲出包围，重新跑回餐厅，再次试图打开更熟悉的推拉门。有人开始嚷着"热死了"，接着只见一条条小小的白手帕开始擦拭一个个小脑袋上的汗水。妈妈们一致努力试着让孩子们再次坐下，可宝宝们一边蛮横地嚷着："下去！下去！"一边抖着双腿从母亲们的怀里挣脱出来，重新冲向令他们着迷的餐厅。

点心上来了——插着两支蜡烛的一个大蛋糕和若干小盘香草冰激凌——意味着聚会已接近尾声。比利·马基——这个满头红发的小胖子，很爱笑，腿不太直——吹灭了蜡烛，并试图用大拇指去蘸蛋糕上的糖霜。点心分给每个孩子后，他们的吃相堪称狼吞虎咽，不过秩序井然——此前整个下午他们都表现得特别好。他们都是生活在现代的孩子，饮食起居特别讲规律，因此他们性情温和，小脸儿健康粉嫩——三十年前的儿童聚会绝不可能如此平和安宁。

用完点心后，客人逐渐分批离去。爱迪丝焦急地盯着手表——快六点了，约翰还没有来。她希望丈夫能看到小伊德和别的孩子一起的情形——看她是多么落落大方，多么彬彬有礼，多么冰雪聪明；看她裙子上唯一的污渍，要不是有人从后面碰了她，她下巴上的冰激凌渣怎么可能掉落到衣服上？

"你太可爱了，"她突然把女儿拉到膝盖旁，低头耳语，"你知道吗？你太可爱了，你知道吗？"

伊德笑着。"哇，娃娃。"她突然叫道。

"娃娃？"爱迪丝看看周围，"没有什么娃娃啊？"

"娃娃！"伊德又叫着，"我要娃娃。"

爱迪丝朝伊德指的方向看去。

"那不是娃娃，宝贝，是泰迪熊。"

"熊？"

"对啊，一个泰迪熊，但那是比利·马基的，伊德不会要比利的泰迪，对不对？"

事实上，伊德的确想要。

她挣脱开母亲，跑到比利跟前。比利则紧紧地把玩具熊抱在怀里，伊德站在比利面前，盯他的眼神难以捉摸，比利则大笑起来。

精明的爱迪丝又看表了，这次她非常不耐烦了。

聚会的人渐渐散了，只剩下伊德和比利两个孩子——其中一个还躲在餐厅的桌子下面。约翰竟然还不来，太自私了，一点也不把女儿放在心上。其他孩子的父亲都来了，其中半数是来接自己的妻子，顺便停留了一会儿，看看孩子们的表现。

突然传来一阵哭声。原来是伊德强行把泰迪熊从比利怀里抢走了。比利试着夺回玩具，结果伊德顺手一推就把他撂倒在地上。

"干什么呀，伊德？"她妈妈大声叫道，同时忍不住想笑。

乔·马基——一个长相英俊、肩膀宽阔的三十五岁的壮汉——把儿子拉起来重新站好。"你真是个棒小伙儿，"他开心地揶揄儿子，"居然让一个丫头给撂翻了，真是个棒小伙儿！"

"他磕着头了吗？"马基太太送走了除爱迪丝外的最后一位母亲，

急匆匆折回来。

"没……没……有,"乔大声说着,"他碰着别的地方了,对吗,比利?他碰着别的东西了。"

比利此时已忘记了刚才的磕碰,又试着夺回他的玩具。伊德牢牢地抱着布熊,熊腿却露在外面。比利抓住熊腿拼命地拉扯,却怎么也拉不出来。

"不给!"伊德斩钉截铁地说道。

突然想到她之前侥幸的成功,伊德索性扔掉手中的熊,双手搭在比利双肩上,把他往后一推,他便倒了。

这次他摔得一点也不比上次轻:头撞在地毯刚好覆盖不到的地板上,发出一声空洞的钝响;他随之吸了口气,接着发出痛苦的嘶嚎。

立即整个房间乱成一团。马基先生惊叫着跑向儿子,但他妻子已抢先一步奔向受伤的孩子,紧紧地把他拥在怀里。

"天啦,比利!"她大声嚷着,"摔得多严重啊!她真该打!"

这时爱迪丝也奔向女儿,刚好听到了这话,立即予以回应。

"哎呀,伊德,"她轻声敷衍了一句,"你这个坏孩子!"

伊德突然把小脑袋向后一仰,大笑起来。笑声很张扬,既有胜利后的喜悦,也暗含挑战和蔑视。不幸的是这笑声还会传染,她母亲居然没有注意屋内的微妙气氛,也跟着女儿笑出声来,和女儿的笑一样清晰可辨,一样笑里藏针。

同样突然的,她一下止住了大笑。

马基太太脸都气红了,马基先生一直用一根手指抚摸着孩子的后脑勺,眉头皱了起来。

"都肿了喔！"语气里带了些许责备，"我去拿点喷剂来。"

可马基太太压不住怒火："我不觉得孩子受伤了有什么好笑的！"她声音都颤抖了。

小伊德此刻好奇地盯着母亲，她发现是她的笑带出了妈妈的笑，她想知道这种因果关系是否还奏效。于是这个节骨眼儿上，她又把头往后一仰，大笑起来。

在她妈妈看来，是她再次一笑终于把局面拖入无法收拾的境地。妈妈用手帕捂着嘴，但还是憋不住笑出声来。这倒不是紧张所致——她觉得她在用一种特别的方式和女儿一起笑——她俩一起笑着。

从某个角度看，两个人笑也是一种反抗——她们俩对抗整个世界。

马基先生忙着上楼上浴室找药膏，太太则来来回回走动着，摇晃着怀里号叫着的儿子。

"请你们离开！"她突然勃然大怒，"孩子受了重伤，如果你们连安静下来的礼貌都不懂，最好离开！"

"好啊，"爱迪丝的脾气也上来了，"我还从来没见过如此小题大作……"

"滚出去！"马基太太被气疯了，"门就在那儿，出去……再也不想在我家看到你们，你和没教养的小崽子都不受欢迎！"

爱迪丝正拉着女儿箭步走向大门，听到这话，她停下来，转过身，脸部因愤怒紧紧绷着。

"你敢那样骂她？"

马基太太没有搭理她，继续来来回回晃着孩子，并对孩子说着什么，可是听不见。

爱迪丝突然开始哭起来。

"我会走的，"她抽泣着，"我从来没听过有人如此粗鲁庸……俗。你儿子摔倒我真开心——他算什么呀，一个傻乎乎的胖墩。"

乔·马基刚走下楼梯，恰好听到这句话。

"我说，安德罗斯太太，"他语气严厉起来，"难道你没有看到孩子都受伤了吗？你真应该收敛收敛！"

"我……收敛！"爱迪丝大叫道，有些语无伦次，"你最好让她收……敛。我从没见过这么没修养的人。"

"她在侮辱我，"马基太太气得脸色铁青，"听到她说什么了吗，乔？我要你把她赶出去。她不出去的话，就抓住她的肩膀把她轰出去。"

"你敢碰我？"爱迪丝大喊起来，"我找到外……外套，马上就走。"

她泪眼婆娑地走向客厅。恰在此刻门开了，约翰·安德罗斯满面焦虑地走进来。

"约翰！"爱迪丝哭喊着，朝丈夫飞奔过去。

"怎么了？天哪！到底怎么了？"

"他们……他们要赶我出去。"她呜咽着，整个人都瘫在丈夫怀里，"他刚要抓住我的肩膀把我推出去，我在找我的外套！"

"不是那样的！"马基先生立刻反驳道，"没有人要赶你走。"

他转向约翰。"没人要赶她走，她……"

"'赶她出去'是什么意思？"约翰打断他的话质问道，"这到底是怎么回事？"

109

"天啊，我们走吧，"爱迪丝哭着，"我想离开这儿，他们太粗俗了，约翰！"

"喂，听着，"马基先生脸色阴沉下来，"你说够了吧，你有点儿发疯了！"

"他们说伊德是'没教养的小崽子'。"

小伊德不解大人们的争吵，而且被激烈的争吵声吓到了，她开始大哭起来，她的眼泪似乎表明她真的受到侮辱了。这是她今天再次在不恰当的时候表达情绪。

"这话是什么意思？"约翰怒吼道，"你怎么可以在自己家里羞辱你的客人？"

"我怎么觉得是你老婆在羞辱人！"马基先生干脆地回应道，"事实上，所有的事都是因你家孩子而起。"

约翰轻蔑地哼了声。"你是指责一个小孩子吗？"他质问道，"真是大男人该干的事啊！"

"别跟他废话了，约翰，"爱迪丝催促道，"快找我的外套吧！"

"你是不是有毛病，"约翰还在怒气冲冲地责问，"如果你一定要对可怜的孩子发火……"

"我他妈真没有见过这样荒谬的事，"马基也发火了，"要是你家的那个老婆能把嘴闭会儿……"

"等等！你不可以当着女人和孩子这样讲话……"

这时出现了一个意外的小插曲。爱迪丝一直在椅子边没头苍蝇似的找外套，马基太太则一直紧紧地盯着她，满脸怒气。忽然她放下比利，扔在沙发上，孩子立刻不哭了，还站了起来；她走进客厅，很快找到了爱迪丝的外套,递给了她,一句话也没有说。然后回到沙发边重新把儿子抱在怀里;接着她又一边摇晃着孩子,一边愤怒地鄙视着爱迪丝。整个插曲持续不到半分钟。

"你妻子来到这里,大声骂我们多么粗俗!"马基突然高声嚷道,"好啊,既然我们这么粗俗,你们最好离远点!而且,最好现在就离开!"

约翰发出一阵短促而轻蔑的笑。

"你不仅粗俗,"他回应道,"你简直就是可恶的恶棍——欺负无助的女人和儿童。"他摸到了门把,拉开了门,"走吧,爱迪丝。"

妻子抱着女儿,先走出去,约翰仍用鄙视的眼光盯着马基,然后跟了出去。

"等一下!"马基先生向前走了一步,他有点颤抖了,太阳穴旁的青筋都暴了起来,"你不会以为这样一走就算完事了,对吧?你和我的事完了吗?"

约翰没有答话,走出门去,门也不关。

爱迪丝仍哭泣着,已经迈步往家里走去。他目送着妻子,直到她踏上自家门前的步行道。然后他转身向马基家亮着灯的门廊走去,马基也正慢慢从很滑的阶梯上下来。约翰脱掉外套,摘下帽子,扔在雪地上,朝前走了一步,在结冰的路上差点滑了一跤。

他们才向对方打出第一拳,结果都滑倒了,重重地摔在路边;还没等完全爬起来,又将对方都推倒。他们在积雪较浅的一侧路旁找到更稳的立脚处,接着扭打起来;两人都因地面太滑而晃得厉害,脚下的雪也被踩成斑斑驳驳的雪泥一片。

街上没有行人,除了他们急促的喘气声和他们中某一位滑倒在烂泥地上的闷响,他们算是在寂静中搏斗,靠洞开的房门透出的昏黄灯光和满月的照射,他们才能分辨对方。有好几次两人都倒在一块,很快猛烈的搏斗又重新在草地上展开了。

十分钟过去了,十五分钟过去了,二十分钟过去了,月光下他们毫无意义地耗着。打斗中他们形成某种默契,暂停下来,同时默默地脱掉了外套和背心——此刻他们的衬衫已被撕扯成了软而湿的布片,一条条挂在后背。两人已经满身伤痕、鲜血淋漓、疲惫不堪,累得只有处在可以互相支撑的位置,才能站起来——这时,任何碰撞,甚至作势打出一拳的比画,都会让他们立刻人仰马翻。

但两人并没有因此休战,不休战的原因恰恰是不知为何而战。最终他俩还是休战了,因为正当他们在地上扭打时,听到一个人沿着人行道朝这边走过来的脚步声。听到脚步声前,不知怎么回事他俩已翻滚到一处阴暗的角落;听到脚步声后,他俩停止了打斗,一动不动,屏住呼吸,挤在一起,像两个大男孩在玩游戏。直到脚步声渐渐远去,他们才摇摇晃晃地站起来,像喝醉酒似的看着对方。

"鬼才想再打下去!"马基粗声粗气地说。

"我也不想了,"约翰·安德罗斯也说道,"我受够了打斗。"

此时他们又对视了一番,这次都阴沉着脸,好像怀疑对方又要挑起新一轮打斗。马基唇部受伤,在流血;他啐了一口,接着低声咒骂了几句,拾起外套和背心,很夸张地抖掉了上面的积雪,好像此刻在这个世界上他只在乎衣服弄湿了这件事。

"要不要进来洗洗?"他突然开口。

"不，谢谢，"约翰回答说，"我该回去了——不然老婆该担心了。"

他也捡起地上的上衣和背心，然后是外套和帽子。他全身被汗水浸透了，汗水还在往下滴落。这一切太荒谬了——半个钟头前，他还穿着所有这些衣服。

"那么……晚安。"他说道，有些犹豫。

他们突然朝对方走过去，握了手。这并不是象征性的寒暄——约翰·安德罗斯的胳膊搭在马基的肩膀上，在他背上轻拍了一会儿。

"没伤着吧！"他说，语气有些异样。

"没……你呢？"

"没有，一点也没有。"

"嗯。"过了一会儿，约翰·安德罗斯说道，"我想该道晚安了。"

"晚安！"

约翰·安德罗斯把衣服搭在胳膊上，转过身走了，腿脚还不太利索。他离开了那块被踩踏得黑乎乎的地面，穿越一片横在两家之间的草坪，月光依旧皎洁。顺着他离开的方向不到半英里地就是通勤列车站，他能听到七点钟通勤列车的轰鸣。

"可你肯定是疯了吧，"爱迪丝沮丧地叫了起来，"我以为你是回去补救，与他握手讲和去了，所以我才走开的。"

"你希望我们重归于好？"

"当然不是，我永远都不想再见到他们了。可是我以为你自然会那么做的。"他平静地坐在浴盆里泡着热水澡，她则一边轻轻触摸他脖子和背上的淤伤，一边涂抹碘酒。她坚持道："我去找医生吧，你

113

一定有内伤。"

他听了摇着头:"千万别去,我可不想让全镇人都知道这事。"

"我到现在也没搞明白这一切究竟是怎么发生的。"

"我也不明白,"他苦笑了一下,"或许举办宝宝聚会本来就是特别难办的事吧!"

"对了,有样东西……"爱迪丝一边说着,一边在想,"噢,明天晚餐家里还有牛排!我好开心。"

"为什么吃牛排?"

"当然是为了你啊,为你的眼睛!你知道吗?我差点买了小牛肉,真是万幸!"

半个钟头后,约翰穿好衣服——只是他的脖子还不宜穿任何有领子的衣服——小心翼翼地移动到镜子前。"我想我会有更好的体形,"他若有所思道,"我一定是老了。"

"你是说,那样的话下次你就可以打败他了吗?"

"这次也不算输啊!"他自夸道,"至少,我俩谁也没占到便宜,而且不会有下次了。以后不准说别人粗俗,好吗?以后再遇上麻烦,拿好衣服马上回家,知道了吗?"

"知道了,亲爱的,"她很温顺地回应道,"我当时太糊涂了,现在我明白了。"

他走出房间进入客厅,突然在孩子门前停住脚步。

"她睡着了吗?"

"好像睡着了,不过你可以进去瞅瞅——和她说声晚安就够了。"

他们蹑手蹑脚地进了孩子的房间,在床边弯下腰看着孩子。小伊德脸蛋健康红润，粉嫩的小手紧紧地握在一起，在凉爽、漆黑的房间里安稳地睡着。约翰把手伸过床栏杆，轻轻地拂过孩子如丝般的柔发。

"她睡着了。"他有些迷惑地喃喃自语。

"当然啰，今天下午把她折腾得够呛！"

"安德罗斯夫人，"黑人女佣压低的声音从过道传来，"马基先生和太太在楼下等，说要见您。马基先生那副模样真是惨不忍睹，夫人，他的脸像烤过的牛肉。还有他的太太，好像气疯了一样。"

"还真是没完没了啊，简直不可理喻！"爱迪丝嚷道，"你就和他们说我们不在家。就是天塌下来了我也不会下楼去的。"

"可你一定得下楼。"约翰的声音严肃又坚定。

"什么？"

"你现在就下楼去，还有不管那个女人说什么，你都要为今天下午你说的话道歉。从此以后，你就可以永远不要见她了。"

"啊？……约翰，我办不到。"

"你必须办到，我相信，就像你讨厌下楼见她一样，她肯定更加讨厌来我们家。"

"你不陪我？我必须一个人面对他们吗？"

"我等会儿……再下去。"

约翰·安德罗斯一动不动地待在那儿，直到她走出去，关上了门。然后他俯身下去，把女儿从床上连同毯子一起抱了起来，坐在摇椅上，紧紧地抱住她。她动了一下，他立刻屏住了呼吸，不过她睡得正香，所以又很快在他的臂弯里安稳地睡着了。他慢慢垂下头，下巴蹭到她金亮的发丝。"我亲爱的小宝贝,"他喃喃道,"我亲爱的小宝贝,我亲爱的小宝贝。"

约翰·安德罗斯终于明白了刚才他为什么大打出手了。那原因此刻就在他的手上,今后也将永远在。他就这样慢悠悠地前后摇晃着,在黑暗中坐了许久。

(何绍斌　彭小龙　译)

赎 罪

一

　　从前，有一个神父，他目光冰冷如水，在夜深人静时独自流着冰凉的眼泪。他之所以哭泣是因为每天下午总是闷热而漫长，他无法彻底实现灵魂与上帝的密切结合。有时，大概下午四点时分，一群瑞典女孩沿着小路窸窸窣窣地经过他的窗口，她们刺耳的笑声让他异常反感，于是他大声祈祷暮色的到来。夜幕降临时，周围便会变得清静起来。但有好几次，就在黄昏时分，他从龙约格药房旁路过，看见药房内灯光昏黄，汽水桶上的金属阀门亮闪闪的，还闻到浓浓的廉价香皂味。每个礼拜六的晚上，听完忏悔回来时，他都经过这条路，此后他会小心翼翼地走在街道的另一边，这样香皂的味道便会像熏香一样朝着月亮的方向飘散而不会钻进他的鼻孔里。

　　但是，他还是躲避不过下午四点的燥热烦扰。他从窗口一眼望去，达科他小麦遍布红河谷。麦田难看至极，看着这地毯般的图案，他痛苦地闭上了双眼，任凭思绪在奇形怪状的迷宫里徘徊，看到的却总是那无处不在的骄阳。

一天下午，当他的思绪像陈旧的钟摆慢慢停下来时，管家带着一个模样俊秀、有点紧张的男孩进了他的书房，这个男孩十一岁，名叫鲁道夫·米勒。他在一处有阳光的地方坐下，神父坐在核桃木书桌前，故作繁忙。他这样做就是为了隐藏他内心的欣慰，终于有人走进了他的鬼屋。

他马上转过身来，凝视着一双隔得很开的大眼睛，这眼睛里闪着钴蓝色的光芒。片刻，小家伙的神情使他大吃一惊，他感觉这个来访者处在恐惧中，显得楚楚可怜。

"你的嘴唇在颤抖。"施瓦茨神父用嘶哑的声音说道。

小男孩立刻用手遮住他颤抖的嘴。

"你遇到麻烦了？"施瓦茨神父急切地问道，"把手拿开，告诉我发生了什么事。"

男孩——施瓦茨神父现在认出他就是教区居民米勒先生的儿子，米勒先生是个货运代理商——极不情愿地把手从嘴巴上拿开，用一种绝望的语气开始说话，声音不高但很清晰。

"施瓦茨神父……我犯了一个重罪。"

"是亵渎纯洁之罪吗？"

"不是，神父……比这更严重。"

施瓦茨神父的身体猛烈地抽搐了一下。

"你杀人了？"

"没有——但是，我怕——"他哭出声来。

"你想要忏悔吗?"

小男孩难过地摇头。施瓦茨神父清了清嗓子,想要让他的声音变得温和一点,说一些平和友善的话。此时,他竟然忘记了他自己的烦闷,试着扮演上帝。他内心不断地祈祷着,希望这样上帝能正确引导他。

"告诉我你做了什么?"神父的声音温和了不少。

小男孩泪眼婆娑,原本心烦意乱的神父换上一副表情,让他觉得自己的罪过在道德上是可以宽恕的,他这才消除疑虑。鲁道夫尽量在神父面前保持平静,开始讲述他的故事。

"三天前的礼拜六,我父亲说我必须去做忏悔,因为我已经一个月没去了,我家人每周都会去,而我没有。我不管那么多,我不在乎。我拖延到了晚饭后,因为当时我正和伙伴们玩耍,爸爸问我去过了没有,我说'没有',于是他揪着我的衣领说'现在就给我去!'我说'好吧',所以我去了教堂。他在我背后大叫道:'没去就不要回来了!'……"

二

"三天前的礼拜六"

告解室的长毛绒窗帘上那暗黑的褶皱被拉了一下,只露出一只老头穿的旧鞋。帘子后面,一个不朽的灵魂单独陪伴着上帝,还有阿道弗斯·施瓦茨,他是教区的神父。里面开始传来声音,费劲而又谨慎地呢喃着，不时还被神父清晰的提问声打断。

鲁道夫跪在告解室外面的长凳上等着，使出浑身解数紧张地偷听着，但还是听不清里面在说些什么。神父的声音能被听见让他提高了警惕。下一个就轮到他了，如果他承认他触犯了第六和第九条戒律[①]时，等在外面的三四个人可能会无耻地听到。

鲁道夫从未犯过通奸之罪，甚至没有垂涎过邻居的妻子——但是他要忏悔的是与之相关的罪，特别难以想象。相比之下，他更愿意忏悔那些不那么可耻的堕落行为——它们会形成一个灰色背景来冲淡性侵犯这块污渍。

他一直用双手捂住耳朵，希望这样他们可以注意到他不想偷听，并在他忏悔时也能礼貌地效仿。告解室里一个忏悔者猛地动了一下，吓得他猛地把脸埋进双臂里。他越来越害怕，心提到了嗓子眼上。他现在必须尽可能地为他的罪过忏悔——不是因为害怕，而是因为冒犯了上帝。他必须使上帝相信他是内疚的，这样做他又首先得说服他自己。紧张的情绪挣扎后，他获得了一点怯懦的自怜，觉得他已经准备好了。如果没有其他念头入侵，他可以保持这种状态，直到最后走进那口棺材似的告解室，他就可以在宗教忏悔中渡过又一场危机。

但是，一会儿，一个邪念有点动摇了他。趁还没轮到他之前，他可以回家，并且告诉母亲他去过了，只是去晚了，神父已经离开了。不过，这样有被抓到撒谎的危险。又或者，他可以直接说他去忏悔过了，但是这就意味着他必须回避第二天的圣餐，因为圣餐到了不纯洁

[①]《圣经》十戒中的第六戒是勿行邪淫，第九戒是勿愿他人妻。

的灵魂的嘴里会变成毒药。他就会浑身乏力,甚至从圣餐台的栏杆边直接跌入地狱。

神父的声音又传了出来。

"为了你的——"

后面的话变成模糊不清的嘀咕声,鲁道夫兴奋地站了起来。他觉得这个下午是不可能去做忏悔了。他紧张得踌躇起来。接着,告解室传来一声轻敲声,吱吱嘎嘎,一阵躁动。滑板落了下来,长毛绒门帘动了一下。想逃走的冲动来得太迟了……

"请救救我,神父,我犯罪了……我向万能的上帝和您忏悔,神父,我犯罪了……离我上次忏悔的时间已经有一个月零三天了……我谴责自己——我玷污了上帝的圣名……"

这个罪过比较容易说出口。他的忏悔似乎有点虚张声势,这基本上就是在自夸。

"……我卑鄙地对待过一个老太太。"

花格窗上,一个微弱的影子轻轻动了一下。

"怎么回事,我的孩子?"

"斯温森老奶奶,"鲁道夫的嘀咕声转变成快乐的高呼,"我们的棒球砸到了她的窗子,她拿走了我们的球不还给我们,所以整个下午我们都冲着她大叫'快滚蛋'。大概五点钟的时候,她气得发病了,他们不得不叫来医生。"

"继续,我的孩子。"

"我谴责——谴责我不相信我是父母的儿子。"

"什么?"询问的人明显大吃一惊。

"我不相信我是父母的儿子。"

"为什么?"

"噢,只是很自豪。"这个忏悔者得意地回答道。

"你是说你太优秀了,你父母不配有你这样的儿子?"

"对的,神父。"语气没有刚才那么欢快了。

"继续。"

"我不孝,因为我直呼妈妈的名字。我背后诽谤他人,我抽烟……"

鲁道夫现在已经厌倦细数这些小罪行了,他准备开始说那些难以启齿的罪行。他的手指紧紧捂着脸颊,像一根根棍子,想要把心中的羞愧挤压出来。

"我说了脏话,并且抱有不道德的想法和欲望。"他用很低的声音说道。

"多久一次?"

"我不知道。"

"一周一次?一周两次?"

"一周两次。"

"你屈服于这些欲望了吗?"

"没有,神父。"

"你这样做的时候孤独吗?"

"不,神父。我和两个男孩,还有一个女孩在一起。"

"难道你不知道,我的孩子,你应该避免会发生这些罪过的场合,就像避开罪过本身?邪恶的友谊会导致邪恶的欲望,邪恶的欲望会导致邪恶的行为。事情是在哪儿发生的?"

"在一个谷仓,前面是……"

"我不想听到任何人的名字。"神父不客气地插了一句。

"嗯,是在谷仓的阁楼上,那个女孩和一个小伙伴,他们在谈论——说些不干净的话,我也待在了那里。"

"你应该离开的,你应该叫那个女孩离开。"

他本应该走开的!他不能告诉神父,当他听到那些奇妙的事情时,他手腕上的脉搏跳动得有多快,一种多么神奇,多么浪漫的兴奋感占据了他的全身。也许在少年管教所里有很多像这样迟钝的、目光呆滞的、不可救药的女生,她们也会用那样的话来尽可能地照亮她们黑暗的生活。

"还有其他的要忏悔吗?"

"我想没有了,神父。"

鲁道夫感到如释重负,紧握的手心都出汗了。

"你撒过谎吗?"

这个问题让他很吃惊。像那些习惯性和本能撒谎的人一样,他们对事实是极其敬畏的。他不由自主地给了一个迅速而又憋屈的回答。

"噢,不,神父,我从来不撒谎。"

一时之间,他像坐在王位上的平头百姓,内心充满了自豪。

然后当神父开始低声诵念传统的戒律时,他意识到自己冒险否认了他撒谎的事实,他犯了严重的罪,他在忏悔时撒谎了。

听到施瓦茨神父说"现在开始忏悔",他跟在神父后面漫不经心地大声重复:

"噢，上帝，我真心忏悔冒犯了您……"

他现在必须来补救——那是个极大的错误——但是说完最后一句祈祷语时，他听到了一个尖锐的声音，滑板关了。

一会儿后，他走进了黄昏暮色中，感到特别轻松，因为他离开了闷热的教堂，来到了充满麦香的宽阔大地，刚清醒地意识到自己犯了什么罪行，现在又不在乎了。他放下心理包袱，深深吸了一口新鲜的空气，开始不停地对他自己说着："布拉奇福德·撒纳明顿，布拉奇福德·撒纳明顿！"

布拉奇福德·撒纳明顿就是他自己，这些词实际上是句歌词。当他变身为布拉奇福德·撒纳明顿时，一股温文尔雅的高贵感流遍全身。布拉奇福德·撒纳明顿生活在一个战无不胜的伟大世界里。鲁道夫一闭上双眼，布拉奇福德就对他进行了控制，他走在路上，空中就会传来羡慕的呢喃："布拉奇福德·撒纳明顿！布拉奇福德·撒纳明顿大驾光临了。"

他昂首阔步地沿着一条蜿蜒曲折的路走回家时，他就暂时成了布拉奇福德·撒纳明顿。但走到铺满碎石的路德维格主街道时，鲁道夫的愉悦感逐渐消失了，内心也冷静了下来，他感觉到了那份因撒谎带来的内心的恐惧。上帝，当然已经知道他撒谎了。但是鲁道夫的那份侥幸的心理，让他觉得是安全的，他已经想好了应付上帝的借口。他内心深处正考虑着怎样才能最好地避免撒谎会带来的后果。

他要不惜一切代价避免领明天的圣餐。触怒上帝到那种程度，危险实在是太大了。明天早晨，他必须"无意"地喝口水，因此，根据教会的律例，这样他就不能在那天领圣餐了。尽管这个借口很脆弱，但是对他来说已是最可行的了。他愿意冒险，并且全神贯注地思考着怎样可以成功执行。随即，他转了个弯，来到了荣堡葛药房，看见了神父的房子。

三

鲁道夫的父亲是当地的货运代理商，是随着第二波德国及爱尔兰移民到了明尼苏达——达科他地区的。从理论上讲，在那个时代、那种地方，大把的机会摆在了这个精力充沛的年轻人面前，但是卡尔·米勒在他的上司和下属面前都没有建立起过硬的声誉。然而在一个分工明确的行业里，这种声誉是成功的必要因素。他有点粗野，不够精明，无法自然地建立基本的人际关系，这种无能致使他多疑，不安，长期精神萎靡。

与他的多彩生活紧密联系的两点是他对罗马天主教的信仰和对"帝国缔造者"詹姆斯·杰·希尔[①]的神秘崇拜。希尔是那种才能的典型代表，而这种才能正是米勒本身所缺乏的东西——对事物的洞察力，对事物的感知力，就像刮风时能预知将要下雨一样。老米勒头脑迟钝，做决定总是比别人慢半拍。生活中，他从来操控不了他手头上任何简单的事情。他疲劳矮小的身体随着年龄的增长在希尔的巨大形象下慢慢变老了。二十年来，伴随着对希尔和上帝的忠诚，他孤独地生活着。

---

① 詹姆斯·杰·希尔（James Jerome Hill，1838—1916），美国著名的铁路大王、金融家，修筑了北方大铁路。

一个礼拜天的早上六点，宁静而清新，卡尔·米勒起床了。他跪在床边，灰黄的头发和斑驳的胡须垂在枕头上，祈祷了几分钟。然后他脱下了睡觉时穿的长衬衫——就像他那个年代的人一样，他从来都不习惯穿睡衣——在他那瘦小、白皙、光洁的身体上穿上了羊毛内衣。

他在刮胡子。妻子正不安地睡在隔壁静寂的房间里。大厅用屏风隔出了一块安静的角落，摆着他儿子的简易小木床。床上堆积着儿子的阿尔杰[①]的图书，他收集的雪茄纸圈，被虫蛀过的锦旗，上面写着康奈尔、哈姆林，来自普韦布洛和美国新墨西哥州的问候，还有一些其他私人物品。他儿子就和这些东西睡在一起。米勒可以听到外面尖锐的鸟叫声和家禽呼呼作飞的声音，还有一种低沉的声音，那是六点一刻途经这里开往蒙大拿和远方绿色海岸的火车发出的轰鸣声。当手中的亚麻布毛巾往下滴水的时候，他猛地抬起头——他听到下面厨房传来鬼鬼祟祟的声音。

他匆忙擦干剃须刀，利索地穿好吊裤带，仔细听着。有人在厨房里走动，从那轻巧的脚步声可以猜出，那不是他妻子。他嘴巴微微张开，飞快地跑下了楼，打开了厨房的门。

水槽边站着的是他的儿子，此刻，他儿子正一手放在仍然在滴水的龙头上，另一只手拿着满满的一杯水。这孩子的眼睛像没睡醒一样，惊恐而又充满内疚地看着父亲。他光着脚丫，卷起了睡衣的袖子和裤脚。

[①] 霍拉肖·阿尔杰（Horatio Alger Jr., 1832—1899），美国儿童小说作家。著有130部左右作品，大都是讲穷孩子如何通过勤奋和诚实获得财富和社会成功。

一时间，他们俩都一动不动——卡尔·米勒的眉毛垂下来，鲁道夫的眉毛则向上扬，好像他们在两种饱和的极端的情绪中寻找平衡。接着，父亲上唇上的一撇胡子不祥地垂下来，盖住了嘴巴，又匆匆朝四周瞟了瞟，看看有没有什么不对劲的地方。

厨房里阳光普照，照在平底锅上，阳光使得光滑的木地板和饭桌如麦田般金黄而又明亮。在屋子的正中央，摆放着火炉，瓶瓶罐罐像玩具般码放在一起，蒸气终日低声鸣响着。没有东西挪动了地方，一切像往常一样，除了水龙头上还在冒水珠，闪着白光滴落在下面的水槽里。

"你在干什么？"

"我很渴，所以我想下来弄点水喝。"

"你不是要去领圣餐吗？"

他儿子脸上充满剧烈的惊愕。

"我完全忘了。"

"你已经喝水了吗？"

"没有。"

话一说出口来，鲁道夫就意识到他回答错了。可是在他做出反应之前，怒视着他的那道暗淡而愤怒的眼神已经看清了事实。他也意识到，他根本不应该下楼来，他想在水槽旁放一杯水作为证据这个想法其实是多此一举，他那诚实的想象力反倒背叛了他。

"倒掉，"父亲命令道，"把里面的水倒出来！"

鲁道夫绝望地倒转了水杯。

"你到底在干什么？"米勒生气地质问道。

"没干什么。"

"你昨天去忏悔了吗?"

"去了。"

"那你为什么还要来喝水?"

"我不知道,我忘了。"

"可能,比起宗教信仰,你更加关心的是有点口渴吧。"

"我忘记了。"鲁道夫感到泪水在眼睛里打转。

"那算什么回答。"

"哦,真是那样的。"

"你最好给我小心点!"父亲用大声的、固执的、质问的语调说道。

"如果你这么健忘,甚至忘记你的信仰,那么我最好采取些什么手段了。"

鲁道夫突然顿了一下说:"我能记住的。"

"首先你开始忽视你的宗教信仰,"父亲高声呵斥道,火气更大了,"接下来,你会开始撒谎,开始偷东西,再就是被关进少年犯管教所!"

即使这种熟悉的恐吓也无法进一步加深鲁道夫眼前看到的深渊。他要么诚实招来,可这样会招来一顿毒打,要么带着一颗亵渎的灵魂,冒着天打雷劈的风险,领受基督的血肉。两者之间,前者似乎更可怕。不是因为他害怕被揍,而是因为他害怕野蛮暴力,暴力是无能之人的发泄,也是他们的潜在品质。

"放下杯子,上楼去换好衣服!"父亲命令道,"领圣餐前,我们先去教堂,你最好先跪下来请求上帝原谅你的粗心。"

命令中附带着一种强调,就像催化剂一样加重了鲁道夫心中的困惑和恐惧。一种野蛮和叛逆的怒气涌上心头,他使劲把杯子摔进了水槽。

父亲发出一种不友善、沙哑的声音,跳起来向他扑过去。鲁道夫急忙躲闪开,撞翻了一把椅子,试图跑到餐桌的另一边去。当父亲的大手拽住他肩部的睡衣,他大声叫喊起来。接着,他感觉到头遭到了重击,然后就是他的上身遭到了无数攻击。父亲抓着他,他到处逃窜,吊在一只胳膊上本能地拉扯着,他感觉到剧烈的疼痛和紧张,但一声不吭,只是歇斯底里地笑了几声。后来,不到一分钟,他父亲突然停止了攻击。在尴尬的僵持中,鲁道夫被父亲紧紧抓住,他俩都在剧烈地颤抖,嘴里说着奇怪的、含糊不清的话。卡尔·米勒半推半架着把他儿子拽上了楼。

"去穿上衣服!"

鲁道夫现在情绪异常激动,身体都冻僵了。他头痛,脖子上面有一块父亲手指甲抓的长而浅的伤痕。他一边穿衣服一边哆嗦着哭泣。他意识到母亲包裹着睡衣站在了门边,她的脸上布满了皱纹,相互挤压着,从脖子到额头生成了一道道新的皱纹。他鄙视她的徒劳无用,在她试图用金缕梅酊剂揉他的脖子时,他也不让。他快速地,屏住呼吸上了厕所,然后跟着父亲走出了屋子,沿着教堂的路走去。

四

他们默默地走在路上,除了卡尔·米勒下意识地和路人打招呼。

鲁道夫那不均匀的呼吸声惊扰着炙热的周日里的这份宁静。

他父亲在教堂门口果断地停下了脚步。

"你再去忏悔一次。进去告诉施瓦茨神父你的所作所为,并请求上帝的宽恕。"

"你也发脾气了!"鲁道夫飞快地回答。

卡尔·米勒朝儿子走近了一步,鲁道夫警觉地向后退了一步。

"行,我也去。"

"你会照我说的做吗?"父亲压着嗓子粗声粗气地问道。

"好的。"

鲁道夫走进了教堂,两天中他已是第二次走进告解室跪了下来。滑门几乎立刻就打开了。

"我忏悔自己忘记晨祷了。"

"就这个?"

"就这个。"

他心中不禁狂喜,又夹杂几分伤感。他有理由为此感到舒心和自豪,此刻先要他冷静地思考推敲(更缜密的借口),实在是强人所难。他已经跨过了一条无形的界线,而且意识到自己的与世隔绝——不仅幻想自己是布拉奇福德·撒纳明顿的时候如此,整个内心世界其实一直如此。迄今为止,那些"疯狂的"野心、微不足道的羞耻和恐惧等现象,不过是他内心的私密保留地,在人前是不予承认的。现在他无意中意识到他的私密保留地才是真正的自己——而所有其他的东西都只是装饰的门面和传统的旗帜。环境的压力迫使他走上了一条青春期孤独而神秘的道路。

他跪在一张长凳上，跪在父亲旁边。弥撒开始。鲁道夫跪直了。趁周围无人时他就把后背靠在了椅子上——体验到一种微妙的报仇雪恨的痛快感。旁边的父亲在祷告上帝，请求他宽恕鲁道夫，同时也祈祷上帝宽恕他的一时冲动。他瞥了一眼旁边的儿子，舒心地看到他脸上已没有了那种紧张放肆的神情，他也停止了哭泣。上帝的慈悲，也即圣餐礼的本意，会解决好其他的一切，也可能弥撒过后一切都会好起来。他由衷地为鲁道夫感到自豪，也为他自己的行为表示真诚而正式的道歉。

通常，在做礼拜时，募款箱的传递对鲁道夫有着重要意义。如果他没有钱投进去，也通常出现这种情况，他会觉得极其羞愧，就会低着头假装没看见箱子，以免坐在后排的珍妮·布雷迪注意到他，怀疑他家穷得叮当响。但是，今天，当募款箱传到他跟前时，他冷漠地扫了一眼，颇有兴趣地发现里面有很多硬币。

然而，当领圣餐的钟声响起时，他还是不由自主地颤抖起来。上帝没有理由不让他停止心跳。在过去的十二个小时里，他已犯下了一系列大罪，情况愈加严重了，他现在要用亵渎圣餐来到达犯罪的顶峰。

"主啊！我不敢奢望你到舍下；你只说个话吧，我的灵魂就会得到治愈……"[①]

座位上响起一阵骚动。领圣餐的人们低头合掌走向过道。那些更虔诚的教徒则紧紧顶着指尖，做出一个尖顶的形状。这些人当中就有

[①] 祷告词，原文为拉丁语"Domini, non sum dignus; ut interes sub tectum meum; sed tantum dic verbo, et sanabitur anima mea..."。

卡尔·米勒。鲁道夫跟着他走到圣餐台那边跪下，习惯性地拿起一块餐巾纸夹在下巴底下。锐利的钟声响起，神父手拿白色圣体[1]举着圣杯从圣坛上下来：

"愿我主耶稣的圣体保佑我的灵魂，直到永远。"[2]

圣餐礼一开始，鲁道夫额头上就冒出了冷汗。施瓦茨神父沿着队伍走过来，鲁道夫恶心感加剧，在上帝的意志面前他觉得他的心跳越来越弱了。在他看来，教堂越来越黑暗，越来越死寂，除了那含糊的嘀咕声宣告着天地造物主的来临。他耸着肩膀低下头，等待上帝的重罚。

接着他突然感觉旁边有人用肘推了他一下。是他父亲示意他跪好。不要靠在圣坛栏杆上，神父离他们只有两个座位远了。

"愿我主耶稣的圣体保佑我的灵魂，直到永远。"

鲁道夫张开嘴巴。他觉得舌头上圣饼的味道如黏糊糊的石蜡。他木木地待在那里，那段时间冗长乏味，他仰着头，嘴里的圣饼还没消化。他再次被父亲的手肘推了一下，突然惊醒，只见人们如落叶般纷纷退离圣坛，低垂着头走回座位，只有上帝与他们同在。

没有人与鲁道夫同在，他大汗淋漓，深陷于不可饶恕的大罪中。在他走回座位时，他的偶蹄[3]在地板上发出尖锐的响声，他知道那是他内心携带的黑暗的毒药。

---

[1] 圣餐中献祭用的食粮，面包或圣饼。
[2] 祷告词，原文为拉丁语"Corpus Domini nostri Jesu Christi custodiat animam meam in vitam aeternam."。
[3] 偶蹄，前后脚趾数均为偶数的动物，是西方文明中撒旦或邪恶的象征。

五

"白日之飞箭"[1]

这个俊俏的小男孩有着蓝宝石般的眼睛,睫毛如绽放的花瓣,已经向施瓦茨神父忏悔完他的罪过——半小时后,他坐的那个地方的阳光已经照进了房间里。鲁道夫现在变得不那么害怕了——一旦说出了心里话就自然会有这种反应。他知道只要他和神父待在一起,上帝就不会让他停止心跳,所以他叹息一声,静静地坐着,等待神父说话。

施瓦茨神父冰冷如水的眼睛盯着地毯上的图案,阳光照在上面,显示出十字图案、单调暗淡的树枝和苍白的花影。大厅的时钟滴答地朝日落时分走去,看着这丑陋的房间与室外的午后给人的感觉是沉闷而单调,只有那干燥的空气中不时传来的远处锤击声将其打破。神父神经紧绷,手里的玫瑰念珠在桌面的绿毡上像蛇一样蠕动。他想不起来此刻该说些什么。

在这个迷失的瑞典小城,他最难忘的还是这个小男孩的眼睛——那双美丽的眼睛,睫毛无奈地与它们分离开来,又蜿蜒回来想要与它们会合。

沉默持续了好一会儿,鲁道夫依然在等待。神父拼命地想要找点话说,可是越想越茫然,时钟在凌乱的房间里滴答着。后来,施瓦茨

---

[1] 原文为拉丁语,见《圣经·旧约·诗篇》第91篇第5节,全句为"你不必害怕黑夜之惊骇,或白日之飞箭"。

神父狠狠地盯着这小男孩,用一种奇怪的声音说道:

"当很多人在美好的地方欢聚一起,一切都会光彩夺目。"

鲁道夫吃了一惊,匆匆地看了施瓦茨神父一眼。

"我说——"神父说了句,然后顿住了,倾听着,"你听到锤击声、时钟的滴答声,还有蜜蜂的嗡嗡声了吗?呃,那没用的。关键是要让很多人来到世界的中心,不管这个中心在哪里。这样"——他那冰冷的双眼故意睁大——"一切都将光彩夺目。"

"是的,神父。"鲁道夫赞同地说道,可感到有点害怕。

"你长大后想做什么?"

"嗯,我之前想成为一个棒球运动员,"鲁道夫紧张地回答道,"但我认为那不是一个好的志向,所以我想我会成为一名演员或者海军军官。"

神父再次盯着他看。

"我完全明白你的意思。"他用一种强烈的口吻说道。

鲁道夫没有什么特别的意思,面对神父的暗示,他变得更不安了。

"这个人疯了,"他想,"我怕他,他想让我无论如何帮帮他,可我不愿意。"

"你看上去就像一切都光彩夺目,"施瓦茨神父野蛮地喊道,"你参加过派对吗?"

"参加过,神父。"

"那你有没有注意到每个人都穿戴得体?那就是我说的意思。你去参加派对就会发现大家都穿戴得体。可能有两个小姑娘站在门口,一些男孩子倚靠在楼梯扶手旁,到处都是盛满鲜花的花瓶。"

"我参加过很多派对。"鲁道夫说,转变了话题让他觉得轻松多了。

"当然,"施瓦茨神父得意扬扬地继续说,"我知道你同意我的看法。但是我的理论是一大群人欢聚在最美好的地方,那么一切都将散发出永恒的光芒。"

鲁道夫发现自己在想布拉奇福德·撒纳明顿。

"请听我说!"神父不耐烦地命令道,"不要担心上个周六的事情。背叛信仰是绝对要受惩罚的,但只存在于你之前有完美的信仰。这样说你明白了吗?"

鲁道夫完全没明白施瓦茨神父在讲什么。可是他点了点头,神父也点头回应了他,然后又专注于他神秘的思想中去了。

"为什么?"他叫道,"他们现在有像星星那么大的灯,你发现了吗?我听说在巴黎或者其他什么地方的灯就有星星那么大。很多人都有——很多快乐的人有。他们拥有各种各样你做梦也想象不到的东西。"

"看这里——"他走近鲁道夫,但是这小男孩退开了,因此施瓦茨神父返了回来,坐到他的椅子上,他的眼睛干涩而灼热。"你去过游乐园吗?"

"没有,神父。"

"那好,去游乐园看看吧。"神父茫然地挥挥手,"那就像一个集市,只是更加光彩夺目。晚上的时候去吧,站在离那不太远的暗处——站在黑暗的树林里。你会看到一个巨大的灯光闪闪的摩天轮在

137

空中旋转，小船从一条条长长的滑道射入水中。在某个地方还有乐队在演奏，空气中弥漫着花生的香味。一切都光彩闪耀。可是这不会勾起你任何回忆，明白了吧。这只是像一个染色气球一样悬挂在夜色中，像一只挂在杆子上的黄色大灯笼。"

施瓦茨神父皱了皱眉，好像突然想到了什么。

"但是不要靠得太近，"他警告鲁道夫，"因为如果靠得太近，你将只会感觉到热气、流汗和实在的生活。"

这场谈话对鲁道夫看来特别怪诞别扭和可怕，因为这个人是个神父。他坐在那里，有点恐惧，漂亮的眼睛睁得大大地盯着施瓦茨神父。但是，恐惧之余，他更加坚定了自己内心的信念。在这个世界上，还有一些妙不可言的美好的东西，而这些东西是与上帝毫无相干的。他不再觉得上帝会对他之前撒谎的事生气，因为上帝一定懂得鲁道夫这么说是想让忏悔更圆满，说一些闪亮和骄傲的话来照亮暗淡的忏悔。当他确定了这份精美的荣耀时，有一面银色的旗帜在微风中飘扬，皮靴在嘎吱作响，银色马刺在闪耀，骑兵队在翠绿的低山冈上等待日出。太阳照在他们胸前的盔甲上，闪闪发光，仿佛家里装饰画中在色当[①]作战的德国胸甲骑兵。

此刻，神父正在叽里咕噜，说着一些令人伤心的话，小男孩更加害怕了。恐惧从敞开的窗户袭来，房间的气氛也起了变化。施瓦茨神父陡然跪下身来，身体往后靠在一把椅子上。

[①] 色当（Sedan），法国东北部阿登省城镇，国防要塞。历史上曾在此发生过几次有名的战役，尤以1870年的普法色当战役最著名，法国皇帝拿破仑三世在此战败投降，导致法兰西第二帝国覆亡。

"哦，我的上帝啊！"他用奇怪的声音大喊道，随后瘫倒在地板上。神父破旧的衣服里散发出一种人性的压抑，与角落里过期食物的微弱气味混合在一起。鲁道夫尖声喊起来，慌张地跑出屋子——当时那个瘫倒的人依然一动不动地躺在那里，以各种声音和面孔来填满房间，直到房间里到处充斥着鹦鹉式学舌声，还有那尖利的狞笑在飘荡。

窗外，蓝色的热风吹得小麦摇摇晃晃，金发姑娘们妖娆地走在田埂上，朝稻田里劳作的年轻小伙子喊出天真而挑逗的话语。轻柔的格子裤下露出秀腿，连衣裙的领子都汗湿了。这个午后，那段炎热、生机勃勃的时光已经燃烧了五个小时。三个小时后，夜幕就会降临，到那时，那片田野里都将是那金发碧眼的北方姑娘和从农场归来的身材挺拔的小伙子，他们将惬意地躺在麦田边，月色下。

（彭瑜珍　何绍斌　译）

拉格斯·马丁-琼斯和威尔士王子

一

四月里的一个早晨，马吉斯特号游轮徐徐驶入纽约港。它朝游弋在周围的拖船和乌龟般蹒跚的渡轮努了努鼻子，对一艘花里胡哨的游艇眨了眨眼，还用汽笛冲一只运牛的船一阵咆哮，命令它快快让道。然后，它好不容易停进了自己的专用码头，就像一个臃肿的女人，要经过好一番折腾才能坐定；它又高调地宣示自己才从法国的瑟堡和英国的南安普敦来到这里，载着这世上最最尊贵的人。

这些最最尊贵的人站在甲板上，正机械地向等在码头上的穷亲戚们挥着手，这些人一直候着船上从巴黎来的戴手套的贵客。不一会儿，一条巨大的雪橇似的舷梯将马吉斯特号和北美大陆连接起来，巨轮开始将这些最最尊贵的人倾泻而出——他们中有美国著名演员格洛丽亚·斯旺森，[①]有来自罗泰百货公司[②]的两位采购，有准备来此放债的格劳斯塔国[③]的财政大臣，还有一个晕船晕得天昏地暗的非洲国王，他整个冬天都在巴望找个地方靠岸。

人潮涌向码头，摄影师们忙得不亦乐乎。此时，人群中突然爆发出欢叫声，原来船上抬出了两副担架，上面分别躺着两个昨夜欢饮达旦、此刻烂醉如泥的中西部人士。

甲板上的人群逐渐散去直至空无一人，可是直到最后一瓶法国廊酒[④]都搬上岸了，摄影师们仍然守在原地不动。不仅如此，负责乘客上下船的大副也依旧站在舷梯脚下，先瞅了一下表，接着看了看甲板，似乎有什么重要的货物还在船上。最后，当最后一队随扈们开始由另一甲板鱼贯而下时，岸边浮堤上的观众群里响起长长一声喝彩："啊—哈—哈！"

走在最前面的是两个法国女仆，她们牵着几只紫色毛发的小狗。跟在她们后面的是一群搬运工，搬着成束成捆的鲜花，看不见别人，别人也看不见他们。又走出来一个女仆，牵着一个眼神忧郁的孤儿，有点像法国人。紧跟其后的是二副，他拉扯着三只无精打采的猎狼

---

① 格洛丽亚·斯旺森（Gloria Swanson，1899—1983），美国著名演员、歌手及电影制片人，1950年因在电影《落日大道》（*Sunset Boulevard*）中扮演一个过气的默片电影明星而声名大振。
② 罗泰百货公司（Lord & Taylor，简称L&T或LT），1826年成立，总部位于纽约曼哈顿区的凯瑟琳大街，是美国最早的连锁百货公司，今天依然存在。
③ 格劳斯塔（Glaustark）是一个杜撰的国家，典出美国20世纪初通俗小说家麦凯琴（George B. McCutcheon，1866—1928）的浪漫小说《格劳斯塔国》（*Graustark*，1901）。麦凯琴的好几部小说都以这个想象中的国度为背景，该国据说位于东欧，是一个充满浪漫传奇的地方。
④ 法国廊酒（Bénédictine），又名班尼狄克丁香甜酒，据说是法国大革命时期，诺曼底地区的班尼狄克丁修道院的修士们萃取植物液汁酿造而成，故得此名。

犬——这几个家伙不愿被牵着,二副也不想牵它们。

隔了一会儿,船长霍华德·乔治·维奇克拉伏特爵士终于出现在甲板栏杆边,他身旁堆成一团、像是漂亮银狐毛皮的披肩格外引人注目。

原来是拉格斯·马丁-琼斯。她在欧洲数个首府城市转悠了五年,现在终于回归故土了!

噢,拉格斯·马丁-琼斯当然不是一条狗。她是个姑娘,鲜花般的姑娘。与霍华德·乔治·维奇克拉伏特船长握手时,她笑得那么灿烂,像是刚刚听到这世上最新鲜、最滑稽的笑话。笑声震颤着四月的空气,那些还没有离开浮堤的人都纷纷回头张望。

她缓缓步下舷梯,胳膊使劲压着帽子——这帽子价格不菲,是她的神秘道具——这样即使港口的强风吹来,她那稀疏的、像假小子又像囚犯般的头发才不至于东倒西歪。她脸上各部位及神色通常保持着正常位置,犹如婚礼当天清晨指向七点的钟表盘;只有一种例外,若她误把单片眼镜架到那只清澈明亮如童眸般的蓝眼睛上,一切就会显得荒谬绝伦。每走几步,长睫毛就会把镜片顶歪,她便大笑,笑声虽然空洞倒也喜庆,趁机把这自以为是的镜片换到另一只眼睛上。

哒!她那一百零五磅的身躯终于踏上了浮堤,浮堤似乎被她的美貌震撼住了,左右晃动,前后翻涌。几个搬运工也被她震得晕头转向。一条易动情的大鲨鱼一直追逐着游轮,此时也拼命一跃跳出水面,只为了再看她一眼,随即伤心欲绝地潜回深海。拉格斯·马丁-琼斯终于回家啦!

没有一个家人去迎接她,原因很简单,她是家里唯一还活着的人。早在一九一三年,她的父母随着泰坦尼克号船沉在一块儿了,他们不是在这个世上活着分道扬镳的;因此她还是个小姑娘时,在她十岁生日那天继承了马丁-琼斯家七千五百万的财产,这就是客户们常说的"耻辱"。

拉格斯·马丁-琼斯(人们早忘了她的真名)现在正被摄影记者围着拍照。单片眼镜不停地滑落,她就不停地大笑、打哈欠、变换眼镜位置,所以除了用移动成像照相机拍摄的照片,其余照片没有一张有清晰的画面。然而所有照片都拍到一个神色慌乱、相貌英俊的小伙子,双眼流露出近乎凶狠的爱意;他曾在码头上见过她。他名叫约翰·M.切斯特纳特,为《美利坚杂志》写过自己的成功经历;自从马丁-琼斯像夏月引发的潮汐般时隐时现时,他便无可救药地爱上了她。他们一起在码头漫步时,拉格斯才真正意识到自己的存在。她茫然地盯着他,仿佛从未在这世上见过他。

"拉格斯,"他开口道,"拉格斯——"

"你叫约翰·M.切斯特纳特?"她问,兴趣盎然地打量着他。

"当然!"他生气地大喊,"你是想假装不认识我吗?不是你写信让我在这里接你吗?"

她笑起来,一辆出租车停在她身旁,她扭身脱下外套,露出一件十分抢眼的连衣裙,上面镶嵌着海蓝色和灰色的格子图案。她像一只淋透了的小鸟般抖了抖身体。

"我有很多无用的东西要申报。"她心不在焉地说着。

"我也是,"切斯特纳特急忙说道,"我要申报的第一件事是,我爱上你了,拉格斯,你离开后的每一分钟我都在想你。"

她叹了口气,他便停住了。

"求你啦!这船上也有美国年轻人,我俩的事已经成为一个无聊的话题。"

"我的上帝!"切斯特纳特大叫起来,"你打算把我对你的爱和别人在船上对你说的话等量齐观吗?"

他的声调升高了,附近几个人开始扭头倾听。

"嘘!"她警告他,"这不是马戏团,如果你想让我在此期间再见你,你千万不能如此粗鲁。"

但是约翰·M.切斯特纳特似乎不能控制自己的声音。

"你的意思是说,"——他声音颤抖,越升越高——"你已经忘记了五年前的上周四,就在这个码头说过的话了吗?"

船上下来的半数乘客都在码头上围观这一幕,另一个小漩涡似的人也从出海关飞奔出来看戏。

"约翰,"——她越来越不高兴了——"如果你再提高嗓门,我会想办法让你有足够的时间冷静下来的。我要去里茨酒店,今天下午去那里看我。"

"可是,拉格斯!"他用嘶哑的声音反驳道,"听我说,五年前——"

接着码头上的观众目睹了奇异的一幕。一位穿着灰蓝相间方格裙子的漂亮女士,疾步向前,双手去抓她旁边一位情绪激动的青年男子。男子本能地往后退,但是一脚踩空,从三十英尺高的码头上徐徐向下翻跟头,在空中划出一道道优美的弧线后,"扑通"一声跌进哈得孙河。

随即警声大作，他的头刚从水里冒出来，一群人就急忙冲到码头边上去看。他在河里游水游得轻松自如，那位明显惹了祸的年轻女士觉察到这一点后，斜靠在码头上，双手搭篷做成一个扩音器。

"我四点半后在家。"她大声喊道。

然后她欢快地挥了挥手，水里那位劈波斩浪的先生却腾不出手来回应；她调整了一下她的单片眼镜，高傲地瞥了一眼聚集的人群，然后步履轻盈地离开了现场。

二

那五条狗、三个女仆和法国孤儿住在里茨酒店最大的套房里；拉格斯懒洋洋地躺在一个热气腾腾、散发着植物芬芳的浴盆里，在里面打了个盹，接近一个钟头。醒来时，她接了几个业务电话，一个是女按摩师，一个是美甲师，最后是那个将她的发型修得像罪犯的巴黎理发师。当约翰·M.切斯特纳特四点钟到达时，他发现有半打人等在客厅里要见她，这些人包括律师、银行家、马丁-琼斯信托基金的管理人等。他们从一点半就一直等在这里，现在已十分烦躁。

一个女仆对约翰进行了严格的盘问之后——可能是为了确保他全身都彻底干燥了——他立即被带到"小姐"面前。"小姐"在卧室里，斜倚在躺椅上，身旁堆着二十几个丝绸枕头。约翰有些僵硬地走进房间，很正式地鞠了一躬，算是打招呼。

"你看起来好多了，"她边说边从枕头边抬起头，用品评的眼光望着他，"那一跳让你气色不错。"

他冷淡地谢过她的恭维。

"你每天早上都应该去。"然后冷不丁说道:"我明天就回巴黎了。"

约翰·切斯特纳特心里一紧。

"我写信告诉过你,无论如何我都不想在这里停留超过一个星期。"她又道。

"但是,拉格斯——"

"我为什么要待在这儿?纽约没有一个有趣的男人。"

"但是听我说,拉格斯,你难道不能给我一个机会吗?你难道不能留下,比如十天,对我再多了解一点?"

"了解你!"她的口吻暗示他已经是本翻过多次的书了,"我想要的是一个举手投足都殷勤有礼的男人。"

"你的意思是让我不说话,完全用手势表达我自己?"

拉格斯发出了厌恶的叹息。

"我的意思是你没有任何想象力,"她耐心地解释道,"美国人都没有想象力。巴黎是唯一可以让文明的女人自由呼吸的大都市。"

"难道你一点也不在乎我了吗?"

"如果不在乎,我就不会横渡大西洋来见你。但是,我一看船上的美国人,就知道我不能嫁给美国人了。我就是恨你,约翰,而且我唯一的乐趣就是使你心碎。"

她开始扭动着钻到靠垫中间,直到她几乎消失在其中。

"我的单片眼镜找不到了。"她解释说。

她在丝绸垫子里搜索一番无果后,才发现那个迷人的眼镜挂在自己的脖子上。

"我喜欢恋爱的感觉,"她继续说着,将单片眼镜戴在她那只孩子气的眼睛上,"去年春天在索伦托,我差点与一个印度王子私奔,但他几乎就是片阴影,太黑了,并且我非常不喜欢他其余妻子中的一个。"

"不要说那些没用的。"约翰大叫道,将脸埋在双手中。

"好吧,我没有嫁给他,"她抗议道,"但在某方面,他能给我很多东西。他是大英帝国第三富有的臣民。那是另一回事——你很富吗?"

"没你富有。"

"这就是了。你能给我什么?"

"爱。"

"爱!"她再次消失在垫子之间,"听着,约翰。生活对我来说是一系列闪闪发光的集贸市场,每个店主都站在店前,双手合十,招呼道:'欢迎惠顾,世上最好的集市。'于是我带着装满美丽、金钱和青春的钱包进去,准备买点什么。'你有什么要出售?'我问他。他双手合十,说:'好的,小姐,今天我们有一些完美无瑕的爱。'有时候,他甚至没有存货,但当他发现我有这么多钱要花费时,他才派人去取。对了,他总是在我走之前给我爱——却不求回报。那是对我的报复。"

约翰·切斯特纳特绝望地站起身,向窗户走去。

"不要往下跳。"拉格斯迅速惊叫道。

"好吧。"他把他的香烟扔出去,落到麦迪逊大道上。

"又不仅仅是你，"她用更柔和的声调说道，"尽管你有些沉闷，缺乏想象力，我对你的在乎，是言辞不能表达的。但是，生活的道路还很漫长，至今却一事无成。"

"无数事都成了，"他坚持认为，"怎么没有？如今霍博肯市出了一个聪明的杀手，缅因州出现了自杀代理，杜绝不可知论的议案也已送呈国会——"

"我没兴趣跟你开玩笑，"她反驳道，"但我对浪漫有一种近乎不合时宜的偏爱。不是吗，约翰！上个月我坐在餐桌旁用餐时，两名男子掷硬币来决定施瓦茨伯格-莱茵河大教堂归谁所有。在巴黎，我认识一个叫布鲁奇达克的人，是他真正地发动了战争，他后年还有一个新的战争计划。"

"那么，你今晚和我一起出去，就算放松一下吧。"他固执地说。

"去哪儿？"拉格斯用轻蔑的口吻询问道，"你觉得我还会对夜总会和一瓶含糖茅斯色克斯酒激动不已吗？我更喜欢我自己五彩斑斓的梦想。"

"我会带你到这个城市最令人激动的地方。"

"会发生什么？你一定要告诉我会发生什么。"

约翰·切斯特纳特突然深深地吸了一口气，小心翼翼地看了看四周，好像他是害怕被偷听。

"好吧，老实告诉你吧，"他用低沉、不安的语气说，"如果一切人尽皆知，我可能会遭遇十分可怕的事。"

她坐直了身子，枕头树叶般地从她身上滚落。

"你是暗示我你生活中有我不知道的一面吗？"她喊道，语带笑意,"你以为我会相信吗?不,约翰,在注定失败的道路上勇往直前,你也能自得其乐——你就勇往直前好啦!"

她的嘴巴像一枝小小的玫瑰花,出言不逊,句句带刺。约翰拿起椅子上的帽子和外套,又拾起手杖。

"最后一次问你——今晚愿不愿意和我一起去,看看有什么惊喜?"

"看什么?看谁?这个国家有什么好看的吗?"

"哦,"他答道,煞有介事的样子,"有看头,你会见到威尔士王子。"

"什么?"她腾地跳起来,躺椅也随之弹跳,"他回纽约了?"

"他今晚会到。你愿意去见他吗?"

"我可以吗?我从来没有见过他。我无时无刻不在想念他。我愿意用我一年的生命换取一小时和他相见的机会。"她激动得声音发颤。

"他一直在加拿大。今天下午他会秘密来这里观看大型拳击比赛,而我碰巧知道他今晚的去向。"

拉格斯欣喜若狂地喊道:"多米尼克!路易丝!杰曼!"

三个女仆飞奔而至。她房间里顿时人头攒动,灯光乱闪。

"多米尼克,备车!"拉格斯用法语命令道,"圣拉斐尔,去拿我的金色裙子和真金高跟凉鞋。还有那串大珍珠项链——所有的珍珠项链,和那些卵形钻石,以及镶嵌圆蓝宝石的长袜。杰曼——去叫一个美容师,越快越好。我要再洗一次澡——放半缸凉冰的杏仁乳。多米尼克——趁他们还没关门,火速去蒂凡尼珠宝店,给我买一枚胸针,一个吊坠,一个小皇冠,诸如此类——是什么不重要——但要有温莎家族的徽章。"

她正在摸索裙子的扣子——正当约翰迅速转身要离开，裙子从她的肩膀上滑落了下来。

"兰花！"她在他背后喊道，"要兰花，上帝保佑！要四打，这样我能选四支。"

女仆们在屋里来回飞奔，就像是受惊的鸟儿。"圣拉斐尔，香水，打开香水盒子，拿我的玫瑰色貂皮大衣，镶钻吊袜带，还有涂手的精油！来，拿着这些东西！这个——还有这——哎哟——还有这个！"

约翰·切斯特纳特变得谦恭起来，关上了外面的门。六个受托人仍然在客厅里忙乱地等候，神情姿态各异，有的疲惫，有的倦怠，有的无奈，有的绝望。

"先生们，"约翰宣称，"马丁-琼斯小姐旅途劳顿，今天下午恐怕没时间接待你们了。"

三

"这个地方被称为天穴，并没有什么特殊的理由。"

拉格斯四下张望了一番。他们站在一个屋顶花园里，没有遮挡，完全暴露在四月的夜空下。头顶上那些真正的星星眨着眼，泛着寒意；黑漆漆的西边，月华如冰。但是他们站立的地方温暖如夏，在不透明玻璃地板上跳舞或就餐的夫妻们都没注意到这片令人生畏的天空。

他们走向一个桌子时，她低声说："怎么这么暖和？"

"这是某种新发明，能让热空气不上升跑掉。我不了解这其中的原理，但是我知道，哪怕在隆冬，他们可以让这东西像这样开着。"

她紧张地问道："威尔士王子在哪里？"

约翰看了看四周。

"还没到，他大约半小时后才会到。"

她深深叹了口气。

"这是四年来我第一次这么激动。"

四年，比他爱上她的时间少一年。他不知道她十六岁时是否也像现在一样，在昏黄的灯光里和漆黑的夜空下，还显得如此可爱；那时候，她还是一个有点野性、很活泼的孩子，和船上那些准备第二天去布雷斯特的大副、二副们整夜坐在餐厅里；因为战争，那些逝去的岁月充满哀伤与辛酸，她的生活也迅速失去光彩。无论是她兴奋的眼神，还是缀满层层真金真银的鞋跟，都让她看上去像玻璃瓶里的轮船雕塑模型，让人称奇。她就是被雕琢出来的，那么精巧，惹人怜爱，似乎某个精细品工人用了漫长的一生才将她雕琢成如此模样。约翰·切斯特纳特想把她放在手心，来回转动，看看她的鞋尖、耳梢，或者从侧面仔细观察形成她睫毛的那些精灵古怪的东西。

"那是谁？"她突然指着走道尽头一张桌子边上一个英俊的拉丁裔人问道。

"那是罗德里戈·敏诺里罗，电影及面霜广告明星。也许一会儿他会跳舞。"

拉格斯突然注意到小提琴声和鼓声，但是音乐似乎来自很远的地方，似乎是顺着清新的夜风飘浮而来，落到地板上，如梦般格外缥缈遥远。

"乐队在另外一层楼,这是一个新主意——注意,娱乐活动开始了。"约翰解释说。

一个纤若蒲草的黑人女孩突然从伪装过的入口走出来,狂乱刺眼的灯光在她身上来回扫射,音乐像受到惊吓似的也转成疯狂的小音阶;她开始唱起来,节奏鲜明,语调悲怆。她身体的经络突然折断,她开始迈着缓慢但不间断的步伐,没有前进也没有希望,像一场狂野但没做完的梦。她失去了爸爸杰克,一直哭啊哭,既歇斯底里又单调,既伤心绝望又不协调。响亮的号声开始此起彼伏,想迫使她停止疯狂而稳定的节奏,但她只听从低沉的鼓声,这鼓声将她隔绝在时间之流的某个点上,岁月悠悠,千载万载,只是惘然。短笛声干扰未果之后,她又把自己变成一条细长的褐色线条,再次哭起来,哭声尖利,令人恐惧,然后她消失在无尽的黑暗中。

"如果你住在纽约,就不用别人告诉你她是谁了,"约翰说着,琥珀灯亮起来了,"下一个小伙子是谢克·B.史密斯,是个傻里傻气又喜欢饶舌的滑稽演员——"

他突然停住了。灯光随着第二段舞曲亮起之时,拉格斯长长地叹了口气,身子从椅子里使劲往前探。她目光坚定,就像英国猎犬的眼睛;约翰发现她的视线落在一群从侧门进来的人身上,他们在半明半暗中正围坐一张桌子旁。

那张桌子被棕榈树叶遮掩着,拉格斯一开始只能辨出三个模糊的身影,然后她辨认出了第四个人,这位似乎远远跟在前三个人后面——长着苍白的、椭圆形面颊,上面盖着一头暗黄的头发,微微闪光。

"喂!"约翰突然叫了一声,"王子阁下来了。"

她的呼吸似乎悄悄停在喉咙中了。她依稀意识到滑稽演员现在正站在舞池中间的白色光线里。他说了一会儿话,空中回荡着此起彼伏的欢笑声;但是她的目光并未移开那张桌子,像着了魔。她看见那伙人其中一个弯下身,对另一个人耳语,一道火柴光闪过,只见一个烟嘴在昏暗的背景中闪着光。她不知道过了多久自己才动了一下。

然后似乎什么东西闯入她的眼睛,白色的、十分刺眼的东西;她猛地挣扎了一下,才发现自己被聚光灯从头顶直直地照射着。她听到周围有人对她讲话,一阵笑声迅速在屋顶环绕,但是那束灯光却令她睁不开眼睛,她本能地从椅子上往后退了半步。

"坐着别动!"约翰俯在桌上轻声说,"他为这个特别的夜晚挑选了一个人。"

然后她明白了——是滑稽演员,谢克·B. 史密斯。他正跟她说话,跟她讨价还价——关于一些似乎对别的任何人都无比有趣的事,但在她耳里这些话不过是些夹缠不清的杂乱的声响。她本能地修正了因强光而留在脸上的最初的震惊表情,露出笑容来。这是一种罕见的自我控制能力的表现。通过这个笑容,她巧妙地展现了自己的无比镇静,好像她并没有感觉到灯光,也没有感觉到他拿她的可爱之处取乐的企图——反而因为他无限拉远距离掷镖而被逗乐,他的飞镖可能在月球上也扔得同样成功。她不再是一位"女士"——女士本应该尖刻、令人同情或荒唐可笑。拉格斯彻底亮出自己的态度,完全意识到自己的美貌不会因外力而有丝毫改变,于是稳坐如磐,熠熠生辉;倒是那滑稽演员感到了孤掌难鸣,因为他从未这样被冷落过。他示意了一下，聚光灯被迅速移走。难挨的一刻终于结束了。

难挨的时刻结束了，滑稽演员离开了这里，远处响起了音乐，约翰靠向了她。

"对不起。真的不知道怎么帮你。你真的很了不起。"

她随意地笑笑，算是结束了这段插曲——然后她又开始看那伙人了，此时远处那张桌子旁只坐着两个男人了。

"他走了！"她急切而沮丧地惊呼道。

"别担心——他会回来的。他是个出奇谨慎的人，知道吗？所以他可能和他某个助手等在外面，等待这里变暗。"

"他为什么如此谨慎？"

"因为他不应该在纽约。他甚至还有备用的名字。"

灯光又暗了下来，几乎同时一个高高的男人从黑暗中冒出来，朝他俩坐的桌子走过来。

"请允许我自我介绍一下，"他操着高傲的英国腔，语速极快地对约翰说道，"本人是查尔斯·埃斯特勋爵，跟马奇班克斯男爵一起来的。"他仔细瞥了约翰一眼，似乎要确认一下他是否懂得这个名字的重要性。

约翰点了点头。

"只有你和我知道，你明白的。"

"当然。"

拉格斯摸索着去拿桌上一口未动的香槟，然后将满满一杯一饮而尽。

"马奇班克斯男爵邀请你的女伴放这支曲子时到他们那边去

坐坐。"

两个男人都看着拉格斯,大家沉默了一会儿。

"好啊!"她说,然后用疑问的眼神盯着约翰。他又点了点头。她起身,心跳急促,从桌子间穿越前行,绕了屋子半圈。之后,她苗条的身影渐渐从微弱的金色亮光中消失,她坐到了那个半明半暗角落的桌子旁。

四

音乐已接近尾声,约翰·切斯特纳特独自坐在桌边,不断摇晃杯子,香槟冒着气泡。在灯光再次亮起来之前,只见一块金色的布,发出轻微的窸窣声;原来是拉格斯,脸色通红,呼吸急速,沉沉地跌进椅子,眼里闪着泪光。

约翰闷闷不乐地看着她。

"他说什么了?"

"他非常安静。"

"他什么也没有说?"

她拿起她的香槟,手在不停地颤抖。

"周围很黑,他只是看着我,谈了一些很平常的事。他长得跟照片一模一样,只是看起来很无聊也很累。他连我的名字都没问。"

"他今晚要离开纽约吗?"

"半小时后离开。他和他的随从有一辆车停在外面,要在天亮之前越过边境。"

"你认为他……有魅力吗?"

她犹豫了,然后缓缓地点了点头。

"那是大家公认的,"约翰怏怏地承认道,"他们希望再回去吗?"

"我不知道。"她犹疑不定地顺着地板望过去,但是那个著名的人物又离开了他的桌子,躲到外面某个角落去了。当她转过脸来,一个完全陌生的、刚刚还在主要入口处站了会儿的年轻男子快速朝他们走来。他面色惨白,穿着皱巴巴且不合时宜的工作装,一只手搭在约翰·切斯特纳特的肩膀上,不停地抖着。

"蒙特!"约翰尖叫着刷地站起来,打翻了桌上的香槟。"这是谁呀?怎么回事?"

"他们发现你的行踪了!"年轻男子声音颤抖地对他耳语道,同时四下望了望,"我想和你单独说话。"

约翰跳了起来,拉格斯注意到他的脸色变得像他手中的纸巾那么白。他找了个借口,然后他俩躲到几英尺外一张无人占用的桌子边。拉格斯好奇地盯了他们一会儿,然后重新把目光投向地板尽头的那张桌子。她会不会被叫回去?王子早已起身弯腰出去了。也许她本应该等到他回来,不过,尽管她仍然沉浸在原来那种兴奋之中,一定程度上她又变回了拉格斯·马丁-琼斯。她的好奇心得到了满足——只有他才能带来新的动力。她想知道自己是不是真的感受到了他的天生魅力——她尤其想知道的是,他是否已经以某种显而易见的方式承认了她的美丽。

那个面色苍白、叫作蒙特的人消失了,约翰回到了座位上。拉格斯惊讶地发现,约翰发生了天翻地覆的变化,像个醉鬼似的猛地歪进

159

椅子里。

"约翰！你怎么了？"

他没有回答，而是伸手去抓香槟瓶子，但是他的手指不停地颤抖着，香槟泼溅出来，在杯子四周形成了一道湿漉漉的黄色圆环。

"你生病了吗？"

"拉格斯，"他断断续续道，"我彻底完了。"

"什么意思？"

"彻底完了，告诉你，"他勉强挤出一点病态的笑容，"一个多小时前已经签发了对我的拘捕令。"

"你做了什么事情？"她惊恐地质问道，"为什么要拘捕你？"

灯光暗下来，等待下一首歌曲，他突然瘫倒在桌上。

"到底怎么了？"她还在追问，越来越觉得不安。她向前靠了靠——他的回答几乎听不见。

"谋杀？"她可以感觉到自己的身体变得冰凉。

他点点头。她抓紧他的双臂想要拽他坐直，就像把一件衣服往身上套一样。他的眼珠在眼眶里不停地转动着。

"这是真的吗？他们有证据吗？"

他又如同醉汉般不停地点头。

"那你现在赶快离开这个国家！你明白吗，约翰？你现在必须离开，在他们过来找你之前走！"

他朝入口随意瞥了一眼，双目圆睁，目露恐惧。

"天啊！"拉格斯哭喊着，"你为什么一动不动呢？"她的眼睛在绝望中来回游离，然后突然定住了。她深深地吸了一口气，犹豫了一下，然后怒冲冲地对他耳语。

"如果我来安排，你今晚愿意去加拿大吗？"

"怎么去？"

"我来安排——如果你能稍微振作一下的话。是拉格斯在跟你说话，知道吗，约翰？坐在这里，不要动，等着我回来！"

一分钟后她在黑暗中走到了屋子的另一端。

"马奇班克斯男爵。"她轻声叫道，就站在他椅子背后。

他示意她坐下。

"今晚，你的车上有没有两个空余的位子？"

其中一个随从突然快速地转过身。

"阁下的车满了。"他简短地说道。

"我有非常紧急的事。"她的声音在颤抖。

"呃，"王子迟疑地说，"我不知道。"

查尔斯·艾斯特勋爵看了王子一眼，然后摇了摇头。

"我认为这不可行。这是一桩违反家中禁令的难办差事。你知道我们说过了，不招惹麻烦。"

王子皱了皱眉。

"这也不算个麻烦。"他反驳道。

埃斯特径直转向拉格斯。

"为什么这么急？"

拉格斯一时语塞。

"怎么说呢，"——她突然涨红了脸——"是私奔结婚。"

王子笑了起来。

"好,"他感叹道,"就这么说定了。埃斯特,不过是例行公事。马上把他带来。我们马上就离开,怎样?"

埃斯特看了看表。

"马上!"

拉格斯跑开了。她想趁灯光昏暗的时候把屋顶上所有的人都赶走。

"快点!"她冲着约翰的耳朵喊道,"我们就要赶去边境——和威尔士王子一起,明天天亮前你就安全了。"

他抬起头怔怔地看着她。她匆忙付了账,抓起他的胳膊带着他朝另一张桌子走去,尽可能不引人瞩目;到了另一张桌子边,拉格斯用一句简短的话介绍了他。王子握了握他的手,表示认识了——随从们也点了点头,不露声色地掩饰着内心的不悦。

"我们最好马上出发。"埃斯特说道,不耐烦地看着表。

他们正要起身离开,突然从他们身后传来一声叫喊——是两个警察,还有一个红发、穿便衣的男子,从主入口走进来。

"我们快出去,"埃斯特吸了口气,催促大家走向侧门。"要出乱子了。"他言之凿凿——又有两个穿蓝色制服的人堵住了出口。他们不安地暂停下来。那个穿便服的男子开始仔细地打量屋子里的人。

埃斯特狠狠地盯了拉格斯一眼,然后又盯了约翰一眼,约翰躲到了棕榈树后面。

"那边那个家伙是你的金主之一?"埃斯特逼问道。

"不是,"拉格斯低声说道,"要出大事了,我们不能从这个出口离开吗?"

王子变得越来越不耐烦，又坐回到他的椅子上。

"大伙准备好了要走的时候告诉我，"他冲着拉格斯微笑着，"现在好像是你这个小白脸给大家招来了大麻烦。"

接着灯光突然亮了起来，那个便衣男快速绕着歌舞表演台跑了一圈，然后跳到舞台中央。

"都别想离开！"他大喊道，"棕榈树后那拨人，坐下！约翰·M.切斯特纳特在没在这个房间？"

拉格斯不由自主地短短惊叫了一声。

"在这儿！"一个侦探冲着他身后的警官喊道。"看看那边那群滑稽的人。你们，举起手来！"

"天啊！"埃斯特低声道，"我们得离开这里！"他转向王子："不能这样，特德，你不能在这里让人看见。我来拦住他们掩护你，你下去到车上去。"

他走向了侧门。

"举起手来！那边的人，"便服男大喊道，"我说举起手来，我是认真的！哪位是切斯特纳特？"

"你疯了！"埃斯特喊道，"我们是英国人，我们无论如何不能卷入这档子破事！"

某个地方传来女人的一声尖叫，于是大家一窝蜂拥向电梯，旋即两声手枪声阻止了这一行动。拉格斯身边的一个女子吓晕了，瘫倒在地上，同时，另一层楼上的音乐响了起来。

"关掉音乐！"那个便衣男喊道，"去把那帮人的耳环取来！快点！"

两名警察朝那拨人走过去，埃斯特和另外几个随从不约而同地拔出左轮手枪，在最大限度护卫王子的同时，他们一点点地向边上移动。一声枪响后，又响了一声，随即传来银器和瓷器碰撞的声音，原来是五六个就餐者掀翻桌子，迅速躲在桌子后面。

恐慌弥漫开来。三声连续而迅速的枪声后是一阵齐射。拉格斯看见埃斯特冷静地向屋顶八个琥珀色的灯开枪射击，刺鼻的灰色浓烟开始四处弥漫。与这屋里的呼号和尖叫相比，远处源源不断传来的嘈杂的爵士乐声不过是奇异的低语。

过了一会儿，一切都停了。一阵尖锐的哨声回荡在屋顶，透过浓烟，拉格斯看到约翰·切斯特纳特走向便衣男子，他举着的手是要投降的样子。接着传来一声神经质的大叫，有人不小心踩上一堆餐具，发出令人不寒而栗的咔嚓声。然后就是可怕的寂静——甚至那个乐队似乎也没声了。

"都过去了！"约翰·切斯特纳特的声音在夜空里剧烈地回荡，"聚会结束了，想回家的可以回家了！"

屋里仍然一片寂静——拉格斯知道这是害怕产生的沉默——内疚感快把约翰逼疯了。

"这不过是一场盛大的表演，"他大声道，"我想谢谢你们所有人。如果大家还能找到没被弄翻的桌子，我免费请大家喝香槟，想喝多少就喝多少。"

恍惚间拉格斯觉得房顶和高悬的星星突然开始游来游去。她看见约翰抓起侦探的手，由衷地握了握，侦探咧嘴笑了笑，把枪塞进口袋；音乐又响起来，那个晕倒的女孩忽然和查尔斯·埃斯特勋爵在角落里跳起舞来；约翰满屋子跑来跑去，拍拍别人的肩膀，又是笑又是和人家握手；然后他朝她走来，容光焕发，纯真无邪，像个孩子。

"你不觉得很棒吗？"他大声说道。

拉格斯隐约感觉到一阵晕眩，一只手向后摸索着找一把椅子。

"这是怎么回事？"她晕乎乎地大声问道，"我是在做梦吗？"

"当然不是啊！你再清醒不过了。我策划了这一切，拉格斯，你明白了吗？我为你导演了这一切，都是我设计出来的，唯一真实的只是我的名字！"

她突然瘫倒在他身上，双手紧紧抓着他的西服翻领，要不是他眼疾手快一把揽其入怀，她肯定已经无力地滑落到地上了。

"来点香槟——快点！"他招呼道，然后他冲站在身旁的威尔士王子嚷道，"还有你！去备好我的车，马丁-琼斯小姐兴奋得晕过去了。"

五

摩天大楼拔地而起，巍峨高耸，到了三十层楼，整个建筑就变成闪着白光的细长棒糖，十分漂亮。如果它噌噌地向上再蹿出一百英尺高，就显得更加细长了，简直变成了一座长方形的塔，直插云霄，接近"摩天"的梦想了。拉格斯·马丁-琼斯站在这座摩天楼最顶端的窗户旁，迎着清冽的微风，俯瞰这座城市。

"切斯特纳特先生想知道您是否愿意去他的私人办公室。"

她顺从地挪动纤纤细腿，沿着地毯，走进一个凉爽的房间，房间位于大楼高处,可以俯瞰海湾和广阔的海洋。

约翰·切斯特纳特坐在桌子旁,等着她,拉格斯走近他,手臂环绕在他的肩膀上。

"你确定你是真实的?"她急切地问道,"你能绝对保证吗?"

"你在回来前一个星期才写信给我,"他谦和地反驳道,"不然我会给你策划一场革命。"

"这整件事都是专门为我吗?"她问道,"这么一场完全无用的、华丽铺张的表演都只是为我吗?"

"无用?"他想了想说,"哦,刚开始可能是无用的。最后一刻,我邀请了一个大块头餐馆老板,你在另一张桌子的时候,我把整个关于夜总会的想法都兜售给了他。"

他看了看他的表。

"我还有一件事要去做——然后我们要赶在午餐前把婚给结了。"他拿起电话:"杰克逊吗?……发送一封一式三份的电报去巴黎、柏林和布达佩斯,将冒充公爵抛硬币决定施瓦茨伯格-莱茵河大教堂归属的两个人发配到波兰边境。如果那个荷兰佬不执行命令,就降低汇率,降至0.0002。还有,那个笨蛋布鲁奇达克又到了巴尔干半岛,蓄意挑起新的战争。把他扔到去纽约的第一班船上,不然就把他丢进希腊监狱。"

他放下电话,笑着转向站在一旁的那个惊愕的世界公民。

"下一站是市政大厅。如果你愿意,我们将驱车去巴黎。"

"约翰,"她认真地问他,"谁是威尔士王子?"

他没有吱声,直到他们坐上了电梯,并陡然猛降了二十层楼,他才向前靠了靠，然后拍了拍那个看管电梯的男孩。

"锡德里克啊，不要开这么快，这位女士不习惯一下子从高处陡降。"

电梯男孩转过头，笑了笑。他的脸也是灰白的、椭圆形的，盖在上面的是黄色的头发。拉格斯面红耳赤，羞愧难当。

"锡德里克来自韦塞克斯，"约翰解释道。"至少可以说，我俩长得像，像得惊人。王子们未必总是格外谨小慎微，看锡德里克的左撇子模样，我甚至怀疑他是教皇党党员。[①]"

拉格斯把单片眼镜从她的脖子上拿下来，然后将眼镜带子挂到了锡德里克的脖子上。

"谢谢你，"她言简意赅道，"谢谢你给了我人生中第二个最大的惊喜。"

约翰·切斯特纳特开始双掌合拢，做出一副拉生意的架势。

"女士，欢迎惠顾，"他邀请她说，"这是这个城市最好的集市！"

"那么，你都卖些什么呢？"

"哦，小姐，今天我们出售的是一种超级完——美——无——缺的爱。"

"帮我包起来吧，商人先生，"拉格斯·马丁-琼斯大声说道，"看起来是桩很划算的买卖。"

（何绍斌　蒋凌雨　译）

[①] 教皇党（Guelph），又称"归尔甫派"，是意大利12世纪至15世纪一个强势的政治派别，他们支持教皇势力，反对神圣罗马帝国的皇帝及意大利的贵族。

读心人[1]

---

[1] 此篇亦收录到《爵士乐时代的故事》里。

一

　　下午五点钟光景，里茨饭店一个光线朦胧的椭圆形房间里开始觥筹交错，声音此起彼落，逐渐汇成一段曼妙的曲调——"噌"，"扑通"，冰块掉进杯子里；"叮"，"叮当"，银色托盘里锃亮的茶壶和奶油罐，禁不住托盘在运动中的晃动，优雅地亲起嘴来。有些人就喜欢一天中这暮色泛黄时分，因为此时住在里茨饭店的如花般的女客们，一扫倦容，变得愉快活泼起来——一天中唯有此时可以在里茨饭店大饱眼耳之福。

　　某个春日的午后，如果你的目光越过稍稍凸起的马蹄形围栏，你可能会看到坐在一张双人餐桌旁的阿尔丰索·卡尔太太和查尔斯·亨珀太太，都那么年轻。穿晚礼服的那位就是亨珀太太——我说"晚礼服"，意思是她穿戴整齐，黑色衣服上缀着大扣子，肩上披着泛红的披肩，总体上感觉有点像法国红衣主教穿的长袍，有几分时髦，但又隐约觉得有些不够庄重；考虑到她这身行头是巴黎和平大街的时装店设计的,不敬之意更为昭然。卡尔太太和亨珀太太都才二十三岁,嫉妒她们的人说她俩都攀了高枝。她俩都有自己的豪华汽车候在饭店门外,但她们都宁愿在四月的暮色里步行回家(沿着公园大道)。

卢艾拉·亨珀个子高挑,长着英国乡村姑娘才有但不常有的亚麻色头发。她皮肤富有光泽,根本不必涂抹任何化妆品,但她把脸涂抹成深红的玫瑰色,描画后的嘴唇和眉毛仿佛是新长上去的——这一番折腾终于让她如愿以偿,尽管如此化妆是一种过时的时髦——当时还是一九二〇年。当然,说她过时是一九二五年的观点,五年前她的装扮效果还真是恰如其分的。

"我已结婚三年了,"她刚喝完一杯柠檬汁,一边费力掏出一支烟一边道,"孩子明……明天就满两岁了,我得记住要——"她又从盒子里拿出一支金色铅笔,在象牙白的记事便签上写起来,"蜡烛"、"可以拉扯的东西,还有纸帽子"等等。然后,她抬起头,盯着卡尔太太,欲言又止。

"我想告诉你一些无法忍受的事,想听吗?"

"说吧。"卡尔太太热情地鼓励道。

"连我的孩子都不喜欢我。这听上去有些不可思议,但是真的,爱德。孩子也开始无法充实我的生活了。我全心全意爱他,可是要我照看他一个下午,我就会无比紧张,想要尖叫。跟他待上两小时,我就祈祷着保姆马上进来。"

卢艾拉做完这番告白,飞快地吸了口气,紧盯着这位朋友看。其实她本人对此事并不觉得有什么不可思议的,因为这本来就是实情,而讲实话也决无恶意。

"可能是因为你不爱查尔斯了。"卡尔太太大胆推测道，面不改色。

"可是我真的爱他！希望这番话没有给你留下那种印象，"她暗自认为爱德·卡尔很愚蠢，"就是因为我真爱查尔斯，使事情更加复杂。昨天晚上我在睡梦中哭喊起来，因为我明白我们正缓慢但确信不疑地滑向离婚的境地。是孩子把我们拴住了。"

五年前就已嫁为人妇的爱德·卡尔用挑剔的眼光打量着对方，想弄清楚对方是否在装腔作势，可是卢艾拉那可爱的眼神显得既庄重，又哀怨。

"那么是什么原因呢？"爱德问道。

"一言难尽，"卢艾拉应道，同时皱了皱眉头，"首先，是饮食问题。我不善于管家，也不打算变成一个好管家。我讨厌订购食品杂物，讨厌进厨房，伸着脖子看冰箱是否干净，讨厌在用人面前假装对她们的活儿感兴趣，而实际上只有食物端到了饭桌上我才愿意听到这个词。你也知道，我从未学过做饭，因此厨房于我——简直像是锅炉房。总之厨房就是我弄不明白的一台机器。'去上烹饪学校呀'，这句书里人物常说的话，说起来容易——可是，爱德，在现实生活中，一个人除了迫不得已的原因，谁会变成一个真正的模范主妇呢？"

"继续说，"爱德事不关己地说道，"再多讲点儿。"

"唉！结果，家里总是一团糟。每周用人们都在离职。要是她们年纪轻又不能干，我没有能力训练她们，那么只好让她们走路；如果她们有经验，看到女主人对芦笋价格之类的事情毫无兴趣，她们也不愿意在这样的家里干活,就自动离开了。所以一半的时间里,我们都是在外面的餐馆或饭店里吃饭的。"

"我想查尔斯不喜欢那样吧。"

"简直是憎恨。实际上,他憎恨我喜欢的一切。他讨厌看电影,讨厌看歌剧,讨厌舞会,讨厌鸡尾酒会——有时候我甚至觉得他讨厌这世上一切令人愉悦的事物。我在家待了大约一年。先是我肚子里有了宝宝查克,接着宝宝出生后给他哺乳,这些我倒觉得无所谓。不过今年我已直接告诉查尔斯说,我还年轻,想有些娱乐。所以此后,不管他是否乐意,我们都去了一些地方。"她停了片刻,若有所思地接着说,"我觉得对不起他,爱德,我不知道该怎么办——可是如果我们在家里枯坐,我又对不起自己。再说句实话,我倒是宁愿他比我更加不快乐。"

卢艾拉说这番话并不像是在自言自语。她觉得自己毫无私心。结婚前就有许多男人总是夸她"大度开朗",她也准备把这个品质融入婚姻生活,所以她常常能像了解自己的观点一样洞悉查尔斯的立场观点。

如果她是拓荒者的老婆,她或许真的会与丈夫一道肩并肩战斗。可这里是纽约,没有任何战斗。他们夫妇俩的确在搏斗,但不是为了获得遥远的宁静与闲暇——她的宁静与闲暇多得都受不了了。像纽约城里成千上万其他年轻妻子一样,卢艾拉也不想闲着,她的确是这么想的。如果她的钱再多一点而爱再少一点,她可能就去参加骑马比赛或爱上某个秘密情人了;如果他们不似现在这么有钱,她过剩的精力可能已经孕育出某种希望或催生出某种努力了。遗憾的是查尔斯·亨珀夫妇的情况恰恰左右不靠。与他们境况类似的美国人大有人在,每年夏天这些美国人都会到欧洲遨游,对他国风俗、传统和消遣方式既嗤之以鼻,又有几分艳羡,因为他们没有属于自己的风俗、传统和消遣方式。这个阶层的美国人仿佛昨天才从娘肚子里蹦出来,而他们的父母如同生活于两百年前的人物。

饮茶时间忽然转换成了餐前时刻。大部分桌子都已被清理干净了,屋子里冷不丁传来一阵高亢尖利的说话声,但没有应和,还远远地传来一阵令人惊讶的笑声——服务生正在一个角落里往桌上铺白色桌布,准备供应晚餐了。

"查尔斯和我相互折磨着,"又一阵沉默后,卢艾拉的声音格外清亮,把人吓了一跳,她拼命压着嗓子道,"说起来都是小事。他不停地用手擦脸——一直不停,吃饭的时候擦,看戏的时候擦,甚至睡觉时也擦。我快要疯了,如果这样的事情开始烦你,一切都快完了。"她突然打住,向后一仰,把一条浅色毛皮围在脖子上,才接着说,"但愿没有使你厌烦,爱德。我还有事,心里憋不住了,因为今天晚上将上演精彩故事。今天晚上我……我还有活动——非常有趣的活动,看完戏吃晚饭,然后去会一些俄国人、歌唱家或舞蹈家之类,而且查尔斯也说了他不去。他不去——我就一个人去,就这么简单。"

她突然将手臂放在桌面上,低头看着光滑的手套,开始抽泣起来,声音不大但一直未停。旁边并没有人看,可是爱德·卡尔希望对方已把手套脱掉,她便会伸手去抚摸对方的双手,安慰她。然而,对于一个生活中拥有丰富内容的女人而言,手套是她们拒绝同情的武器。爱德本想说一切都将"好起来",一切都不像"看上去那么糟糕",然而她什么也没说。她唯一的应对就是保持耐心和有限的兴趣。

一位服务生走过来,在桌上放下一张折起来的纸,卡尔太太伸手去拿。

"不,千万别,"卢艾拉小声说道,有点结巴,"不要,是我请你的,我都把钱准备好了。"

二

亨珀夫妇所住的公寓——当然是他们自己的——位于冷冰冰的白色宫殿般的建筑群之中,这些房子没有名称,只有编号。他俩利用蜜月旅行采购装修房屋的材料,去英国买大件材料,去佛罗伦萨买了些小装饰,去威尼斯采购了窗帘的花边和亚麻布,还买了些各种颜色的玻璃杯,两人嬉戏逗乐时,常将其胡乱地摆满桌子。卢艾拉喜欢在蜜月里挑选东西。这让他们的旅行有的放矢,也免得像欧洲的蜜月夫妇那样在大宾馆和荒凉的废墟间来回瞎转。

从欧洲回来,他们的婚姻生活就开始了。大体上卢艾拉发觉自己是一个喜欢物质的女人。她拥有别致的公寓和豪华汽车,但有时候她对此感到惊讶;如果命运没有给她眼前的东西,而是把《妇女之家杂志》[1]上登载的郊区抵押贷款平房和去年刚出来的一款车给她,她的惊讶之思同样不在话下。更让她惊讶的是,这一切居然开始让她感到

---

[1]《妇女之家杂志》(*Ladies' Home Journal*)是一份关于婚姻、家庭方面的杂志,创刊于1883年2月,初名《妇女之家杂志与实用管家》(*Ladies' Home Journal and Practical Housekeeper*)。该杂志在美国女性中非常受欢迎,20世纪初销量曾超过百万份,是美国女性类杂志中的佼佼者,至今仍在出版。

厌倦。可是，这一切的确……

那天傍晚，当她从四月的暮色中走出来，走进门厅，看见她丈夫在起居室的炉火前等她时，已到了七点钟。她进屋没有一点声响，轻轻关上门，站在门口，隔着客厅，远远地凝视了一会儿丈夫的身影，感觉这景致不错。查尔斯·亨珀约莫三十四五岁，年轻的面庞显得很严肃，顶着一头铁灰色的头发，大约十来年就会全部变白，看上去也与众不同。他眼眶深陷，眼珠呈深灰色，这才是他最显著的特征——可女人们老觉得他的头发很浪漫；卢艾拉大多数时间也是这么想的。

就在此时，她忽然又有点讨厌他了，因为她看见他的手又举向脸庞，正神经质地擦抹着脸颊和嘴巴。这个动作令他摆出一副心不在焉的样子，让人不敢苟同，有时候甚至会妨碍他的言辞表达，结果她只好不断地问"什么？"她已这样问过多次，他也让人讶异地多次道过歉。可是很显然他并未认识到他这个动作多么扎眼，多么让人烦扰，因为他一直没有根除这个习惯。如今事情已经发展到一种不知如何是好的状态，卢艾拉甚至害怕再谈论此类事情——某些话可能会立即导致某种情形的产生。

卢艾拉轻轻地把手套和钱包扔到桌子上。听到轻微的声响，她丈夫立即向门厅张望。

"是你吗？亲爱的。"

"是的，亲爱的。"

她走进起居室，走向丈夫的怀抱，使劲地亲吻他。查尔斯非同寻常地正式回应了她的动作，然后慢慢地扳转她的身子，让她面向屋子远处。

"我带了人回家吃晚饭。"

她这才发现屋里不止他们俩,立即有了如释重负的感觉;她脸上僵硬的表情立即软化了,换上羞怯、迷人的微笑,同时伸出手。

"这是穆恩大夫——这是我太太。"

眼前这个人比她丈夫年纪稍大,长着一张圆脸,面色苍白,还有些许皱纹。他走上前来招呼道:"晚上好,亨珀太太。我希望没有打搅您的任何安排。"

"噢,没有,"她迅速大声回答道,"很高兴你来共进晚餐,我们正觉孤单呢。"

与此同时,她忽然想起自己今晚还有事情,马上怀疑这是否是查尔斯想的一个笨办法,要把她困在家里。如果是这样,他的诱饵就选错了。这个家伙——浑身透着令人困倦的沉静,他的面孔,他那浓重而慵懒的声音,甚至他陈旧衣服上的光芒都透着这种感觉。

不过,她还是找了个借口去厨房,查看晚餐准备情况。与往常一样,他们正在试用两个新用人,中午的饭菜烧得不好,服务态度也不行——她打算明天就让她们滚蛋。她希望查尔斯去跟用人谈——她讨厌亲自解聘用人。她们有时候会哭,有时候会相当无礼,而查尔斯自有办法对付她们。她们总是惧怕男人。

这次炉子上煮的东西却散发出沁人心脾的香味。卢艾拉做了一番该使用"何种瓷器"的指示,又从餐柜里拿出一瓶珍贵的意大利干红葡萄酒,将其开启。然后,她走进查克的房间,吻了小家伙,向他道晚安。

"他好吗?"孩子一边高兴地往她怀里钻,她一边问保姆。

"非常好,"保姆说,"我们在中央公园旁边溜达了很久。"

"噢,你真是个聪明的小男子汉!"她非常愉快地吻着孩子。

"宝宝把一只脚伸进了水池,所以我们马上乘出租车回家给他换了鞋和袜子。"

"做得对。查克,等等,给你。"

卢艾拉从脖子上解下黄色大珠子项链,递给儿子。"千万不要把妈妈的珠子弄坏了哦。"她又转身对保姆说,"他睡着后,把项链放在我梳妆台上,好吧?"

她离开儿子时,感到儿子有些可怜——他生活在多么狭小的圈子里,所有孩子都这样,除非降生在一个大家庭里。只要不是她亲自照顾他,儿子在她眼里就是一朵娇小可人的玫瑰花。他的脸形和她的一样;有时她把他搂在胸前,听见彼此心跳,她会兴奋地尖叫,产生对生活的新决定。

在她自己可爱的粉色卧室里,她把心思都收回到自己的脸上,这张脸已经洗过并恢复到未施粉黛的样子。穆恩大夫根本不值得她为其专门换衣服。尽管卢艾拉整天几乎没做什么事,但她觉得出奇地累。她回到起居室,他们开始晚餐。

"这房子不错,亨珀太太,"穆恩大夫一派就事论事的口吻,"请允许我祝贺你拥有一个很不错的小男子汉。"

"谢谢。这话从大夫口里说出来,真是美好的赞许,"她顿了下,又问,"你专治孩子?"

"我什么也不专治,"他答道,"我就是这行里最常见的那种——一

179

个普通的有执业资格的人而已。"

"不管怎么样,也是纽约才最常见的。"查尔斯也插了句话。他又在神经质地擦抹脸颊,刚才卢艾拉为了不看他的动作,目光只盯着穆恩大夫说话,但查尔斯接下来说的话让她一下子转过来看着他。

"实际上,"他突然毫无征兆地说道,"我邀请穆恩大夫来,因为我希望你今晚和他聊聊。"

卢艾拉嚯地从椅子上站起来。

"和我聊聊?"

"穆恩大夫是我的一个老朋友,我想,卢艾拉,他可以告诉你一些你应该知道的情况。"

"为什么?——"她努力想笑,可是惊讶和恼怒使她笑不出来,"我不明白,你究竟是什么意思。你说的情况和我毫无关系。我觉得我一生中从未像现在这样感觉良好过。"

穆恩大夫注视着查尔斯,请求允许他发言。查尔斯点点头,手又自动举到脸上。

"你丈夫给我讲了你对生活中一切不满意的状况,"穆恩大夫说,依然是一副就事论事的口吻,"他想知道我能否有办法让你的情况平缓下来。"

卢艾拉的脸上火辣辣的。

"我可不相信什么心理分析,"她冷冷地回敬道,"而且我认为我根本不是心理分析的合适对象。"

"我也认为你不是,"穆恩大夫回答说,表面上似乎并未觉察到对方语气里的冷淡,"除了我自己,我也对任何事情都不抱特别的信念。

我告诉过你，我并不专治什么，而且还可以告诉你，我对任何时髦的东西也没兴趣。我从不向人保证什么。"

有一阵，卢艾拉想过离开这间屋子，但查尔斯那个建议之大胆无耻又激发了她的好奇心。

"我想不出查尔斯都给你说了什么，"她说，费力地控制自己，"我不想说那么多为什么，可是我想让你明白，我们的事是我和我丈夫之间的事。穆恩大夫，如果你没有意见，我更愿意谈些别的事情——不那么涉及私人的问题。"

穆恩大夫使劲地、不失礼貌地点头同意。他没有试图再次扯到刚才的话题，晚餐在沉默中进行，一种失败后的沉默。卢艾拉决定，无论发生什么事，她都要坚持进行今晚原定的计划。一个钟头前是她的独立地位要求她这么做，而现在则是某种反抗意识要求她这么做，事关她的自尊。晚餐结束后，她会在起居室留一会儿，然后咖啡端上来时，她便要找个借口，打扮好就出门。

可是，他们离开餐厅后，是查尔斯抢先迅速地、不容置辩地消失了。

"我要写封信，"他说，"我一会儿就回来。"卢艾拉还来不及做一个外交惯例式的抗议，他已迅速走下走廊进了自己的房间，然后她听到了关门声。

卢艾拉满怀怒气，不知如何是好，索性把咖啡倒进沙发的一个角落，呆呆地看着壁炉里的火焰。

"不要害怕，亨珀太太，"穆恩大夫突然冒出来，"我也是受人之托，并非我愿……"

"我不怕你。"她打断了他。然而她明白自己在撒谎,即便只考虑一点——他对她的冷淡故意视而不见——他也是够可怕的。

"给我讲讲你的烦恼。"他说得十分自然,似乎她也是受人之托。他甚至没有正眼看她,而且除非只有他俩在房间里,否则他似乎几乎不会跟她搭讪。卢艾拉心里的话和意愿是"我不会这样干",话到嘴边又咽回去了。结果她说出的话把自己也吓了一跳,这话从她嘴中自然倾泻而出,似乎不受她自己的控制。

"难道你没有看见他吃饭时不停地擦抹脸庞吗?"她问道,有些不顾一切的架势,"你眼睛瞎了吗?他已经让人不胜其烦,我快要疯了。"

"我看见了。"穆恩大夫那张圆脸点了点。

"难道你不明白我已受够了家庭的拖累?"她衣衫下的胸脯似要挣脱束缚,想呼吸空气,"难道你看不出我有多烦吗?要管家,还要照看孩子——一切似乎没完没了。我想要放纵,不管什么形式,不管付出什么代价,只要能找到心跳的感觉就行。"

"我明白。"

他声称对什么都明白,这让卢艾拉怒火中烧。她对此无比轻蔑,甚至宁愿没人能理解她。只要她自己的欲望是真诚、热忱的,她就满意了。

"我已经尝试过成为一个好女人,不打算再尝试了。如果我也是那些耗尽一生却一无所获的女人中的一员,那么我现在就要及时行乐。你可以说我自私,说我傻,随便说什么都可以;可是五分钟后我就要走出这栋房子,去享受活生生的生活了。"

这次穆恩大夫没有马上搭腔,不过他的头仰得高高的,好像在倾听发生在较远处发生的事。

"你不会出门,"过了片刻他才说,"我敢肯定你不会出去。"

卢艾拉笑起来。

"我一定要出门。"

他不管她怎么想,接着说:"你看,亨珀太太,你丈夫身体不好。他已经尽力适应你要的那种生活方式了,但这对他来说压力过大。当他擦抹嘴巴——"

这时,走廊上传来轻微的脚步声,脸上带着惊恐的女佣踮着脚走进房间。

"亨珀太太——"

卢艾拉被这一插曲吓着了,迅速转头问道:"什么事?"

"我可以跟你说说——"她稍微镇定了一下,马上克服了恐惧,"亨珀先生病了。刚刚不久前,他进了厨房,把冰箱里的东西全扔了。现在他在自己房间里,又哭又唱——"

突然,卢艾拉听到了丈夫的声音。

三

查尔斯·亨珀患有神经衰弱症。几乎连续二十年他一直肩负重任,十分辛劳,近年家庭的压力快把他压垮了。他对妻子的态度是他的软肋,不然他还算是一个意志坚定、做事有条不紊的人——他当然知道她极度自私,可是在人际关系模式的各种瑕疵中,女人的自私对许多男人却有着不可抗拒的吸引力。卢艾拉身上除了自私自利，同时还有一种稚嫩天真之美，因此哪怕明明白白是她造成的局面，查尔斯也开始把责任揽到自己身上。这当然不是一种健康的态度，长期以来，随着他不断延揽责任，他的心理终于出毛病了。

对此，卢艾拉先是震惊，接着是一闪而过的怜悯，最后对局面失去耐心。她是"一个大度的人"——所以她不能在查尔斯生病时乘人之危。她的自由问题要延迟到查尔斯病愈才可以讨论。就在卢艾拉决定放弃妻子角色时，她又被迫成了护士。她坐在他床边，他则狂乱地、滔滔不绝地谈论着她——说他们刚订婚的日子，谈朋友如何在当时告诫说他在犯错，谈结婚最初几个月的幸福，也谈到随着两人间的裂痕加大他如何变得越来越狂躁。很明显，对这些事，他比她想象的要明白得多——也比他自己说过的话要明白得多。

"卢艾拉！"他有时会在床上突然乱动，"卢艾拉，你在哪里？"

"我就在这里，查尔斯，在你身边。"她尽力使自己的声音听起来欢快、温婉。

"如果你想走，卢艾拉，你最好走啊。我好像不再配得上你了。"

她用一种使对方安心的方式否认了。

"我反复想过了，卢艾拉，我不能因为你毁了我的健康——"他很快又激动地喊起来，"不要走，卢艾拉，看在上帝分上，不要丢下我不管！你发誓说你不会！如果你不走，你让我干什么都行。"

他这番低三下四最让她生气；他本是一个少言寡语的人，她从来没有想过他会如此表达衷肠。

"我只出去一分钟，穆恩大夫来了，他是你的朋友，查尔斯。他今天来查看你的病情,记得吗?他离开前想和我说几句话。"

"你会回来吗?"他坚持问。

"只去一小会儿。那边——安静躺下吧。"

她把他的头抬起来,把他的枕头重新摆放好,明天将会新来一个受过培训的护士。

穆恩大夫正在客厅里候着——在午后的光照下,他的衣衫显得更加破旧寒酸。她情不自禁地讨厌他,毫无根据地认为是他在某种程度上导致了她的不幸,不过他的关心牵挂使她无法拒绝见他。她并未请他去和其他专家会诊,况且——像他那样寒酸落魄样的大夫……

"亨珀太太。"他迎上前来,伸出手,卢艾拉轻轻地碰了碰,有些不安。

"你气色不错。"他说。

"我很好,谢谢!"

"祝贺你完全控制了局面。"

"我根本没有控制任何东西,"她冷冷地说道,"我只做了我该做的——"

"那就对了。"

"我做了我该做的,仅此而已,"她继续道,"而且我做这些并非出于特别的善心。"

她突然又对他怒火中烧,因为她度过了灾难般的一夜——她意识到她正把自己置于和他关系亲近的地位,然而她还是不吐不快。

"这个家乱了,"她悲愤地嚷起来,"我不得不解雇那些用人,现在又找了女佣,明天就到。孩子感冒了,照看她的保姆竟然没发现,总之一切要多乱有多乱,要多可怕有多可怕。"

"能否告诉我你是怎么发现保姆没有尽责的?"

"你如果被迫待在这座房子里,你也会发现各种烦心事的。"

他点点头,满脸倦容,朝房间四下环顾。

"我感觉有点信心了,"他缓缓说道,"我告诉过你,我不会保证什么,只是尽力而为。"

卢艾拉看着他,吓了一跳。

"你什么意思?"她抗议道,"你并没有帮我什么——根本没有。"

"是不太够——可是,"他神色凝重地说,"这需要时间,亨珀太太。"

他说这番话时,语气枯燥单调,但不知为何没有恶意,可是卢艾拉觉得他太过分,一下站起来。

"我遇见过你这号人,"她冷冷地说道,"出于某种理由,你似乎觉得你有资格作为这个家庭的老朋友站在这里。可是我不会这么快接受朋友,而且我也没有给你权力让你如此——"她本想说"无礼",但还是没说出来,"——接近我。"

他从前门走出去后,卢艾拉走进厨房,想看看厨娘能否明白要做三种不同的饭菜——查尔斯的饭菜,孩子的饭菜和她自己的。家里情况这么乱,只有一个用人真是难办。她必须试试另外的用人中介所——目前这个已开始让人烦了。

让她意外的是,那个厨娘竟戴着帽子,穿着外套,正在餐桌旁看报纸。

"为什么?"她努力想记起那厨娘的名字,"为什么?出了什么事?那什么——"

"我的名字叫丹斯基太太。"

"出了什么事?"

"我恐怕无法满足你的要求,"丹斯基太太说道,"你也知道,我只是一个平常的厨子,而且我不会做病人的饭菜。"

"可是我一切都指望着你呢。"

"非常抱歉,"她不断地摇头,"我也要顾及我自己的健康。我保证我来的时候他们并没有告诉我这份工作的具体内容。你叫我打扫你丈夫的房间时,我就知道我干不了这活。"

"我并没有叫你打扫任何东西呀,"卢艾拉绝望地说道,"如果你就这么坐到明天,我也不可能今天晚上就找到别人呀。"

丹斯基太太礼貌地笑了笑。

"跟你一样,我也想我自己的孩子。"

卢艾拉本想说多给她点钱,可是她的倔脾气突然上来了。

"我这辈子从未听到过这么自私的话!"她勃然大怒,"马上滚蛋,你这个老蠢货。"

"如果你把占用我时间的钱付给我,我就走。"丹斯基太太镇定地答道。

"除非你留下,否则一分钱也别想。"

说完这话,卢艾拉立即觉得不应该,可是她的自尊心不允许她收回这个威胁。

"你该付我那笔钱。"

"滚出那道门去!"

"我拿了钱才会走,"丹斯基太太愤愤不平地坚持着,"我也有孩子要养。"

卢艾拉猛吸了口气,向前跨了一步。丹斯基太太被她的怒火吓着了,转身夺门而去,边走边骂骂咧咧。

卢艾拉走到电话边,打电话给用人中介所,说明这个厨娘已经离职。

"你们能否马上给我派一个来?我丈夫病了,孩子也病了——"

"对不起,亨珀太太,目前手头无人,要等四点钟后。"

卢艾拉争取了一会儿,最终得到一个保证,即他们会给所认识的一位女佣打电话应急,这是明天到来前他们能想出的最好办法。

她又给其他几家介绍所打了电话,但这个时候整个用人中介业似乎都停止运转了。给查尔斯喂了药后,她轻手轻脚地走进孩子的房间。

"宝宝怎么样?"她泛泛地问道。

"华氏九十九度一,"保姆一边轻声回答,一边对着光看温度计,"刚刚量过。"

"那很高吗?"卢艾拉问道,皱了皱眉。

"只高了五分之三度,这在下午不算太高。孩子感冒了,温度都会升高。"

卢艾拉走到儿子的小床边,摸了摸儿子烧红的脸颊,一边担心,一边想这孩子长得多么像公共汽车里"力士"[1]广告中的小胖天使啊,简直不可思议。

她转身问保姆:"你会做饭吗?"

---

[1] 力士(Lux)是美国联合利华(Unilever)公司开发的系列洗涤产品的商标,包括香皂、洗发水、沐浴露等。该商标始于 1900 年,其前身是始于 1899 年的 Sunlight Flakes,当时以生产香皂为主,至今仍是非常受欢迎的香皂品牌。今天,力士(香皂)的总部已迁至新加坡。

"怎么啦——我做得不好。"

"是这样,今天晚上你能为孩子做饭吗?那个老厨娘已经离开了,找不到其他人,而我又不会做饭。"

"噢,可以,我可以给宝宝做饭。"

"太好了。我要给亨珀先生安装点东西。你把门开着,大夫来了才听得见门铃声。大夫来了告诉我。"

这些天,大夫真是络绎不绝。几乎整天都有大夫上门,专科大夫、家庭大夫每天上午来,接着是儿科大夫——还有今天下午在客厅里等待的那位穆恩大夫,那个不温不火、锲而不舍但不受欢迎的人。卢艾拉来到厨房。她会给自己煮火腿和鸡蛋——这是她每次看完戏回来后常干的事儿。可是查尔斯要吃的蔬菜却是另一回事——必须将其煮沸,或炖,或用其他办法烹饪,而且炉子有那么多炉门和烤箱,她怎么知道用哪个?她选了一个看上去很新的蓝色平底锅,把胡萝卜切成丝放进去,倒进一些水。正当她把锅放在炉子上,努力想下一步该干什么时,电话响了,是用人中介所打来的。

"是的,我是亨珀太太。"

"怎么回事,我们派给你的女佣回来了,声称你拒绝为她花费的时间支付报酬。"

"我给你们解释过,她拒绝留下来,"卢艾拉气愤地说道,"她不遵守合约,所以我觉得我没有任何义务——"

"我们必须保证我们的员工获得报酬,"中介人告知她,"否则,我们对她们毫无用处,对吧?我很遗憾,亨珀太太,但是这件小事不解决,我们无法再为你派任何人。"

"好吧，我付钱，付钱！"她叫起来。

"当然我们还是愿意与客户保持良好关系——"

"是的——好！"

"那么你明天把钱给她？每小时七十五美分。"

"可是今天晚上怎么办？"她喊道，"我今天晚上就要一个人。"

"为什么呀——已经很晚了，我自己也要回家了。"

"可我是查尔斯·亨珀太太呀！你明白了吗？我答应要做的事绝对会做到。我是查尔斯·亨珀的妻子，住在百老汇十四号——"

与此同时，她马上意识到百老汇十四号的查尔斯·亨珀已经是一个帮不上任何忙的病号了——他既不能再证明什么，也不能再保护谁。世界突然变得如此残忍，使她绝望了，绝望中她挂断了电话。

卢艾拉又在厨房里手忙脚乱地捣鼓了十分钟，然后去找孩子的保姆。尽管她并不喜欢这个用人，她还是向其坦承自己不会做丈夫的晚餐。保姆说头疼得厉害，而且照顾一个生病的孩子已经分身无术了，不过她还是不太情愿地同意指导卢艾拉如何操作。

保姆一边试验一边抱怨，卢艾拉只好打碎牙往肚子里吞，按照保姆的指令捣鼓她不熟悉的炉子。总算找到了一种办法应付查尔斯的晚餐。然后，保姆该给查克洗澡了，卢艾拉独自坐在餐桌旁，听着锅里咕咚咕咚的气泡声。

"女人每天就干这事，"她寻思，"无数的女人，不仅要做饭，还要照顾病人——甚至还要出去工作。"

但是，她认为她和这些女人除了表面相似，即都有双脚双手，本质上她和她们根本不一样。她这样想就如同她可能说"南海岛民都戴鼻环"一样。今天她就权当在自己家里体验贫民生活,而且她一点也不喜欢。在她看来,这只是一个荒唐的例外。

突然,她意识到有人慢慢走进餐厅,接着进了男管家的食品储藏室。她有点害怕是穆恩大夫来访,抬起头来张望——结果看见保姆从储藏室门走出来。卢艾拉的脑海突然闪过一个念头,这保姆好像也要生病了。她猜对了——保姆刚进厨房门就一个跟跄,双手抓着门把手,就像长翅膀的鸟儿紧紧抓住树枝一样,然后无力地坐到地上。就在此时,门铃响了;卢艾拉一下站起来,明白是儿科大夫到了,心里才稍许宽慰。

"晕厥,就这些,"大夫一边说,一边把这姑娘的头抬起来,放到他的大腿上。拨弄了几下她的眼皮,他说:"是的,她只是晕厥。"

"每个人都病了,"卢艾拉有些绝望叫喊起来,"大夫,除了我,每个人都病了。"

"这个人没病,"过了会儿他说道,"她的心跳已经正常了,她只是晕过去了。"

卢艾拉帮助大夫把这个逐渐苏醒的人抬到椅子上后,迅速冲进孩子房间,弯腰看孩子的床。她静静地把床的一侧的铁护栏放下来。此时孩子的烧似乎退了——脸上的红潮已经消退。她俯身去摸他的小脸蛋。

突然卢艾拉开始尖叫起来。

四

孩子的葬礼结束后,卢艾拉依然无法相信她已经失去了他。她回到公寓,在孩子房间来回走动,念着他的名字。然后,悲伤难抑,她坐下来,凝视着孩子的白色摇摆木马,木马的一侧还涂着红色的小鸡图案。

"现在我该怎么办?"她轻声问自己,"当我意识到再也见不到查克时,一些可怕的事情正在降临。"

不过她也不太肯定。如果她在这里待到夜幕降临,护士仍然可能带着他散步才回来。她记得在一阵迷糊中,有人告诉她查克已经死了,情形令人心碎;可是如果他真死了,为什么他的房间还为他准备着?他的小刷子和小梳子依然放在桌子上,还有她为什么还在这里?

"亨珀太太。"

她抬起头,那个形容憔悴、衣着寒酸的穆恩大夫正站在门口。

"你走开。"卢艾拉无精打采地说道。

"你丈夫需要你。"

"我不管。"

穆恩大夫向屋内走了几步。

"我想你不明白,亨珀太太。他一直在呼唤你。除了他,你没有其他亲人了。"

"我恨你。"她突然说道。

"随便你。你知道,我不会保证什么,我只是做好我能做的。如果你明白你的孩子已经不在了,你再也见不到他了,你就会好受些。"

卢艾拉一下子跳起来。

"我的宝宝没死!"她咆哮起来,"你撒谎!你总是撒谎!"她目光如炬,逼视着他的眼睛,在他眼里捕捉到某些东西,一种既野蛮又和善的东西;这眼神使她生畏,让她泄气和自动败下阵来,服从他的意志。她低下头，感到疲倦而绝望。

"好吧，"她有气无力地说，"我的宝宝已经走了，现在我该怎么办？"

"你丈夫好多了。他需要的仅仅是休息和善待。可是现在你必须到他身边去，告诉他发生的一切。"

"我想你认为是你让他好起来了。"卢艾拉语含讥讽。

"也许吧。他快痊愈了。"

快痊愈了——那么最后一点让她留在这个家的理由也不存在了。她人生中的这一幕就谢幕了——她可以就此斩断一切了，包括悲伤和压抑，而且马上可以离开了，像风一样自由。

"我一会儿去看他，"卢艾拉幽幽地说道，"让我独自待会儿。"

穆恩大夫那不受欢迎的身影消失在客厅的阴影中。

"我可以离开，"卢艾拉轻声自言自语道，"命运之神还给我自由，补偿她从我这里拿走的。"

但是她千万不能拖延哪怕是一分钟，否则命运之神还会束缚住她，让她再次受苦。她给公寓搬运工打了电话，请他把她的箱子从储藏室拿出来。然后她开始收拾桌子和衣橱里的东西，尽量分辨出她结婚时带来的物品。她甚至翻出两件旧礼服，那是她嫁妆的一部分——当然现在样式过时了，而且臀部也显得紧了——这是和其他衣服一起扔掉。新生活开始了。查尔斯又好起来了；她的宝贝孩子，她那么爱他，他却有点烦她，现在也不在了。

她装好箱子后，不由自主地来到厨房，查看晚餐准备情况。她对厨子说查尔斯吃的东西要专门准备，她自己在外面吃。她看到曾经用来给查克做饭的几个小锅,盯着看了会儿——可是她虽然盯着,心里却没什么感觉。她又看了冰箱,很干净、清爽。然后她走进查尔斯的房间。他正坐在床上,护士正在读东西给他听。他的头发几乎全白了,银白,往下是一双大而黑的眼睛,镶嵌在瘦削而年轻的面孔上。

"孩子病了吗?"他语气很自然地问道。

她点点头。

他踌躇了一下,把眼睛闭了片刻。接着他又问:"孩子死了吗?"

"是。"

他很长时间没说话。护士走过来,把她的手放在他额头上。两颗硕大而奇特的泪珠从他眼里涌出来。

"我知道宝宝已经没了。"

又等了很久,护士说:"大夫说,趁着有太阳,可以开车带他出去。他需要一点改变。"

"好。"

"我原以为,"护士犹豫了一下,"我以为,亨珀太太,如果由你代替我照顾她,对你们双方都有好处。"

卢艾拉匆忙摇摇头。

"噢,不会,"她说,"我觉得我不能——今天。"

护士怪异地盯着她。突然,卢艾拉对查尔斯产生了一种怜悯,温柔地俯身吻了他的脸颊。接着,她一言不发回到自己的房间,穿戴上衣帽,拿着行李箱朝前门走去。

她立即发现客厅里有一个身影。如果她能从那个身影旁走过去,就自由了。她可以从影子的左边或右边走过,或者命令它闪开。可是，那身影就是不动；她小声哭起来，一下坐到客厅的一张椅子里。

"我以为你已经走了，"她啜泣着说，"我说过让你走开。"

"我很快会走，"穆恩大夫说，"可是我不想你犯老错误。"

"我不是在犯错误——我是抛弃错误。"

"你是在试图抛弃你自己，可是你做不到。你越是想从你自我身边逃开，你越是甩不掉你自我。"

"可是我已经准备离开了，"她粗暴地回应道，"走出这栋房子，远离死亡和失败。"

"你还没有失败，你才刚刚开始。"

她站起来。

"让我过去。"

"不行。"

突然，如同往常一样，和他一说话她就泄气了。她双手掩面，泪水夺眶而出。

"回到那个房间，告诉护士你要开车带你丈夫出去。"他提议道。

"我不能。"

"噢，你可以的。"

卢艾拉再次看了看他，明白自己会听他话的。心里想着自己的精神已经破碎，她拎起行李箱，从客厅退回去。

五

穆恩大夫施予她的奇怪影响究竟是什么，卢艾拉想不明白。不过随着时光流逝,她发现自己做的很多事都是自己以前很反感的。她一直在家里陪着查尔斯,他渐渐好起来时,有时和他一起出去就餐,或去看戏,当然只是在他希望这样时才会去。她每天都去厨房,不太情愿地监督着家里的一切,起初是因为害怕一切又偏离正轨,后来做这一切就是出于习惯了。不知为什么,她觉得自己的变化完全和穆恩大夫有关——穆恩大夫不断告诉她什么是生活,或者等于在告诉她但又不说破,似乎他害怕让她明白。

随着他们恢复了正常的生活方式,她发觉查尔斯不那么神经质了。他擦抹脸颊的习惯也丢掉了,而且当她觉得这个世界不如以前那么愉快幸福时,她有时却体验到某种平和,这是她以前从不知道的。

后来,一天下午,穆恩大夫忽然告诉她他要离开了。

"你的意思永远离开吗?"她有些惊慌地问道。

"永远。"

有那么片刻,很奇怪,她竟然不确定自己是高兴还是惋惜。

"你不再需要我了,"他平静地说道,"你自己都没有意识到,你已经成熟了。"

他走过来,坐在她旁边的长沙发上,抓起她的一只手。

卢艾拉静静地坐着,有点紧张。她听他说。

"我们和孩子们有个约定,他们可以坐在观众席里而不用帮忙演戏,"他侃侃而谈,"可是如果他们已经长大了,还坐在观众席上,那么就得有人付出双倍劳动为他们服务,他们才能够享受世界的光明和光鲜。"

"但是我需要光明和光鲜。"她抗议道。

"生活中到处都是。想要有温暖的事物是没有错的。"

"情况会仍然让人感到温暖的。"

"怎么会？"

"你会让世界变得温暖起来。"

卢艾拉看着她，十分错愕。

"该你来成为中心了，来回报长期以来给予你东西的人们。你要给年轻人安全感，给你丈夫平和的心态，给老人某种恩惠。你要让为你工作的人依靠你，要隐藏而非惹出一些麻烦事，要比一般人更耐心，要承担比分内事更多而非更少的责任。如此，光明和光鲜的世界就在你手中了。"

他突然停住。

"站起来，"他说，"到镜子前去，告诉我你看见什么了。"

她顺从地站起来，走近她蜜月里买的一件东西——挂在墙上的那面威尼斯穿衣镜。

"我看见了我脸上的新纹路，"她一边说，一边伸出一根手指放到两个眼睛之间，"而且两边还有阴影，那应该是——那是小褶皱。"

"你在意吗？"

她飞快转过身，回答道："不在意。"

"查克已经走了，你明白吗？你再也见不到他了。"

"明白，"她把双手慢慢放到眼睛上，"可是那一切显得非常模糊和遥远。"

"模糊和遥远，"他重复着，然后问道，"你还害怕我吗？"

"不再怕了，"她边说边坦率地点点头，"既然你要离开了。"

他朝大门走去。今天晚上他显得特别困倦,似乎根本迈不动步子。

"这个家就由你来打理了,"他小声说道,很累的样子,"如果这家里有点光明和温暖,那是你带来的光明和温暖;如果这个家很幸福,是因为你使得它如此;生活中幸福的事会来找你,你千万不要再刻意去追索幸福。该由你来生起火堆了。"

"你可以再坐会儿吗?"卢艾拉试探道。

"没有时间了,"他的声音太低了,她几乎听不见,"不过要记住,无论你遭受什么痛苦,我总能帮助你——如果可以帮助的话。我从来不保证什么。"

他开了门。现在她必须弄明白她最想知道的事情,否则悔之晚矣。

"你对我做了什么?"她叫道,"为什么我对查克没有悲伤?——对任何事都没有?告诉我,我就快明白了,可是还是不明白。你走之前——告诉我你是谁。"

"我是谁?"他那破旧的外套在门廊里暂停下来。他那张苍白的圆脸似乎分解成两张脸,十二张脸,二十张脸,每张脸各不相同但还是同一张脸——有的哀伤,有的快乐,有的悲惨,有的冷漠,还有的低眉顺眼——直至六十个穆恩大夫被排列成无穷的镜像,如同岁月延伸至遥远的往昔。

"我是谁?"他重复着这句话,"我是五年岁月。"

门关上了。

六点钟,查尔斯·亨珀回家了,卢艾拉像往常一样在客厅里迎候他。除了头发全白外,两年长病并未在他身上留下其他印记。卢艾拉自己倒是有明显的变化——她比原来胖了点,还有一九二一年查克去世的那晚爬上她眼睛周围的纹路。不过她依然漂亮可爱,而且二十八岁的脸上多了一分成熟的善意,似乎痛苦不情愿地碰了她一下就飞快溜走了。

"爱德和她丈夫要来吃晚饭,"她对丈夫道,"我买了戏票,但如果你累了,我们去不去我都无所谓。"

"我想去。"

她看着他。

"你不想。"

"我真的想去。"

"那看看你晚餐后感觉如何。"

他张开双臂揽住她的腰。他们一起走进孩子房间,两个孩子正等他们去道晚安呢。

(何绍斌　译)

热血与冷血[1]

---

[1] 此篇亦收录到《爵士乐时代的故事》里。

一

年轻的马瑟夫妇结婚约一年时的某一天,太太杰奎琳走进了丈夫经营的五金店,店的生意在丈夫的打理下差强人意。办公室里间的门开着,她在门前停下来,说道:"哎哟!打扰了——"她这一嗓子打断了眼前看似平常却不知为何总叫人起疑的一幕。一位叫布朗森的年轻小伙子正站在她丈夫身旁,这人她略有所知;而她丈夫已经从桌边站起来。布朗森握住她丈夫的手,热切地摇晃着——热切得有点过头了。听到走道里杰奎琳的脚步声,他俩都扭过头,结果杰奎琳看到布朗森的眼睛红了。

随即布朗森走了出来,经过她身边的时候还有些尴尬地打了声招呼"您好"。然后她踏进了丈夫的办公室。

"埃德·布朗森到这里干什么?"她好奇地追问着。

吉姆·马瑟立即对她笑了笑,半眯着那双灰色的眼睛，把她轻轻地拉到他桌子边，让她坐着。

"他只是顺路进来待了会儿，"他不假思索地回答道，"家里还好吧？"

"很好，"她好奇地盯着他看，"他想干什么？"她追问道。

"哦，他就为了点事来找我。"

"什么事？"

"嗯，就是一点事，生意上的。"

"为什么他的眼睛红红的呢？"

"是吗？"他用无辜的眼神看着她，忽然间他们俩都大笑起来。杰奎琳站起身，绕着桌子走过来，随后便坐进了丈夫的转椅中。

"你不妨告诉我，"她欢悦地宣布道，"因为我会一直待在这，直到你告诉我为止。"

"好吧——"他犹豫着，紧锁着双眉，"他想要我帮他个小忙。"

于是杰奎琳明白了，或者毋宁说她碰巧猜了个八九不离十。

"呃，"她声音有点硬邦邦的，"你借钱给他了！"

"就借了一点儿。"

"多少？"

"就三百块。"

"就三百块。"那语气活像冷却后的贝西默式炼锅炉，"吉姆，我们一个月的开销是多少？"

"怎……怎么了？大概五六百块吧，我猜。"他不安地把话题岔开。

"听我说，杰奎。布朗森会把钱还上的。他现在有些小麻烦。他在伍德米尔犯了点错，和一个姑娘……"

"所以呢，他知道你是出了名的好说话，就过来找你了。"杰奎琳打断了他的话。

"不是的。"他郑重地否认了这一点。

"你以为我没有地方需要用三百块钱吗？"她质问道，"还记得吗？去年十一月我们本打算去纽约旅行，却因为没钱而没去成。"

一直挂在马瑟脸上的笑容消失了。他走过去，关上了通向外间办公室的门。

"听我说，杰奎，"他开始辩解道，"你不了解情况。布朗森是差不多每天都和我一起吃午饭的人。打小我们就在一起玩了，一起上学。难道你没觉得我是他遇到麻烦时唯一可以求助的人吗？所以我不能拒绝他。"

杰奎琳扭了扭肩膀，似乎想要甩掉这个解释。

"哼，"她斩钉截铁地说，"就我所知，他不是个好人，整天醉醺醺的。如果他不好好干活，凭什么靠你来养活他。"

两人此刻正隔桌对坐，说话的态度好像对方是小孩子。每句话都从"听我说"开始，脸上都挂着努力装出来的耐心。

"要是你还不理解，我也没法和你讲了，"吵了一刻钟，马瑟才发现了使他懊恼的要害，"有时候男人之间这种责任免不了要发生，而且一定要尽力履行。这远不是借不借钱那么简单，特别是我干的这一行，很多时候靠的是商圈内的人气。"

马瑟边说边穿上外套，两人要一起坐有轨电车回家吃午饭。他们现在正处在自驾车的断档期——已经卖掉旧车，正打算来年春天买辆

205

新的。在这个特殊的日子里乘坐有轨电车，显然是个不幸的伏笔。要是换个环境，那场发生在办公室的口角或许会被遗忘，可是随后发生在电车里的事情碰触了旧伤，最终演化成严重的情绪感染。

他们在车内找了个靠前的座位。此时才二月底，太阳却格外热情奔放，街道上星星点点的残雪化成道道肮脏的水流淌进排水沟，彼此欢快地呼应着。今天这趟车不似平常拥挤，所以没有人站着。司机甚至打开驾驶室的窗户，一阵微风袭来，吹走了车里暮冬的气息。

杰奎琳忽然发现坐在她旁边的丈夫不仅英俊，也比别的男人善良，这一发现让她十分愉快，因而觉得尝试着去改变他是件愚蠢的事。毕竟布朗森还有可能把钱还回来；况且，不管怎么样，三百块钱也不是什么大钱。当然他没有权利这么做——但当时……

她正这样默想着，一大群乘客突然拥进电车走道，打断了她的思绪。杰奎琳希望他们咳嗽的时候可以用手捂住自己的嘴巴，同时她也希望吉姆能够早点买辆新的汽车。谁也说不准坐这种电车会染上什么疾病。

她转向吉姆想与他讨论这件事——但是吉姆已经站起来，把座位让给了一个站在他旁边过道上的妇女。那个女人甚至吭都没吭一声就坐下了。杰奎琳皱起了眉头。

这女人五十上下，个头硕大。刚坐下时，只要能占据座位上的空隙，她就满足了，但不一会儿，她就开始扩充地盘了，一圈圈肥肉占的地方也越来越大，直至快要强行占据别人的座位了才罢休。当车向杰奎琳的一侧晃动时，那个女人趁势斜过身躯，而车向相反方向倾斜时，她立刻耍起小聪明，顶住冲击力，牢牢地守住自己赢来的地盘。

杰奎琳和丈夫对视了一下——他正抓着一根吊带，在那儿晃来晃去呢，于是她用生气的眼神瞪了他一下，表示对他的让座行为极端不满。他无声地向她表示了歉意，随即急迫地将目光聚焦在车厢内一排汽车卡片上。胖女人又朝杰奎琳这边挪动了一下——差不多都要压在杰奎琳身上了；接着她转过身来，浮肿的双眼令人生厌地直盯着这位詹姆斯·马瑟太太，并对着她的脸猛烈地咳嗽起来。

杰奎琳强忍着没有发作，猛地站起身来，从那两个肉乎乎的膝盖前硬挤过去；她气得脸色通红，穿过人丛费力地挤到车厢后部。在那儿她抓住了一个吊带，她丈夫立刻挤过来和她站到了一起，心中诚惶诚恐。

他们一句话也不讲，就这样沉默着肩并肩站了十分钟；他们前排坐着一群男人，正哗啦哗啦地翻着报纸，眼睛盯着当天的漫画栏，一派志得意满的样子。

他们终于下了车，杰奎琳再也忍不住发起火来。

"你这个大笨蛋！"她愤怒地喊道，"你看到你让座给她的那个可恶的女人没有？你替每个你遇到的又肥又自私的洗衣婆着想的时候，为什么不能稍微替我想想？"

"我怎么知道她是……"

可杰奎琳这次的怒气史无前例——这可是件稀罕事，他竟然也会惹人生气。

"你瞧见了吧，刚才那些男人也都没有为我让座，对吧？怪不得你上周一晚上累得连门都不想出。大概你是把座位让给某个……某个壮得像牛似的、讨厌的波兰洗衣妇了，你是喜欢站着！"

他们沿着泥泞的街道走着，猛地踏进一大片水洼里。马瑟脑子一片混乱，心情沮丧，既说不出一句道歉的话，也无法辩解。

杰奎琳突然停住脚步，扭过头来不解地看着他。她说了一番话来总结今天的事，这也许是此生他听她说的最不中听的话了。

"吉姆，你的毛病，就是太容易上当。为什么呢？因为你头脑简单得就像大学一年级新生——你是个不折不扣的老好人。"

二

这件事以及它带来的不快都消散了。不到一个钟头，马瑟老好人的脾气就平息了她的怒火。随后几天，提起这桩事就越发轻描淡写起来，最后终于不再提了，这事不知不觉几近遗忘了。我之所以说"几近"，是因为很不幸"遗忘"并不表示健忘。而这件事之所以给淡化了，也符合杰奎琳一贯的做派和冷静性格，因为她开始准备一项费时费力并需要倍加小心的事业了——怀孕。但她那天生的性格和偏见并未因此有丝毫减弱，决不愿事情就这样不了了之。如今已到了四月，可新车依然没有着落。而马瑟也发现他几乎就存不下什么钱，到了下半年，还得抚养孩子，这让他焦虑不已。一条细细的、微弱得难以察觉的皱纹首次出现在他那诚实而又友好的眼角，宛如一道阴影。现在已到春天，他每天都要干到暮色降临许久后才下班，还常常把白天没干完的活儿带到家里继续做。买新车的事只能搁一阵子再说了。

四月的一个下午，似乎整个纽约城的人都到华盛顿街逛商场了。杰奎琳慢慢走过一家家店面，思忖着目前并非自愿的生活状态，既不恐惧也不沮丧。夏天很干燥,风里飘散着浮尘,太阳欢快地在橱窗玻璃板上跳跃,照射着汽车滴落在街道上的一摊摊的汽油,泛出道道七色彩虹。

杰奎琳停下脚步。离她六英尺不到的街沿边停着一辆崭新闪亮的跑车。旁边站着两个正在谈话的男子,她认出其中一个男子是布朗森,听到布朗森用一种很随意的语气对同伴说:"你觉得这车怎么样?今天早上刚到的。"听了这话,杰奎琳立马转身,快步走向丈夫的办公室,留下一串"嗒嗒"的脚步声。她和往常一样向秘书微微颔首,便大步越过她,走进了里间。马瑟惊讶地从桌旁抬起头来,看着这位不速之客。

"吉姆,"她气喘吁吁地说,"布朗森把那三百块还给你了吗?"

"怎么了?没……没有,"他吞吞吐吐地答道,"还没有。上个星期他来过这里,说他手里还没周转过来。"只见她眼神既得意又愤怒。

"哦,真的吗?"她气冲冲地说,"好吧,我告诉你,他刚买了一部跑车,那车怎么也得花二千五百块。"他不相信地摇了摇头。

"我看到那车了,"她坚持道,"我听见他说刚买了车。"

"可他告诉我手里钱不多的呀。"马瑟无助地重复道。杰奎琳嘴里发出一种清晰的声响,像是呻吟,又像是叹气,不再质问他。

"他在利用你!他知道你好说话,他就利用你,难道你看不出来吗?他想要你买部车给他,然后你就买了!"她挖苦似的笑道,"说不定他现在正炫耀他是怎样轻易地骗了你呢。"

"噢,不,"马瑟反驳道,一脸震惊,"你肯定认错人了。"

"那就去看看——他就在车上,花的可是我们的钱哩!"她情绪激动地打断了他的话。

"哎!你真有钱——太有钱了!如果不是疯了,就是他妈傻了。你说你——"她的声音越来越尖利,情绪却越来越冷峻——此时还有一丝轻蔑的味道,"你花自己一半的时间去给别人做事,而他们对你却毫不在意,不管你的死活。在电车上你将座位让给那些猪,然后回到家自己累得动都不想动。你什么委员会都参加,每天至少耽误一个小时生意,然而你从他们那儿一个子儿都得不到。你被人利用——永远被利用!我真受不了了!原以为我嫁的是一个正常男人——而不是一个十足的撒玛利亚人①,整天为别人瞎忙!"

杰奎琳刚骂完,突然一个趔趄,跌进一把椅子里——她太激动了,已筋疲力尽了。

"就是这个时候,"她断断续续地接着说,"我需要你,需要你的力量,你的健康,需要你的胳膊拥抱我。可如果……如果你把这些慷慨地给别人的话,我还能指望分享多少呢——"

他跪倒在她身旁,慢慢地把她那年轻但疲惫的脑袋拉到自己的肩膀上。

"对不起,杰奎琳,"他谦恭地说道,"我以后一定更加谨慎,我真不知道自己以前做错了。"

"你是这世上最可爱的人,"杰奎琳嘶哑地嗫嚅着,"但是我想要

---

① 撒玛利亚人(Samaritan),典出《圣经·新约·路加福音》。撒玛利亚人与犹太人本有隔阂,往往受到歧视,这个词语曾一度含有贬义。《路加福音》讲了这样一个故事:一个犹太人遭强盗打劫,受了重伤,躺在路边。一个祭司和利未人路过,但不闻不问,而一个撒玛利亚人路过时,动了恻隐心照应他,并自己出钱把犹太人送进旅店。《圣经》通过这个故事告诉人们,鉴别人的标准不是他的身份、地位,而是他的心灵。后来,这个词语引申为慷慨助人且不计报酬的好心人。

完整的你,要你的最佳状态。"他一遍又一遍地抚摸着她的头发。好一会儿,他们无语地偎依着,一动不动,沉浸在平和的、互相体谅的快乐境界里。随后,杰奎琳恋恋不舍地抬起头,因为他们听到过道里克兰西小姐的声音。

"噢,再说一遍。"

"什么事?"

"有个送货员送了几箱货来,是现付款的。"

马瑟站起身,跟着克兰西小姐一起走进了办公室外间。

"五十美元。"

他翻了翻自己的钱包——他早上忘记去银行取钱了。

"请稍等片刻。"他心不在焉地说道。他的心思在杰奎琳身上,杰奎琳似乎很困惑,内心孤苦,还在另外一个房间等他回去。他来到走廊,打开对面一扇写着"克莱顿与德雷克股票经纪行"的门,又推开了一扇里门,径直走到一个坐在办公桌旁的男人面前。

"早上好,弗雷顿。"马瑟说。

德雷克,一个三十岁上下、戴着夹鼻眼镜、秃顶的小个子男人,站起身和他握了握手。

"早上好,吉姆。有什么需要吗?"

"是这样的,一个送货员在我的办公室正等着我付款,但我身上一分钱也没有。你能借给我五十块钱吗?今天下午就还你。"

德雷克仔细打量着马瑟,然后慢慢地、出人意料地摇了摇头——不是上下摇动,而是左右摇动。

"不好意思,吉姆,"他硬邦邦地回答道,"我给自己定了一条规矩,在任何情况下都不会借钱给个人。因为我看到许多友谊都是由于借钱而毁掉的。"

"哦。"此时马瑟才从他那恍惚的状态中出来,那一声"哦"里面流露出不加掩饰的吃惊。然后他那识相的天性自动跳出来帮助他,他知道该说些什么,虽然他的大脑正处于片刻的空白状态。他的直接反应就是要让德雷克不会因为拒绝而感到不自在。

"哦,我知道了。"他好像十分赞同似的点点头,好像他自己也常考虑立下这个规矩,"呃,我知道你是怎么想的。嗯,——我只是——我不想你为任何事打破那条规矩。这样做也许是对的。"

他们又多谈了一会儿。德雷克轻易地说明自己的做法是对的;显然他对此做法已经很熟练了。他用一个精致的坦白的微笑来对付马瑟。

马瑟彬彬有礼地退出来,回到了自己的办公室,给德雷克留下了一个印象,以为他马瑟是全城最世故的人。马瑟知道怎样给别人留下那么一个印象。但当他走进自己的办公室,看到妻子戚然地凝望着窗外阳光的模样,他不禁握紧自己的拳头,嘴巴也扭曲得变形了。

"好吧,杰奎。"他慢吞吞地说,"我想很多事情你是对的,我真是糊涂透顶了。"

三

在以后的三个月里,马瑟回顾了他过去多年的生活。本来呢,他曾经拥有无比快乐的生活。人与人之间,人与社会之间的摩擦把大多数人变成了别人生活的看客,冷酷粗暴而又愤世嫉俗;这种现象在马瑟以往的经历中很少见,因而一旦出现就格外醒目。他以前从未意识到他已经为这种不足的经历付出了沉重代价,而如今他已经懂得为了避免敌意或争吵,甚至是追问,他应该如何随时随地避开人群走一条崎岖的道路。

比如说,他曾以个人的名义借给别人好多钱,这些钱加起来有一千三百美元了吧,多亏了新近获得的启迪他才意识到再也见不到这些钱了。这是杰奎琳凭着女性特有的、比常人更明察秋毫的精明才让他明白的呢。只是到了现在,他才明白多亏了杰奎琳,他才能在银行里存一些钱,而那些欠款已经完全被他忘掉了。

他也意识到她对自己的断言是正确的,他总是在助人——一会干点这个,一会干点那个,所花的时间和精力加起来让人咂舌。帮助别人他感到很开心。别人说他的好话,他则热情以对,可现在,他怀疑自己那样做是否因为自己沉迷于自私的虚荣心。他这样怀疑自己对自己并不总是很公正。事实上,马瑟骨子里极其浪漫多情。

他想明白了,自己干的这些事弄得自己夜里疲惫不堪,工作效率不高,对杰奎琳不能尽丈夫应有的责任。几个月以来,杰奎琳越来越胖,越来越烦躁,夏日漫长的下午,她常常坐在拉上帘子的阳台上,等着走道尽头传来他的脚步声。

为了使回家的脚步声不再显得那么疲惫,马瑟放弃了许多事情,其中就包括辞掉他母校的同学会主席的头衔。他草草敷衍了别的事情,不求别人的赞赏。别人劝他加入委员会,都会选他当主席,而自己都躲到幕后,找也找不着。现在这些事他都不做了。除此之外,他还尽量躲开那些可能会向他寻求帮助的人——躲开俱乐部某个人群里可能会向他投去求助目光的人。

他身上的这种变化很缓慢。他本来并不是特别不懂世故的人——如果换一个环境，德雷克拒绝借钱给他不会那么让他震惊。这事要是发生在别人身上，从故事中听来，他想也不会多想。可是那件事就那么毫无征兆地发生了，与脑海中已有的印象格格不入，因此震惊既强烈又真切。

到八月中旬了，酷热肆虐了一周终于接近尾声。马瑟办公室的窗户大开着，窗帘却几乎整天都纹丝不动，就像静止的船帆，和窗玻璃并立着，窗帘内外一样闷热。马瑟坐立不安——杰奎琳操劳过度了，为此付出的代价是阵阵剧烈的头痛；生意也好像进入一个低谷期。这天早晨他对克兰西小姐十分不耐烦，她不由得诧异地看了他一眼。他立即向克兰西小姐道歉了，可事后他又为自己的道歉感到后悔。他能够在如此炎热的天气下高速运转——凭什么她就不能呢？

这会儿，克兰西小姐进了他的办公室。他微微地蹙起眉头，抬起头来。

"爱德华·莱西先生来访。"

"好吧。"他无精打采地答道。老头子莱西——他略有所知。真令人唏嘘——八十年代的时候，他是何等风光，而如今不过是这个城市里失败者中的一员。对方没开口前，他真想不出莱西想干什么。

"早上好，马瑟先生。"

一个瘦小、严肃、灰白头发的男人站在门槛边。马瑟站起来，很礼貌地招呼他。

"马瑟先生，您忙吗？"

"嗯，不太忙。"他稍稍强调了"太"这个字眼。

莱西坐下来，显得很拘谨。他把自己的帽子拿在手中，开口说话的时候还紧紧地攥着。

"马瑟先生，如果您能给我五分钟时间，我想要告诉您一件事情——一件我认为现在很有必要告诉您的事。"

马瑟点点头。他的直觉警告他，又是求他帮忙了，但是他现在很疲劳，于是就懒洋洋地用手托着下巴，等着听接下来任何可以分散他注意力的话。

"您知道，"莱西先生接着道——马瑟注意到那双抓着帽子的手现在正不住地颤抖——"早在一八八四年那会儿，您父亲和我是非常要好的朋友。您一定听他提起过我吧。"马瑟点点头。

"有人还叫我去为他抬棺。我们曾经关系——很亲密。这就是为什么今天我会来找您的原因。我这一生，以前还从没像今天这样找过别人呢，来找一个陌生人，马瑟先生。但是人老的时候，朋友死的死，散的散，有些因为误解而断交。除非你很幸运地比你孩子先死掉——要不了多久，你会孤单一人，这样的话不会再有任何朋友了。你老无所依。"他淡淡一笑。此时他的手颤抖得更厉害了。

"很久以前，差不多四十年前吧，您父亲找我借了一千块钱。我比他年长些，尽管我跟他交情不怎么深，我对他的印象还挺好的。在那个年代里，一千块可不是个小数目——他一无所有，只有一个设想中的计划——可我喜欢他观察事物的方式——请您原谅，我觉得您和他长得挺像的——所以我在没有担保的情况下把钱借给了他。"

莱西先生顿了顿。

"没有担保，"他重复着，"那时候我承担得起这笔钱。我并没有因此遭到什么损失。在年底他就以六厘的利息把钱还给了我。"

马瑟垂下眼帘，盯着自己的记事本，用铅笔随意地画出一个又一个三角形。他知道正题来了，开始积蓄全身的力量，准备做出不得不做的拒绝姿势，肌肉也随之绷紧起来。

"马瑟先生，我现在是个老头了。"嘶哑的嗓音还在继续，"我失败了——我是一个失败的人——不过现在我们没必要谈论这个了。我有个还没出嫁的女儿和我住在一起。她是办公室秘书，对我很孝顺。我们住在一起，你知道的，住在赛比街——那儿我们有一套公寓，一套很好的公寓。"

老头颤巍巍地叹了口气。他正在尝试着——同时也担忧——提出自己的请求。好像是关于保险的事。他有一张一万元的保险单，他凭着这张保险单的最大限额借了钱，如果现在筹集不了四百五十块的话，他将会失去那整个一万块了。他和他的女儿差不多只有七十五块钱。他们没有朋友——这之前他已经解释过了——他们发现对他们来说筹集那么多钱是件不可能的事情了……

马瑟再也听不下去这凄惨的故事了。他手头没钱，不过至少可以减轻老人因为求人而产生的巨大折磨。

"我很抱歉，莱西先生，"他尽可能温和地打断他的话，"我实在没能力借钱给你。"

"不借？"老头看着他，眼神黯淡，不停地眨着，说不上震惊，除了漠然几乎看不出有任何人类的情感。他表情的唯一变化就是嘴巴慢慢地张开了一些。马瑟目不斜视地盯着记事本。

"几个月后我们的孩子将来到这个世上,我正在为此攒钱。这个时候——要拿走我妻子或孩子的东西,对她来说是不公平的。"

马瑟的声音低下来,仿佛在喃喃自语。他发觉自己说的都是些陈词滥调,诸如"生意不好啦"之类——说得那么顺溜,简直令人作呕。

莱西先生没有争辩。他站起来,看不出明显的失望。只有他的手一直在颤抖,这令马瑟很担心。老人表达了歉意——不该在这时候来打扰他。或许事情还有转机。他原想如果马瑟碰巧有这么一大笔额外的钱的话——为什么呢,因为马瑟是他旧识的儿子,或许是可以求助的人。

当莱西离开办公室时,打不开外面那扇门。克兰西小姐帮他开了门。他依然双眼无神地眨着,嘴巴依旧微微张开着,卑微而失落地走到走廊上。

吉姆·马瑟站在桌前,双手捂着脸,突然打了个寒战,好像感冒了似的。事实上,外面下午五点钟的空气正像那热带的正午一样。

四

马瑟站在街角等车,等了一个钟头,傍晚的天气更显炎热。回家的车程二十五分钟,他买了一份粉红封面的报纸来提神。最近生活好像不那么快乐,不那么丰富多彩了。或许因为他懂得了更多的人情世故,或许匆匆流逝的岁月把生活的色彩一点一点地抹去了。

举个例子吧,今天下午发生的这类事以前从未有过。他无法从脑海中抹去那个老人的身影。他想象着老人如何顶着酷热步履沉重地回家——可能是步行回去的,为了省车费——如何打开狭小而闷热的公寓的门,对女儿坦白他朋友的儿子没能力帮他。整个傍晚他们都会盘算着,虽然毫无指望,直到对彼此道晚安——这对父女,无意中被世界孤立——然后各自躺在床上,毫无睡意,满腔悲凉和凄清。

马瑟等的电车终于来了,他找了一个靠前的座位,坐在他旁边的是一个老妇人;老妇人瞪了他一眼,很不情愿地让出了空位。车到下一站,一大群从百货商店出来的年轻姑娘挤满了电车过道,马瑟翻开报纸看起来。近来马瑟已不再沉醉于让座的习惯。杰奎琳说得对——他可以站着,那些无特殊情况的年轻姑娘们同样可以站着。让座是愚蠢的行为,不过是一种姿态。如今的社会,十个女人里九个都不会因为他让座而感谢他的。

车里热得透不过气来,他抹了抹额头的汗珠。此时通道已被挤得水泄不通;车一转弯,站在他座旁的女人就会突然被抛压到他肩膀上。虽然车里空气又热又臭,不能循环,马瑟还是深深地吸了口气,努力把精力集中到体育版面的漫画上。

"请往前边站站!"售票员嘶哑刺耳的声音穿透厚厚的人墙,"前面还有地方!"

人们勉强试图向前挤了一点,可很不幸,前边已经没有更多的空间了,人群并未能明显前移。车又转了个弯,那女人又撞向马瑟的肩膀。要在以前,他肯定会把座位让给她,就算为了不使自己老觉得她还站着,他也会这样做。这使他感到很不舒服,觉得自己是冷血动物。这辆车太恐怖了——太恐怖。大暑天，他们应该多派几辆加班车才是。

第五遍了，他看着报纸上的连环漫画。第二幅画是个乞丐，莱西先生颤巍巍的模样一次又一次地浮现在乞丐身上。天呐！或许那个老人真的已经快饿死了——或许他已经投河自尽了！

"曾经，"马瑟想道，"他帮助过我的父亲。也许，没有他的帮助，我的生活将是另外一番模样。但当时莱西先生有能力支付那笔钱——我现在却不能。"

为了把莱西先生赶出图画，马瑟拼命去想杰奎琳。他反复告诫自己，如果帮了这个曾经拥有机会但失败了而且现在已经出局的老头，等于是在牺牲杰奎琳。而杰奎琳从来没有像现在这样需要他。

马瑟看了看他的表。车已经走了十分钟了，还剩十五分钟的车程，可令人窒息的热度还在上升。身旁站着的女人又摇摇晃晃地撞了他一下。他看向窗外，他们正拐过市区的最后一个拐角。

他突然意识到，或许他毕竟应该把座位让给旁边站着的女人——她刚才挤撞他，显得特别疲惫不堪。如果他能确定她是个老太太的话——但是看一眼拂在他手臂上她的衣服的质地，又觉得她是个年轻姑娘。他不敢抬头看。他害怕看到她乞求的眼神，如果这双眼睛是年迈的——如果是年轻人的眼睛，他又害怕她会投来尖锐轻蔑的眼神。

在接下来的五分钟，他又迷迷糊糊地想了很多次这个问题，是否应该让座给那个女人。现在这个问题对他来说，显得尤为重要。他隐约觉得，让了座多少会弥补他下午拒绝莱西先生而产生的歉疚。连续干出两件冷漠无情的事太可怕了——而且是在这样的大热天。

他再次试着看漫画，但无济于事。得集中精力想杰奎琳才行。他现在已经精疲力竭了，如果再站起来，他会更累的。杰奎琳正在等他，她需要他。她一定心情抑郁，盼望着他能在饭后静静地拥抱她一个钟头呢。他要是先累坏了，这事可就做不来了。然后呢，等到他们上床睡觉了，她还会要他一会儿拿些药，一会儿端杯冰水。他讨厌做这些事的时候露出半点疲乏的样子。要不然，她会注意到，以后再需要什么东西的时候就不会再让他拿了。

站在过道里的那个女孩子又一次摇撞到他的肩膀上——这一次简直是要瘫倒了。她也太累了。是啊，工作就是辛苦。他脑海中闪现好多零碎的关于吃苦耐劳、整日辛苦劳动的谚语。活在世上的人都辛苦——就比如说这个靠着他肩膀的女人吧，整个身体都疲惫得快要瘫了。可是他得首先顾到自己的家啊，他心爱的人还在家里等他回去。他必须为她保存体力，他一遍又一遍地对自己说不要让座，不要让座。

这时他听见一声长长的叹息，接着突然响起一声惊叫，然后他感觉那女的已不再倚靠着他。那声惊叫引起了一阵阵的喧哗声——接着是一阵停顿——然后又是一阵喧哗声在车上传开来，乘客们高一声、低一声地呼叫着售票员。车铃声剧烈地响起来，热烘烘的电车猛地刹住了。

"有个女孩晕倒了！"

"太热了，她受不了了！一下子就倒下去了！"

"快躲开！你，快让道啊！"

人群一下子分开了。前面的乘客往后挤，后面站在平台上的乘客立刻跳下车。大家突然开始交谈着，好奇和怜悯之情充盈车厢。想要帮忙的人们加入了助人行列。这时铃声又响起来，吵闹的声音再度升高。

"把她抬出去吧？"

"咳，看到了吗？"

"这该死的汽车公司应该——"

"你看到那个抬她出去的男人了吗？他也是脸色苍白得像个鬼似的。"

"是的呢，但你听到——？"

"什么？"

"那个家伙啊。那个抬她出去的脸色苍白的家伙。他就坐在她旁边——他说她是他的妻子！"

屋里悄然无声。一阵微风掠过，阳台上黑色葡萄藤上叶子纷纷趴回藤上，几缕疏落的月光漏进来，洒落在藤椅上。杰奎琳的头枕着他的胳膊，静静地斜卧在长沙发上。一会儿，她慵懒地动了下，伸出去的手轻轻地拍拍他的脸颊。"我想去睡觉了，我好累啊。你能扶我起来吗？"

他抱起她，然后又把她放在靠垫之间。

"我一会儿就来陪你，"他温和地说道，"能等我几分钟吗？"

他走进亮着灯的起居室，她听见他翻动电话簿的声音，随后他拨了一个号码，她聆听着。

"你好，是莱西先生吗？嗯——是的，这事的确很重要——要是

221

他还没睡觉的话。"

声音暂停。杰奎琳能听见不知疲倦的小麻雀在大路边的木兰树上叽叽喳喳地欢叫着。片刻后电话旁传来丈夫的声音。

"是莱西先生吗？喂，我是马瑟。呃——呃，关于今天下午我们谈论的那件事，我想，不管怎么样我还能解决。"他提高了点嗓门，好像接电话的人听不清似的。"我说，我是詹姆斯·马瑟的儿子——关于今天下午的那件小事——"

（何绍斌　刘成霞　译）

明智之举

一

又到"伟大的美国午餐"时间了，年轻的乔治·奥凯利一丝不苟地收拾着办公桌，做出一副热爱工作的样子。办公室的同事根本不知道他其实急着离开，装作胸有成竹的样子不过是造一种气势，表面上专心工作，而心思早已飞到七百英里之外去了，这种情况实在不宜"广而告之"。

一走出办公楼，他立即咬紧牙关，向前飞奔，只顾得上偶尔扫一眼早春的时代广场。正午时分，在人们头顶上不到二十英尺的空气里，已充满了宜人的春意。人们纷纷微微翘首，呼吸着早春三月的气息，但阳光眩目，你看不清我，我也看不见你，只能看见天空中自己眼睛产生的幻影。

心思已飞到七百英里之外的乔治·奥凯利没有与这春天沉瀣一气，反而觉得户外一切糟糕透顶。他急匆匆地冲进地铁，在地铁驶过九十五个街区的行程中，他一直烦躁地瞄着一块车内宣传牌,上面生动地显示着为何只有五分之一的人能将牙齿健康保持十年。到了一三七街车站,他终于放下了研究商业艺术的兴趣,离开地铁站,又开始奔跑起来。他心里着急,跑得忘了疲倦,这次终于一口气跑到了自己的家——位于多数人都不知道的某地段一幢破旧高层公寓里的一间屋子。

房间书桌上摆着一封信——墨迹、信笺都透着神圣——乔治·奥凯利的心怦怦直跳,全城的人如果仔细听,都能听见他的心跳声。他读着信,一个逗点、一处墨渍、边页空白处的一块手指印都不轻易放过——读完后颓然倒在床上。

他的生活一团糟,是穷人生活中常见的状况中最坏的那种,穷困如影随形,如猎鸟捕食般难以摆脱。不知为什么,别的穷人不管是境遇变差或转好,还是做出错误决策或毫无改变,他们总会有他们自己的办法来应付——但乔治·奥凯利初尝穷滋味便不堪忍受,因此如果有人说他的情况没什么特别,他一定会莫名惊诧。

他以优异的成绩从麻省理工学院毕业还不到两年,毕业后就职于田纳西州南部一家建筑公司。工作前他的生活中只有隧道、摩天大楼、拦水大坝以及高耸的三塔桥等概念,这些事物对他而言犹如手牵手站成一排的舞蹈者,舞者们头颅高昂,像一座座城池,舞裙翩跹,像凌空的电缆。让河流改道,使山岳变形,世界上那些少有人涉足的古老而贫瘠的土地也因之而变得丰饶富足,这在乔治·奥凯利看来是多么浪漫的事业啊!他喜爱钢铁,梦中也总出现钢铁的形象——液体钢、钢条、钢块、钢梁,还有不成形的可塑钢——等他去创造挥洒,犹如画家手中的颜料和画布。无尽的钢铁有待他灵感的火焰去锻造,铸成或可爱或严肃的形象……

而如今，他却在一家保险公司当小职员，一周挣四十美元，梦想已抛在脑后。这一切糟糕状况——可怕的、难以忍受的状况，都是一个皮肤黝黑、个子娇小的姑娘造成的，而此刻她正在田纳西一个小镇上等他去见面呢。

一刻钟后，转租房间给他的那个女人来敲门，问他既然在家是否愿意一起吃午饭，这番善意没让他感激反令他不快。他摇摇头拒绝了，但这一插曲倒使他想起了什么，赶快从床上爬起来，写了一封电报。

"来信让我难过你疯了吗你真傻不安就要分手吗何不立即结婚我们一定会渡过难关——"

他犹豫了片刻，思绪乱极了，然后用他自己都难以辨认的笔迹加了一行字："无论如何明晨六点到。"

写完电报，他跑出公寓，奔向地铁站旁的电报局。他全部财产还不到一百美元，可是她的来信显示她很"焦虑"，他就别无选择了。他明白"焦虑"所指——说明她情绪很坏，想到结婚后要穷困一辈子心里就很纠结，这纠结让她的爱情背负了无限压力。

乔治·奥凯利像往常一样跑着去保险公司。跑步似乎成了他的第二本能，也最充分地体现了他生活中遭受的压力。他径直走进经理办公室。

"我想见你，钱伯斯先生。"他气喘吁吁地说道。

"是吗？"两只眼睛对着他，像冬天的窗户，冷冰冰的，没有一点人情味。

"我要请四天假。"

"干什么?两周前你不是刚请过假吗?"钱伯斯先生有些茫然。

"没错,"心急如焚的小伙子坦承道,"可现在我又需要请假。"

"上次你去哪里了?回家?"

"没有,我——去了田纳西某个地方。"

"那么,你这次又想去哪里?"

"唔,这次我想去——还是田纳西某个地方。"

"你倒是挺执着嘛!"经理面无表情地说,"可我怎么不知道你是来这里做旅行推销员的呀!"

"我不是,"乔治绝望地吼起来,"但是我必须走。"

"那好,"钱伯斯先生表示同意,"不过走了就别再回来,不要回来了。"

"决不回来。"听了这话,不仅钱伯斯先生大感讶异,乔治自己也大吃一惊,脸色微红,心里却很惬意。他感到很快乐,又舒心又自豪——六个月以来,他第一次感到无比自由舒畅。他眼里甚至涌出感激的泪花,并热情地抓住钱伯斯先生的一只手。

"我得感谢你,"他动情地说,"我真不想回来了。如果你说我还可以回来,我想我会疯掉的。你知道,我自己无法开除我自己,所以我要感谢你——你终于开除了我。"

他风度十足地摆摆手,高声说:"你还欠我三天薪水,不过你可以自己留着!"言毕,他就冲出办公室。钱伯斯先生立刻按铃叫他的速记员进来,问他奥凯利最近是否看起来有些反常。在他的职业生涯中,他炒过无数人的鱿鱼,他们接受解雇的方式各不相同,但就是没人感谢过他——一次也没有。

二

她的名字叫琼奎尔·卡里。她在站台上一看到他,就急切地飞奔过去,乔治·奥凯利从未见过她的面色如此清新、苍白。她伸出双臂,双唇微张,等他来吻,随即又有些窘迫,突然将他轻轻一推,四下张望。两个小伙子,看上去比乔治年纪小点,正站在她身后。

"这两位是克拉多克先生和霍尔特先生,"她兴奋地说,"你以前在这里时见过他们的。"

期待中的亲吻突然变成对两个外人的介绍,乔治一时有些转不过神来,对眼前的一幕心里开始犯嘀咕;当他发现载他们去琼奎尔家的汽车竟然属于那两个家伙中的某个人时,他越发困惑起来。他马上明白自己似乎处于某种不利地位。一路上,琼奎尔和前后排的人叽叽喳喳说个不停,而当乔治在暮色掩盖下试图去搂她时,她却快速一闪避开了,只让他抓住她的手权作安慰。

"这是去你家的路吗?"他低声问,"我不认识这条路。"

"这是条新干道。杰瑞今天刚买了车,他想在载我们回家之前让我见识见识。"

二十分钟后,车到琼奎尔家了,乔治感到相见的欢愉以及在车站里她眼中确切无疑的快乐,都被这趟车程给搅了。他期盼的某种东西就这样烟消云散了,心里一直鼓捣着这事儿,和两个小伙子道别时也显得心事重重的样子。后来,琼奎尔在前厅昏黄的灯光里给了他一个熟悉的拥抱，用各种方式——最好的当然是"无声胜有声"——告诉他她多么想念他，他心中的愤怒才逐渐平息下来。她的动情之举给他吃了定心丸，让他觉得一切如旧，不用担心。

他们并排坐在沙发上，除了断断续续的几句情话，面对彼此反而不知道说什么、做什么。晚餐时间，琼奎尔的父母出来了，看到乔治很高兴。他们喜欢他，一年多前他第一次来田纳西时，他们对他的工程师事业也很感兴趣。乔治放弃工程师工作，跑到纽约去找赚钱更快的职业时，他们表示过遗憾。尽管他们对他放弃原来的工作感到惋惜，但很同情他，也愿意接受他与女儿的婚约。晚餐中，他们还问起了他在纽约的情况。

"一切都很顺利，"他热情地回答道，"我升职了——薪水涨了。"

说这些话时，内心很痛苦——不过他们很高兴。

"他们肯定很欣赏你，"卡里太太说，"必定是这样——不然他们不会让你三周内两次离开到这里来的。"

"我跟他们说必须让我走，"乔治连忙解释道，"我说不让我走，我就不为他们卖命了。"

"不过你也该存些钱了，"卡里太太温和地嗔怪道，"车费这么贵，别把钱都浪费在路上。"

晚餐结束，只剩下他和琼奎尔时，她重新偎依到他怀里。

"你在这里我好开心，"她叹息着说，"希望你永远都不要再离开了，亲爱的。"

"你想我吗？"

"嗯，很想，特别想。"

"那你——有没有其他人常来找你？比如那两个小伙子？"

这个问题让她颇感意外，黑丝绒般的双眼直视着他。

"怎么啦？当然，他们常来找我，一直找我。怎么回事？我在信里告诉过你他们经常找我，亲爱的，你忘了？"

这倒是真的——他初次到这个城市时便发现，她身边围绕着一大群男孩子，他们正是青春萌动的年纪，喜欢她的娇美柔媚，也有些人觉得她的眼睛很漂亮，透着聪明和友善。

"你希望我哪儿也不去吗？"琼奎尔责问道，身体向沙发靠垫靠去，直到视线像是从遥远的地方投过来，"然后就抱着我的手安静地坐着——永远这样？"

"你什么意思？"惊慌中他脱口问道，"你是说我永远都没有钱，娶不成你吗？"

"噢，乔治，别急于下结论。"

"我没有急于下结论，这可是你说的。"

乔治突然意识到自己的处境很危险，他从没有打算让任何事情破坏这个夜晚的氛围。他试着再次揽她入怀，可她意外地躲开了，借口道："太热了，我去拿电扇。"

电扇调好后，他俩又坐下来，可是他极度敏感，不由自主地又挑起了原本要避免的具体话题。

"你何时才嫁给我？"

"你准备好了娶我吗？"

他的神经猛然间受到刺激，气得霍地站起来。

"关掉那可恶的电扇，"他大声嚷道，"快把我吹疯了，像个闹钟

231

似的,滴滴答答响个没完,把你我共度的时间都给耽误了。我来是找快乐的,忘掉有关纽约的一切不快吧,时间——"

他突然又一屁股坐进沙发里,与他站起来一样没有预兆。琼奎尔关掉电扇,把他的头按下来,放在自己的双腿上,开始轻轻抚摸他的头发。

"我们就这样坐着吧!"她温柔地说道,"就这样安安静静地坐着,我来哄你入眠。你太累了,太紧张,你的心上人来安抚你。"

"但是我不想这样坐着,"他抗议道,刷地坐直了,"我一点也不愿这样枯坐,我要你吻我,那样我才能真正得到休憩。况且,我不紧张——是你在紧张,我一点也不。"

为了证明他不紧张,他离开沙发,走到对面去,扑通一声歪进一把摇椅里。

"正当我做好准备要娶你的时候,你写来那么一封最让我担惊受怕的信,似乎你想变卦了,我才不得不急匆匆地赶来——"

"你不想来的话可以不来。"

"可是我的确想来呢!"乔治坚持道。

他似乎觉得自己很冷静,一切言行都在理,而她老是故意曲解他的意思。就这样,每说一句,他们之间的鸿沟就加宽一点——而且,他已无法停下来,或使自己的声音听上去不那么焦虑和痛苦。

不一会儿,琼奎尔开始伤心地抽泣起来,他回到沙发上,伸出手臂搂住她。这次,他充当起了安抚者,将她的头拉过来靠在自己的肩膀上,低声讲述一些陈年旧事,直到她慢慢平静下来,只在他怀里偶尔微微地颤抖着。他们就这样坐了一个多钟头,直到傍晚时分,街上传来最后一组钢琴音符。乔治坐在那里,没有动作,没有思考,没有展望,一种不祥的预感让他麻木了。时钟还会滴滴答答地走下去,过了十一点,过了十二点,然后卡里太太从楼上的栏杆处轻声地提醒他们——除此之外,他只预见明天的情景和绝望。

三

第二天最热的时候,关系决裂的时刻终于到来了。他们彼此都猜度过对方的真实想法,不过两人中,她对眼下的处境做了更充分的思想准备。

"没必要再干下去了,"她悲伤地先开口道,"你也明白,你讨厌保险业,所以你永远也做不好。"

"并非如此,"他固执地坚持道,"我讨厌一个人干。如果你嫁给我,跟我走,和我一起面对,我相信我可以搞定任何事情,但你不在我身边,我总是为你担惊受怕,就干不好。"

她沉默了很长时间都没有答话,并非在考虑什么——她已经看到了结局——而是在等待,因为每句话都似乎比上一句更加残忍。终于,她还是开口了:"乔治,我是全心全意地爱你的,所以除了你我不会爱上任何人。如果两个月前你做好了迎娶我的准备,我肯定已经嫁给你了——但现在我不能嫁了,因为现在谈婚论嫁似乎不合时宜。"

他便毫无理智地指责她——她肯定另有他人了——她对他有所隐瞒,如此等等!

"不,我没有别人。"

她的确没有。但和乔治的恋爱使她备感沉重,她便和杰瑞·霍尔特这样的小伙子们混在一起,且感到十分轻松,和他们在一起的好处是她没有任何负担。

乔治却没看清眼前的形势,一点也没有。结果他一把将她拉入怀抱,试图吻她,迫使她马上答应结婚。这一招没有奏效,他便开始独自絮叨起来,说些自怨自艾的话,没完没了,直到他看见对方眼里流露出鄙夷的神情才停下。他又威胁说立刻就走,其实并不想走,而当她也说离开毕竟是他的最佳选择时,他却不答应了。

她一会儿伤心难过,一会儿满心怜悯,举棋不定。

"你最好现在就走吧!"最终,她大声说道,声音大得惊动了楼上的母亲,母亲走下楼来,问:"发生什么事儿了吗?"

"我要离开这里了,太太。"乔治费力地说道。琼奎尔此时已离开这个房间了。

"乔治,别难受。"卡里太太爱莫能助地对他眨眨眼——表示遗憾,同时她也感到欣慰,毕竟这个小小的悲剧就快收场了。

"我要是你,就回到妈妈身边去待上一个星期左右。也许,这毕竟才是明智的做法——"

"求求你别说了,"他哭叫道,"求你现在什么也别说了!"

琼奎尔再次回到这个房间,悲伤和焦虑什么的,已掩盖在厚厚的脂粉和帽子下,看不见了。

"我叫了辆出租车,"她冷冷地说道,"我们可以在车上兜风,一直到你的火车出发。"

她步出门走进门廊里。乔治披上外套,戴上帽子,在客厅里站了片刻，身心俱疲——离开纽约以来，他几乎没有完整地吃过一口饭。卡里太太走过来，拉低他的头，亲了亲他的面颊。他深知这一幕是可笑又虚弱的，因为最后一幕总是可笑而虚弱的。要是昨天晚上就离开了该多好啊——最后一次体面而有尊严地离她而去。

出租车来了，这两位曾经的恋人坐在车里，在人迹稀少的街道上兜了一个小时。他拉着她的手，沐浴着阳光，他变得平静多了，也明白此时无论做什么或说什么，已于事无补了。

"我会回来的。"他告诉她。

"我知道你会的，"她答道，尽力使自己的声音更欢快、自信些，"我们还可以写信——偶尔。"

"不，"他说，"我们不要写信，我受不了。总有一天我会回来。"

"乔治，我永远不会忘记你。"

他们终于到火车站了，他买票时她跟在他后面……

"嗨，是乔治·奥凯利和琼奎尔·卡里！"

叫他们的是一男一女，乔治在本城工作时认识的。琼奎尔看到他们在场，似乎松了口气。他们站着交谈了五分钟，那五分钟漫长得像没有尽头似的。火车终于轰鸣着进站了，他向她伸出双臂，脸上还挂着隐藏不住的痛苦。她犹犹豫豫地向他迈了一步，差点没站稳，然后像与一位萍水相逢的朋友道别似的，飞快地握了一下他的手。

"再见，乔治，"她说，"旅途愉快！"

"再见，乔治。记得再回来看我们大家。"

乔治痛苦得麻木了，几乎不知道疼痛了，他抓起手提箱，恍恍惚惚地上了火车。

火车咣当咣当地驶出城区铁路平交道,在广袤的郊区加速驶向落日的方向。也许,在她的怀旧梦里他还没有完全消逝前,她也会凝望这同一个落日,驻足欣赏,然后一转身就开始追忆往昔。今夕的暮色将永远掩藏今日之阳光,掩藏今日之绿树鲜花,掩藏他青春时代的欢声笑语。

四

第二年九月,一个潮湿的下午,一位脸庞晒成古铜色的年轻人在田纳西某个城市下了火车。他焦急地环视了一番,发现车站并没人来接站,他似乎释然了。他乘出租车去了本市最好的宾馆,带着几分得意地登记:乔治·奥凯利,来自秘鲁的库斯科。

在楼上的客房里,他临窗坐了几分钟,眺望下边那些熟悉的街道。接下来,他拿起电话话筒,手有些发抖,拨了一个号码。

"请问琼奎尔小姐在吗?"

"我就是。"

"啊——"他克制了声音里一阵微弱的颤抖,继续用友好而礼貌的口吻说,"我是乔治·奥凯利。你收到我的信了吗?"

"是的,我猜你应该今天到的。"

她的声音冷静而平淡,让他有些惶惑,这不是他期望中的声音。这是一个陌生人的声音,毫不兴奋,令人愉快地表达着乐意见面的意思——仅此而已。他真想挂断电话,喘口气。

"我已很久——没有见你了,"他终于使自己的声音变得漫不经心起来,"超过一年了吧。"

他当然知道有多久未见了——迄止今日。

"能再次和你说话,真是美妙极了。"

"我半小时后到你那里。"

他挂断了电话。过去的四个漫长季节里,他闲下来的每一分钟都在憧憬此刻,而今此刻终于到来。他曾想象过再相见时发现她结婚了、订婚了或爱上别人了——就是没有想到,他的归来并未使她心里翻江倒海。

他觉得,以后的人生中,再也不会出现刚刚经历过的十个月那样的机遇了。过去十个月,作为一个年轻的工程师,他的表现的确可圈可点——那是他撞了两次大运,第一次在他刚刚离开的秘鲁,第二次则是第一次附带来的,发生在他即将去的纽约。短短十个月,他已从一个穷光蛋变成了一个前途无量之人。

他站在穿衣镜前打量自己:皮肤晒得黝黑,可那是一种浪漫的黑。上周他刚好有时间想这事儿,黑皮肤让他感到十分满意;他的外形也变得粗犷了,他带着几分着迷的心情欣赏着自己的形象;他的眉毛不知在哪里也弄掉了一块,而且膝盖上还缠着弹性绷带,可他太年轻了,没有注意到船上有许多女人用一种饶有兴味的眼神在打量他。

当然啦,他的衣服也挺雷人的,是利马一个希腊裁缝做的——两天之内做好的。也是他太年轻,没能在上封信中把裁缝造成的缺陷跟琼奎尔解释明白,信中要说这事本应该很简短的。除此之外,信中提到的唯一具体事情就是请求不要去车站接他。

秘鲁库斯科城来的乔治·奥凯利在宾馆里等了一个多小时,直到——准确地说——太阳刚好爬上半空。然后,他剃了胡须,扑了爽身粉,使自己看起来更像个白种人;最后一刻,虚荣还是压倒了浪漫。他预定了出租车,准备出发去那座他十分熟悉的房子。

他呼吸有点急促——他意识到了,可他跟自己说这是因为兴奋,不是因为感情。他回到了这里,她还没有结婚——这就够了。他甚至不确定该跟她说些什么,可这是他生命中最重要的时刻,他觉得绝不能随随便便就打发了。毕竟,与姑娘无关的成功算什么成功呀!如果他不能将他的成功如贡品般地放在她脚下,至少他也可以将它举起来从她眼前走过,让她看一眼。

房子突然耸立在他身旁,他的第一感觉是这房子有些奇怪,有些不真实。其实房子本身毫无变化——是房子之外的一切改变了。这房子看上去似乎比过去小,也比过去寒酸了——房顶不再笼罩在奇幻的云彩里,楼上窗户的灯光也不再魔幻。他按了门铃,开门的是一个新来的有色人种女佣,她告诉他琼奎尔小姐过会儿就下来。他紧张地润了润嘴唇,走进起居室——那种不真实感愈加强烈了。他明白,这屋子毕竟只是个普通的房间,而不是那间让他度过痛苦的数小时、又让他魂牵梦萦的闺房。他坐在一把椅子上,竟然惊讶地发现他坐的是椅子,于是他意识到是他的想象力将一切简单而熟悉的东西变了形、着了色。

门开处,琼奎尔走了进来——霎时,客厅里的一切似乎都模糊起来。他已记不起她曾经有多漂亮,只感到脸色变得苍白,声音在喉咙里缩成一声微弱的叹息。

她身着淡绿色衣服,乌黑直溜的头发挽在脑后,用一根金色带子束着,像戴着王冠。她跨过大门时,熟悉的黑丝绒般的双眼与他的眼睛直接相对,一阵因害怕引起的颤抖传遍全身——她美得令人心悸!

他招呼道:"你好。"他们都向前走了一步,握了握手。然后,他们各自坐在遥遥相对的椅子里,彼此对望着。

"你已经回来啦。"她说。他也语气平平地回答道:"我想既然经过此地就顺道来看看你。"

他极力想平复声音中的伤痛感,于是故意避开她的脸,看着别处。他应该主动说话,可是除了立即开始吹嘘自己的成功,他似乎也没什么可说的。他们之前的关系可不是一个轻松自在的话题——此情此景下谈论天气似乎也不大合适。

"真是太可笑了,"他突然尴尬地脱口而出,"我不知道究竟该做什么。我来这里打搅你了吗?"

"没有。"回答既克制又无热情,令人伤心,让他感到沮丧。

"你订婚了吗?"他问。

"没有。"

"你有恋人了吗?"

她还是摇摇头。

"噢!"他向椅背上一靠,另一个话题似乎也无话可说了——这次谈话可不是按他预想的那样进行的。

"琼奎尔,"他又开口了,这次语气柔和了些,"我们之间毕竟有过一段,所以我想回来看看你。将来我无论干什么,都不可能像爱你一样爱另一个姑娘了。"

这句话是他预演过的台词之一。他在船上说这番话时，似乎语气恰好合适——能从那语调中听出他向来对她的柔情蜜意，又能表现他现在对她无所谓的态度。此时此地，往昔的一幕幕如影随形，挥之不去，他的心越来越沉重；此时说这种话无异于在演戏，而且都是些陈腔滥调。

她未置可否，坐着一动不动，只静静地凝视着他，表情很难捉摸，似颇有深意，又似毫无所指。

"你不再爱我了，对吗？"他问道，语调冷静。

"不爱了。"

一会儿卡里太太走过来，同他谈起有关他成功的故事——当地报纸曾用半个版面报道过他的事迹——他听了却五味杂陈。他明白他依然爱着眼前这个姑娘，也深知往昔时光时不时就会浮现脑海——事情就这么简单。至于别的事情，他则必须坚强谨慎，走一步看一步。

"现在，"卡里太太对他俩说，"我想让你俩陪我去看望一位太太，她种了许多菊花。她专门告诉我说很想见你，因为她在报上读过你的事。"

他们于是去看望种菊花的太太。走在街上，他注意到她娇小的步伐总是精确地落在自己的步子间，这一发现让他有点兴奋。那位太太显得很和善，菊花开得很大，漂亮得非同凡响。花园里到处都是菊花，白的、粉的、黄的，应有尽有，置身其间，仿佛又回到盛夏。那位太太家有两个这样种满菊花的花园，中间隔着一道门。当他们信步走向第二个园子时，那位太太先通过那道门。

接着出现了令人好奇的一幕。乔治站在门边，让琼奎尔先过去，可是她没有动步，而是静立一旁，目不转睛地盯了他一会儿。她说不上有什么表情——不是微笑——因为那是一个默默无语的时刻。四目相对，他俩的呼吸都变得稍微急促了些，然后他俩走进了第二个花园。仅此而已。

下午时光渐渐消逝。他们谢过那位太太，慢慢步行回家去，两人并排走着，都心事重重的样子。整个晚餐中，两人也没说话。乔治给卡里先生讲了些发生在南美洲的事情，巧妙地传达这样一个信息，即他未来的一切都会一帆风顺。晚餐结束后，在这个见证过他俩爱情开端和结尾的房间里，又只剩下他俩了。对他而言，这一切似乎已是很久以前的事了，心头涌起一种难以言喻的忧伤。在那张沙发上他曾经感受过巨大的痛苦和悲伤，其程度之深之烈，今后再也不会有这样切肤的感受了。同样他也不会再像过去那样意志脆弱、身心疲惫、精神痛苦和生活困厄了。然而，他也明白，那个莽撞小伙十五个月前所拥有的一些东西，如信任、热情也将永远随风而逝了。这真是明智之举——他们都做了合情合理的事情。他用青涩的青春换取了力量，把绝望打磨成了希望。但在失去青春的同时，生活也没收了他的爱情——曾经鲜活甜美的爱情。

"你不会嫁给我了，对吗？"他问话的语气很平静。

琼奎尔摇摇头。

"我永远也不会嫁人了。"她回答道。

他微微颔首。

"早上我就要去华盛顿了。"他说。

"嗯——"

"我必须去。本应该乘第一班车去纽约的,但想在华盛顿稍作停留。"

"去办事?"

"不……嗯,"他似乎不大愿意说,"我得去见个人,一个曾对我很好的人,尤其是当我——生活一塌糊涂的时候。"

这个人是杜撰的。华盛顿根本没有他要见的人——但他边说边仔细观察着琼奎尔,他能肯定她稍稍皱了皱眉,眼睛闭上,然后再完全睁开。

"不过离开之前,我想告诉你,见到你以后发生在我身上的一些事情,况且,因为我们可能再也不会见面了,我想是否——如果仅此一次,你是否愿意像以前一样坐在我的腿上。要是这里有别人,我也不会提这样的要求——不过——也许这没什么关系。"

她点点头,很快,如同在那个远逝的春天经常做的那样,她坐到他的腿上了。她的头一靠到他肩上,一接触他那熟悉的躯体,他立刻如触电般感受到一股强烈的情感之流传遍全身。抱住她的双臂有将她抱得更紧的冲动,于是他向后靠了靠,开始若有所思地对着空气讲起来。

他告诉她,上次分别后,他在纽约度过了绝望的两周,然后应聘到新泽西州一家建筑公司,工资不高但很有吸引力。秘鲁的工程项目刚拿到时,谁也没料到它会带来什么特别的机遇。工程地路途遥远,他被派去担任第三任助理工程师,而此行美国公司方面派员中只有十个人,其中还包括八个标尺手和测量员,曾去过库斯科。十天后,美国工程队的领队死于黄热病。他的机会终于降临,一个绝佳的机会——只要不是傻子,对任何人都是个好机会。

"只要不是傻子,对任何人都是个好机会?"她很天真地问道。

"即使是个傻子,"他继续说,"机会太好了。于是,我给纽约发了电报——"

"于是,"她再次打断他,"他们给你回电报说你应该抓住这个机会?"

"必须的,"他高声道,依然向后靠着,"我必须抓住,我没有时间可浪费了——"

"一分钟也没有?"

"一分钟也没有。"

"甚至没有时间去——"她停住了。

"去干什么?"

"看看。"

他的头突然向前俯下,她的身子也同时向他靠近,嘴唇半张,如半开的花瓣。

"不,"他堵在她的嘴唇上呢喃道,"这世上有的是时间……"

这世上有的是时间——他的一生和她的一生。但是在他吻她的一瞬间,他忽然明白,纵然穷尽余生,也无法找回曾经的人间四月天。此刻他可以紧紧地搂着她,直搂到手臂肌肉痉挛——她真是个教人欲罢不能、卓尔不群的尤物,他曾为此努力过,也拥有过——但暮色中或夜风里耳鬓厮磨、呢喃低语的情景已一去不返了。

哎!任其自然吧,他想。四月已逝,四月已逝。世上千种爱,真爱唯且一。

(何绍斌 译)

格雷琴的四十次眨眼[1]

---

[1] 此篇亦收录到《爵士乐时代的故事》里。

一

　　枯叶飘落在人行道上，刮得地面沙沙作响；隔壁调皮的小孩伸出舌头舔铁皮邮筒，一下给冻住了。天黑前会下雪，一定会。秋天已然过去。当然这就意味着取暖的煤炭和如何准备圣诞节等问题会接踵而来；可是，罗杰·霍尔西站在自家前门的门廊上。望着郊外死气沉沉的天空，心想自己可没工夫去管天气。然后，他匆忙进了屋，关上门，把天气问题留给屋外冰冷的暮色。

　　门厅里黑黢黢的，但是楼上有说话声，是妻子、保姆和小宝宝之间没完没了的对话，诸如"不要！""小心，马克西！""哦，他跑到哪里去了！"等，中间还夹杂着愤怒的威胁声、微弱的撞击声以及反复出现的一双小脚试探走路的声音。

　　罗杰打开门厅的灯，走进客厅，打开罩着红丝绸灯罩的灯。他把胀鼓鼓的公文包放在桌上，坐下来，一只手托住紧绷着的年轻面孔,尽量避开灯光,这样一动不动地坐了几分钟。接着他点上一支烟,随即又把烟摁灭了,走到楼梯口叫他的妻子。

"格雷琴!"

"哈啰,亲爱的,"她声音里满是笑意,"快上来看看宝宝。"

他轻声骂了一句。

"我现在没法看宝宝,"他大声说道,"你多久才能下来?"

一阵异样的短暂沉默之后,又传来一连串"不要!"和"当心,马克西!"之类的话,很显然是为了避免一场威胁口气引发的灾难。

"你过多久才下来?"罗杰有些生气,再次问道。

"噢,我马上下去。"

"马上是多久?"他叫嚷道。

每天这个时候,把适应城市快节奏的语调换成模范家庭应有的正常而漫不经心的语调,对他来说真不那么容易。不过,今天晚上,他故意显得不耐烦。但看见格雷琴一步三级地奔下楼梯,一边还相当惊讶地喊着"出什么事了?"他几乎装不下去了。

他们互吻着——吻了好一阵。他们已结婚三年,但他们之间的爱意比普通的三年夫妻浓多了。他们之间很少有年轻夫妇间才会有的那种强烈的厌恶感,因为罗杰对她的美貌依然欲罢不能。

"到这边来,"他突然开口道,"我有话和你说。"

他妻子——一个肤色亮丽、长着提香红[①]头发、如法国布娃娃般

[①] 提香(Titian,1488—1576),意大利画家,擅长用鲜亮的颜色作画,并常常突破传统画法,创作了许多世俗的神话作品。提香曾用鲜亮的红褐色画过许多人物的头发,19世纪初,Titian 这个词逐渐被用来指像提香笔下一样的红褐色的发色。

生动的女子——跟着他进了客厅。

"听着,格雷琴,"他坐在沙发角上,"从今晚开始,我准备要——怎么了?"

"没什么,我只是在找支香烟,你接着说。"

她屏住气蹑着脚走回沙发边,在沙发的另一角坐下来。

"格雷琴——"他再次打住了话头。原来她一只手,掌心朝上,向他伸了过来。"呃,怎么了?"他粗暴地问道。

"火柴。"

"什么?"

他很不耐烦的时候,她居然问他要火柴,这似乎是不可思议的行为,可他还是不由自主地把手伸进了口袋。

"谢谢,"她低声说,"我不是故意打断你。接着说吧。"

"格雷——"

嚓——!火柴点着了。他们紧张地对视了一下。

这一次,她那小鹿般的眼睛流露出无声的歉意,他笑起来。毕竟,她也没做别的,不过是点支烟;可是,他心情烦闷时,她的最轻微但确定无疑的动作都会恼得他无以复加。

"如果你有时间听我说话,"他气呼呼地说,"也许你会有兴趣和我讨论一下贫民救助站的问题。"

"什么救助站?"她惊讶得瞪大了双眼,然后一动不动地坐着,静如处子。

"我这么说是为了吸引你的注意力。不过从今晚开始,我将进入也许是我生命里最为重要的六周——这六个星期将决定你我是否将永远地住在这个糟糕透顶的郊区小镇的糟糕透顶的小房子里。"

格雷琴黑眼睛里的惊慌转为了厌倦。她是个南方姑娘,任何牵涉到如何在这个世界上攫取成功的问题总是会令她头疼。

"六个月前我离开了纽约印刷公司,"罗杰宣告着,"为了自己的前途我进了广告业。"

"我知道,"格雷琴充满怨气地打断他,"所以现在我们没了每个月六百块稳定的收入,而要靠无法保证的五百块过日子。"

"格雷琴,"罗杰机敏地接过话头,"如果你能无条件地相信我,坚持六个多星期,我们就有钱了。我眼下有一个机会,可以争取到一些全国最大的客户。"他犹豫了一下,接着说道:"因此在接下来的六个星期里我们哪儿也别去,也不邀请别人到家里来。我每晚都要把工作带回家里做,我们会把所有的百叶窗都拉下来,即使有人摁门铃,我们也不开。"

他漫不经心地微笑着,好像他们将要玩一种新型游戏。随后,因为格雷琴一言不发,他的笑容也渐渐消失了,无所适从地看着她。

"喂,你怎么啦?"她终于蹦出一句话来,"你希望我跳起来并歌唱欢呼吗?你的活已经干得够多了。如果还要加码,你早晚会得神经衰弱症的。我读到过一个——"

"别为我担心,"他打断她,"我没事。只是每个傍晚都让你在这里枯坐,你一定会烦闷的。"

"不会,我不会的,"她违心地说道,"只是今晚不行。"

"今晚怎么了?"

"乔治·汤普金斯邀请我们一起去吃晚饭。"

"你答应了?"

"我当然答应了,"她不耐烦地说,"为什么不呢?你总是说这里的邻里关系多么糟糕,我原以为你也许愿意去一个好一点的地方换换心情。"

"如果我要去一个好一点的地方,那我就想永远留在那里。"他沉着脸道。

"噢,那我们去吗?"

"你既然都答应人家了,我们只好去了。"

这场对话就这么突然地结束了,他有点气恼。格雷琴高兴得跳起来,草草地吻了他一下,奔进厨房点火烧水,准备洗澡。他叹了口气,小心地将公文包放到书柜后面——其实包里不过是些广告展览的草图和布局图,而在他看来却是强盗进门后的首要目标。然后他心不在焉地走上楼去,顺便走进宝宝的房间,随意地给了孩子一个浅吻,接着开始为赴约穿戴起来。

他们没有小汽车,所以乔治·汤普金斯六点半过来接他们。汤普金斯是个成功的室内装潢商,长得膀大腰圆,红润的脸上蓄着漂亮的胡须,身上散发着浓郁的茉莉花香味。他和罗杰曾是纽约的一所寄宿制公寓的隔壁邻居,可最近五年里他们的交往并不多。

"我们应该更多地来往,"当天晚上,他对罗杰这么说,"你应该更经常地出去走走,老伙计。鸡尾酒,好吗?"

"不用,谢谢。"

"不用?好吧,你的漂亮老婆总要来点吧——对吗,格雷琴?"

"我喜欢这房子。"她一边慨叹,一边接过酒杯,同时羡慕地看着

251

室内的摆设——轮船的模型、殖民时代的威士忌酒瓶及其他一九二五年流行的各种玩意。

"我喜欢这里,"汤普金斯满足地说,"我这样装修是为了自己高兴,我做到了。"

罗杰闷闷不乐地环视着这个装饰别扭、格调平庸的房间,寻思着他们是否误入了人家的厨房。

"你看上去很拼命,罗杰,"主人说,"喝点鸡尾酒,打起精神来。"

"喝一杯吧。"格雷琴也鼓励道。

"什么?"罗杰神色恍惚地转过身来,"噢,不用,谢谢。我回家后还有工作。"

"工作!"乔治笑道,"听着,罗杰,你这样下去等于在自杀。为什么不能让你的生活更平衡一些呢——该工作的时候工作,该娱乐的时候娱乐。"

"我也是这么对他说的。"格雷琴说。

"你知道普通职员是怎么度过一天的吗?"汤普金斯边问边引着他们走向餐桌,"早上喝咖啡,然后就投入到八个小时的工作;中间狼吞虎咽地吃顿午餐;下班再回家,结果肚子不舒服,脾气也大了——这就是他为老婆准备的'愉快'夜晚。"

罗杰淡淡地笑了笑。

"你是电影看得太多了。"他干巴巴地说。

"什么?"汤普金斯有些生气地看着他,"电影?我这辈子几乎没去过电影院。我觉得电影都拍得很糟。我的人生观都来自我自己的见闻。我信奉平衡的人生观。"

"那是什么样子的呢？"罗杰追问道。

"呃，"他迟疑了一下，"也许向你描述一下我一天的生活，最能说明问题，但这会不会显得有点自以为是了？"

"哦，不会！"格雷琴兴致勃勃地看着他，"我很想听呢。"

"好吧，早晨起来后，我会做一些运动。我有个房间装修成了一个小型健身房，我在那里锻炼一个小时，打沙袋、练太极、拉拉力器。完了洗个凉水澡——感觉好得不得了！你每天都洗凉水澡吗？"

"不，"罗杰坦言，"我每个礼拜有三到四个晚上洗热水澡。"

然后是一阵可怕的沉默。汤普金斯与格雷琴交换了一下眼神，就好像有人说了什么不得体的话。

"怎么了？"罗杰脱口而出，有些不悦地环顾着众人，"你知道我不是每天都洗的——我没那么多时间。"

汤普金斯长长叹了口气。

"洗完澡后，"他接过话头，试图为这事导致的沉默打圆场，"我吃早饭，然后开车去我纽约的事务所，干到下午四点，然后休工。如果是夏天，我就赶回来玩九洞高尔夫球，冬天就去我的俱乐部打一个小时壁球。晚饭前我还会玩一局有益又时髦的桥牌。晚饭总免不了会和生意扯上点关系，但是也非常愉快。比如说我刚为一个顾客装修好房子，他希望我在开庆祝派对时到场，这样能确保灯光足够柔和之类的事情。又或许我会拿本优美的诗集坐下来，独自度过傍晚时光。不管怎样，我每天晚上都会找点事干，以免胡思乱想。"

"这样的生活一定很棒，"格雷琴热情地说，"我多希望我们也是这样过日子的。"

汤普金斯隔着餐桌真诚地欠了欠身。

"你们可以的,"他郑重其事地说道,"你们没有理由不可以呀!你看,如果罗杰每天玩九洞高尔夫,会有意想不到的效果。他不了解自己,这样做他的工作效率会更高,就不会那么紧张、疲倦了——怎么啦?"

他突然打住,因为罗杰毫不掩饰地打了个大哈欠。

"罗杰,"格雷琴厉声叫道,"你不该那么粗鲁的。如果你按乔治说的做,你的状态就会好得多。"她愤然转身对这里的主人诉苦:"最新的情况是,在接下来的六个礼拜里他每天晚上都要工作。他还说要把家里所有窗帘都拉起来,把我们像山洞里的隐士一样关起来。去年他每个礼拜天都是这么做的,现在又打算连着六个星期每天晚上这么做。"

汤普金斯惋惜地摇了摇头。

"六个礼拜之后,"他说,"他就准备进疗养院吧。我告诉你,纽约所有私人诊所里都堆满了你们这样的病历。你们也是人类啊,把神经绷得太紧了,终有一天,'砰'的一声——断了。为了节省区区六十个小时,结果要付出六十个礼拜的时间来康复。"他突然打住,微笑着转向格雷琴,换了种语气说道,"更别提你会怎么样了。在我看来,在这些不正常的超负荷工作期间,似乎是妻子而非丈夫承受着更大的压力。"

"我不介意。"格雷琴反驳道,以显示她的忠心。

"不,她介意的,"罗杰一脸严肃地说,"介意得要命。她就是鼠目寸光，并且以为只要我不启动新事业，现在的生活就会永远继续下去，而她也能买些新衣服。可那也是没有用的。女人最大的悲哀就在于此，毕竟，她们最擅长的把戏就是叉起双手坐在那里等。"

"你这种女性观至少落后了二十年，"汤普金斯用鄙夷的口吻说，"现在的女人不像以前只会坐等的。"

"那么她们最好选择嫁给四十出头的男人，"罗杰固执地说道，"如果一个姑娘为了爱而嫁给一个小伙子，她应该准备好做出适度的任何牺牲，只要她的丈夫不断在进取。"

"我们不要再讨论这个话题了，"格雷琴不耐烦地说，"求你了，罗杰，让我们开心点好吗？就这次。"

晚上十一点，汤普金斯驱车把他们送回家门口。罗杰和格雷琴在街边小站了一会儿，抬头望着冬日的月亮。空中飘起了纤细、湿润、粘着尘土的雪花；罗杰深深地吸了口气，踌躇满志地伸手把格雷琴搂进怀里。

"我能赚得比他更多，"他急切地说，"只要再过四十天，你瞧着吧。"

"四十天，"她叹息道，"似乎时间很长啊——别人总是能及时行乐。要是我能一连睡上四十天就好了。"

"有什么不可以的呢，亲爱的？不过是眨四十次眼睛，等你醒来，一切都会变得美好。"

她沉默了片刻。

"罗杰，"她若有所思地问道，"你觉得乔治说礼拜天带我去骑马是当真的吗？"

罗杰皱起了眉头。

"我不知道。也许只是说说而已——求求老天爷，希望他不要当真，"他迟疑了一下，"说真的，今晚他真的有点把我惹火了——什么狗屁凉水澡，一派胡言。"

他们互相搂着，慢慢走进屋子里。

"我敢打赌他不是每天早上都洗冷水澡的，"罗杰一边琢磨一边说，"或者一个礼拜连三次都不到。"他在口袋里摸索钥匙，猛地插向锁孔，居然丝毫不差。然后，他回过头来，轻蔑地说道："我敢打赌，他一个月洗不了一次澡。"

二

高强度的工作已进行了两周，罗杰·霍尔西的日子已过得分不清白天和黑夜了，往往是整块地打发掉的，有时是两天连续工作不睡觉，有时是三天，甚至四天。通常早晨八点到下午五点半，在办公室忙碌。下班后头半小时在通勤列车上度过，其间就着昏黄的灯光在信封的背面潦草地做着记录。晚上七点半之前，他的彩笔、剪刀和白色纸板已摆满了客厅的桌子；他干活时，时而自言自语，时而唉声叹气，直到午夜；这期间格雷琴会躺在沙发上，拿着本书；拉下来的百叶窗外会时不时地传来敲门声。午夜十二点时，他们总会就罗杰是否应该这时睡觉争论一番。他总是说收拾完所有东西马上去睡；但此时他总会有无数新想法冒出来而无心睡眠，结果每当他蹑手蹑脚来到楼上时，格雷琴早已进入梦乡。

有时候，罗杰在塞得满满的烟灰缸里摁灭最后一支烟蒂时，已是凌晨三点，于是就在黑暗中宽衣解带；他已累得灵肉分离了，但想到自己又多挺了一天，心中顿生胜利之感。

圣诞节来了又去了，罗杰几乎没什么感觉圣诞节就结束了。事后他只记得那天是他完成加罗德公司所需鞋样卡片的日子。加罗德仅是他一月份规划的八个大单子中的一个——如果他能确保做成四个，那么这一年罗杰就会有二十五万美元的生意。

但是生意之外的这个世界却是一场混乱的梦。他清楚地知道，十二月的两个寒冷的礼拜天，乔治·汤普金斯曾带着格雷琴去骑马，还有一次她坐着他的车在乡村俱乐部的山上滑了一下午雪。一天早晨，一个镶着汤普金斯相片的昂贵相框曾挂到他们卧室的墙上。另一天晚上，格雷琴竟然和汤普金斯一起去镇上看电影，他震惊之余，心生恐惧，因而闹了一番。

但他的工作几近完成。现在，每天他的设计图样从印刷商处送来，直到其中七份图样都贴上标签并堆放在办公室的保险箱里。他了解自己的设计是多么珍贵。他的工作仅仅用钱是无法衡量的；连他自己都没意识到，这是为爱而效劳。

十二月份像枯死的树叶般从日历板上蹒跚而至。有一周简直痛苦不堪，因为他不得不停喝咖啡，否则会心跳加速。所以如果现在他能够挺住四天——哪怕是三天——

礼拜四下午，H.G.加罗德将会来纽约。礼拜三晚上，罗杰七点钟回到家，看见格雷琴在认真阅读十二月的账单，眼神怪怪的。

"怎么了？"

她对着那些账单扬了扬脑袋。罗杰匆匆看了看,眉头紧锁。

"天啊!"

"我实在受不了啦!"格雷琴突然大声说道,"太离谱了。"

"好了,我娶你并不是因为你是一个出色的女管家。我会设法处理这些。不要再为此折磨你那小脑袋瓜了。"

她冷冰冰地看着他。

"你说得我像是一个小孩子。"

"我就要这么说。"他忽然有些愠怒。

"好,既然这样,起码我不是你可以随拿随放的小玩具。"

罗杰迅速在她身旁跪下,抓着格雷琴的双臂。

"格雷琴,听着!"他屏住呼吸说,"看在上帝的分上,现在一定要挺住!我俩现在互相不满和责难,但如果现在吵架,事情将会一团糟。我爱你,格雷琴。说你也爱我,快!"

"你知道我爱你。"

总算避免了一场争吵,但晚餐始终笼罩在一种不自然的紧张气氛中。当罗杰开始把工作材料铺在桌上时,这种紧张达到了极点。

"罗杰,"她抗议道,"我以为你今晚不必工作了。"

"我也认为今晚不必工作,可突然冒出些事情。"

"我邀请了乔治·汤普金斯今晚过来。"

"噢,天啊!"他喊道,"好吧,对不起,亲爱的,你得给他打电话告诉他不用来了。"

"他已经出发了,"她说,"从城里直接过来,随时都可能到。"

罗杰抱怨起来。他突然灵机一动,想让他俩一起去看电影,但不

258

知何故话到嘴边又咽了回去。他不想让她去看电影，想让她在这待着，这样一抬头就知道她就在自己身旁。

晚上八点，乔治·汤普金斯如沐春风地到达。"啊哈！"他边往屋里走边嗔怪地叫嚷着，"还在忙啊。"

罗杰冷冷地附和着。

"最好停下——停下吧，除非万不得已，"他坐下来，深深舒了口气，神清气爽，然后点起一根烟，"在一个科学看待问题的人面前，不要忙活。我们再能忍受，然后呢——'砰'！"

"如果您能谅解——"罗杰用尽量礼貌的语气说道，"我要上楼把活儿干完。"

"随你的便，罗杰，"乔治漫不经心地挥挥手，"倒不是我介意，但作为你们家的朋友，我渴望快点见到太太如同渴望见到先生一样。"他戏谑地笑着说，"但是如果我是你，老朋友，我会把工作收起来，好好睡上一觉。"

罗杰把工作材料铺在楼上的床上时，发觉透过薄薄的地板仍然能听到楼下或高或低的说话声。他开始好奇他们究竟有什么可谈的，即便随着他逐渐深入工作状态，他的脑筋总是会突然转回到这个问题，因此好几次他都起身，在房间里神经质地走来走去。

这张床真的不太适合他在这里工作。有好几次设计用纸张从放置其上的木板上掉下来，铅笔也会穿破纸张。今晚一切都不对劲。眼前的字母和数字变得模糊不清，而楼下不断传来的低声絮语让他本来怦怦直跳的太阳穴跳得更厉害了。

十点钟时，罗杰发觉这一个多小时里什么也没干成，突然叹口气,收拾起设计纸,重新把它们放进公务包,走下楼去。他走进客厅时,他俩正一块儿坐在沙发上。

"噢,嗨!"格雷琴喊道——非常没有必要,他暗想——"我们刚刚正在讨论你。"

"谢谢,"他语含讥讽地回答道,"正在解剖我身上的哪一块?"

"你的健康。"汤普金斯欢快地说。

"我的健康没问题。"罗杰说。

"但是你这么看待问题,太自私了,老朋友,"汤普金斯大声道,"在这事上你只想到了你自己。难道你没想过格雷琴也有权利吗?如果你在创作美妙的十四行诗,或是——画圣母像,或是诸如此类,"——他瞥了一眼格雷琴那红褐色的头发——"哎呀,那么我就会说,继续吧。可惜你没有。你那东西不过是卖生发油的愚蠢广告罢了,况且即使明天把所有的生发油都倒进大海里,这个世界一点儿也不会变得更糟。"

"等等,"罗杰生气地说,"这么说太不公平了。我不想吹嘘我工作多重要——哪怕与你做的事情一样毫无意义也无妨。但是对格雷琴和我来说,这就是世界上最重要的事情。"

"你是在说我的工作没有意义吗?"汤普金斯质问道,简直不敢相信自己的耳朵。

"是的,没有——如果你只是为了取悦那些不知道怎么花钱的土财主。"

汤普金斯和格雷琴交换了一下眼神。

"哟——嘀——嘀!"汤普金斯讥讽地惊叹道,"这么多年了,我以前还真不知道自己一直在浪费时间。"

"你就是个懒汉。"罗杰粗鲁地说。

"我?"汤普金斯生气地叫嚷道,"你竟然叫我懒汉!仅仅是因为我在生活中找到了一点平衡并做了一些有趣的事情吗?仅仅是因为我工作和休闲平衡得一样好,没有成为一个单调乏味又疲惫不堪的人吗?"

此时两个人都非常生气,音量不断升高,尽管在汤普金斯的脸上仍然保有微笑的模样。

"我反感的是,"罗杰一字一顿地说,"过去的六周里,似乎你所有的休闲活动都在我家附近。"

"罗杰!"格雷琴喊道,"你这话什么意思?"

"就是我说的意思。"

"你的情绪已经失控了,"汤普金斯故作冷静地点了一支烟,"你一定是超负荷工作,所以太紧张了,都不知道自己在说什么。你已经到了神经崩溃的边缘——"

"你给我出去!"罗杰凶悍地吼道,"马上出去——不然我把你扔出去!"

汤普金斯怒气冲冲地站了起来。

"你说什么?——把我扔出去?"他大叫着,以为听错了。

他们正在朝对方走过去时,格雷琴忽然站在了他们中间,随即抓着汤普金斯的手臂拽着他向门口走去。

"他的行为像个白痴,乔治,可是你最好还是先离开。"她哭着去客厅找他的帽子。

"他侮辱了我!"汤普金斯喊道,"他要把我扔出去!"

"别介意,乔治,"格雷琴乞求道,"他都不知道自己在说什么。走吧!明天十点钟我去找你。"

她打开门。

"你明天十点钟不许见他,"罗杰镇静地说,"他也不会再来这个房子了。"

汤普金斯转向格雷琴。

"这是他的房子,"他建议说,"也许我们最好在我的房子见面。"

然后他离开了,格雷琴把门关上,她的眼里满是气愤的泪水。

"看看你干的好事!"她抽泣道,"我唯一的朋友、这个世界上由喜欢我进而尊重我的人,却在我自己家里受到我丈夫的羞辱。"

她猛地躺进沙发,枕头盖在脑袋上,开始恸哭起来。

"他这是自找的,"罗杰固执地说,"我已经尽了我最大努力去忍受了。我不想让你和他再一起出去。"

"我就要和他出去!"格雷琴发了疯似的喊道,"我想和他出去就出去!你以为和你在一起很有意思吗?"

"格雷琴,"他冷冷地说道,"站起来,戴上你的帽子,大衣,走过那扇门,永远别回来!"

她的嘴半开着。

"但我不想出去。"她茫然地说。

"好吧,那你就自重点,"然后他又更温和地说道,"我认为这四十天你就睡觉吧。"

"哦,好吧,"她哭得很伤心,"说的容易!但是我讨厌睡觉。"她起身，不服气地面向他说道，"而且，我明天还会和汤普金斯去骑马。"

"如果我一定要把你带到纽约，让你坐在我的办公室直到我干完工作，你就没机会出去了。"

她满眼愤怒地看着他。

"我恨你，"她慢慢说道，"我想把你所有的工作成果拿来，都撕碎放进火里。为了让你明天也担心担心，你回家时我可能不在。"

她从沙发上起来，故意看着镜子里她那张潮红的、沾满泪水的脸。然后跑上楼去，猛地关上门，把自己锁在卧室里。

客厅的桌子就自动成了罗杰的工作台。设计图纸绚丽多彩，图片上的模特姑娘个个生动——格雷琴就是其中一个——手里拿着橙汁姜汁混合无酒精饮料或是闪亮的真丝袜子；图纸的光彩炫得罗杰的神志有些恍惚。他的蜡笔总是不安分地在图片上东奔西跑，时而把一组字母移到右侧约半英寸的地方，时而调试着十二种蓝色颜料以便调制出冷蓝色，时而删掉某个使语句变得呆板苍白的词语。半小时后，他已完全沉浸在工作中，屋子里一片寂静，只有蜡笔在光滑的纸板上刮擦的嗞嗞声。

他再次看表时，已经过了好长一段时间——已经凌晨三点多了。屋外已经起风，正从房屋拐角刮过，发出剧烈而骇人的呜呜声，犹如沉重的身体从空中掉落的声音。他放下工作，专心聆听着。他此刻并不累，但是他的脑袋似乎覆盖着不断膨胀的血管，就像挂在医生办公室里的那些图片，展现的是已经除去了高贵皮囊的身体。他双手在头部摸了一遍，似乎在太阳穴部位，血管交错在一块伤疤周围，跳个不停。

突然间他开始害怕起来。别人的警告不断涌入他的脑海。人确实会因为过度劳累而崩溃,况且他的身体和大脑和常人一样脆弱易变。他第一次发现自己竟然嫉妒乔治·汤普金斯的平稳的神经系统和健康的生活模式。他站起来,在屋里慌乱地踱着步。

"我得睡觉,"他紧张地对自己小声说,"否则我会疯掉的。"

他用手擦了擦眼睛,回到桌旁张贴他的作品,但是手指颤抖得竟然抓不住纸板。一根秃露的树枝摇摆中碰到窗户上,吓得他一闪并大叫起来。他坐在沙发上,试图整理思路。

"停下来!停下来!停下来!"时钟在说,"停下来!停下来!停下来!"

"我不能停下来,"他大声答道,"我停不起。"

听!哎呀,有只狼现在在门外!他能听到狼用锐利的爪子在挠涂漆的木头构件。他跳起来,跑到前门,猛地打开,接着开始一边后退一边大声怪叫。一只硕大的狼站在门廊,用血红的眼睛恶狠狠地盯着他。当他还在看这只狼颈后的鬃毛,它低吼一声,然后消失在黑暗之中。然后罗杰意识到这只不过是只路过的警犬罢了,只好暗自苦笑。

他拖着疲惫的身子进入厨房,他把闹钟拿进客厅,定到七点。接着他用大衣盖住身子,躺在沙发上,立即就进入了深深的睡眠中,一夜无梦。

他醒来时,灯光仍然微弱地亮着,但是屋子里还是一派冬日清晨的灰蒙蒙的格调。他坐起来,急忙看自己的手,发现它们不再颤抖了,松了一口气。他感觉好多了。然后他开始回忆昨晚所发生之事的细节,眉毛一皱扯出眉间三条浅浅的褶皱。他眼前有份二十四小时的

264

工作；格雷琴，不管她愿不愿意，都必须得再睡一天了。

罗杰心里忽然灵光一闪，似乎又想到了一个新的广告创意。几分钟过后，他迎着早晨清冽的空气，急匆匆地跑进金斯利的药店。

"金斯利先生来了吗？"

那位药剂师的脑袋从处方室的墙角伸出来。

"我不知道能否和您单独谈谈。"

七点半，罗杰又回到家，走进自己的厨房。女用人刚到，正在摘帽子。

"比比——"他对她还不怎么熟悉，可这就是她的名字，"你现在马上给霍尔西夫人做早餐。我亲自给她送去。"

比比觉得这么忙的人还要照顾妻子真是不寻常，可她要是看到他从厨房托着托盘出来，肯定会更加惊讶了。他把托盘放在餐桌上，在咖啡里放了半勺白色物品，不是粉末状的糖；然后他走上楼去，推开了卧室的门。

格雷琴突然醒来，扫视了一下并排的空床，接着把目光转到罗杰身上，吃了一惊；看到他手里端着早餐，转而又鄙夷不屑。她想他是把这拿来表示屈服了。

"我不想吃早餐，"她冷冷地说道，罗杰的心跟着一沉，"除非是咖啡。"

"不吃早餐？"罗杰的声音里充满着失望。

"我说了我想喝咖啡。"

罗杰小心翼翼地把托盘放在床桌上，快速地转回厨房。

"我们明天下午才会回来，"他告诉比比，"我现在就把这个房子封闭起来,所以你现在就戴上帽子回家吧。"

他看了看表。差十分钟到八点,他想赶上八点十分的火车。等了五分钟,他蹑手蹑脚地上了楼,进了格雷琴的房间。她已经睡熟了。咖啡杯空了,只剩下黑乎乎的咖啡渣,还有一层褐色糊状物留在杯底上。他十分不安地盯着她,但她的呼吸均匀而清晰。

从橱柜里拿出一个箱子,然后快速地把她的鞋塞进去——便鞋、拖鞋、胶底牛津鞋——他还真不知道她有这么多双鞋子。当他合上箱子时,已是胀鼓鼓的了。

他犹豫了片刻,从盒子里拿出一把缝纫剪刀,沿着电话线在梳妆台后面看不见的地方剪断了它。突然听到轻轻的敲门声,吓得他跳了起来。那是女保姆,他竟忘了她也在。

"霍尔西夫人和我去城里,明天才回来,"他快速地说,"你把马克西带到海边,在那吃顿午饭。待一天吧。"

回到房间,他心头涌起一阵怜悯,睡着的格雷琴看上去突然那么可爱而又无助。不知怎么的,他觉得剥夺她一天年轻的生活真是有些残忍。他用手指头触碰她的秀发,当她在梦里嘀咕着什么时,他靠过去,亲了亲她明亮的脸颊。然后拎起装鞋子的箱子,锁上门,步履轻盈地跑下楼去。

三

那天下午五点之前,邮差已把最后一包鞋样卡片送到住在比尔特摩酒店里的 H.G. 加罗德手中。他第二天早上会给答复。五点半的时候，罗杰的速记员拍了拍他的肩膀。

"戈尔登先生，就是这幢大楼的主管，要见您。"

罗杰怔怔地转过身来。

"哦，要怎么样？"

戈尔登先生直奔主题。如果霍尔西先生想继续使用办公室，由于疏忽而欠的租金最好马上补缴。

"戈尔登先生，"罗杰有气无力地说，"明天所有的事都好办。如果您现在烦我，也许您永远也拿不到钱。过了明天什么麻烦事都没有了。"

戈尔登忧虑地看着这位租客，年轻人有的时候生意失败就会一走了之。然后他的目光停在桌子边镶嵌着姓名首字母的箱子，面露不悦。

"要旅行？"他直截了当地问道。

"什么？哦，不是。那只是些衣服。"

"衣服，呃？好吧，霍尔西先生，为了证明您所说的，那么就让我为你保存这个箱子到明天中午吧。"

"请便。"

戈尔登先生不情愿地拿起了箱子。

"就是个形式。"他强调。

"我明白，"罗杰说着，猛地转身到他桌子跟前，"下午好。"

戈尔登先生似乎感觉这场对话应该以一种更缓和的语气结尾。

"别太辛苦了，霍尔西先生。你不想患上神经崩溃症——"

"不，"罗杰吼道，"我不会的。如果你不让我一个人待着，我真会崩溃。"

戈尔登先生出去后,门关上了,罗杰的速记员转过身来,满脸同情。

"你真不应该让他拿走那个箱子,"她说,"里面装了什么?衣服?"

"不是,"罗杰心不在焉地答道,"只是我妻子的鞋子。"

那天晚上他睡在办公桌旁的沙发上。黎明时分,他突然惊醒,冲到街上去买了杯咖啡,十分钟内就着急忙慌地返回了——他怕错过了加罗德先生的电话。当时才早上六点半。

快到八点钟的时候,他的整个身体似乎被火烤着一般。他的两个美工到的时候,他正展开手脚躺在沙发上,几乎全身都疼痛。九点半时电话铃终于响起,像在下命令,他用颤抖的双手拿起听筒。

"喂。"

"请问是霍尔西工作室吗?"

"是的,我是霍尔西。"

"我是 H.G. 加罗德。"

罗杰的心停止了跳动。

"年轻人,我打电话是想告诉你,你为我们做了份了不起的工作啊。我全部都要,并且你办公室里有多少我要多少。"

"噢,天啊!"罗杰对着电话就大喊起来。

"什么?"加罗德吃惊不小,"请讲,等一下再讲!"

但是他没有和任何人说话。电话"啪"的一声掉到了地板上,罗杰手脚大张地躺在沙发上,抽泣起来,似乎心都要碎了。

四

三小时过后,他的脸色有些苍白,但眼神像小孩子一样平静,罗杰胳膊下夹着《晨报》,推开他妻子的卧室门。他的脚步声把她弄醒了。

"几点了?"她问道。

他看了看表。

"十二点了。"

她突然开始哭起来。

"罗杰,"她断断续续地说,"对不起,我昨晚太失控了。"

他冷冷地点了点头。

"现在一切都好了。"他答道,停了一下接着说,"我拿到了那笔单子——最大的那笔单子。"

她快速地转向他。

"拿到了?"然后是一分钟的寂静,"我能买新衣服吗?"

"衣服?"他淡然一笑,"你可以买一打。仅这一单一年就可以给我们带来四万美元的收入。这在西部地区是最大的订单了。"

她看着他,被吓着了。

"一年四万!"

"对。"

"天啊!"她接着又有些晕乎,"我从来都没敢想到是这样。"她又想了片刻,说道,"我们能有像乔治·汤普金斯那样的房子了。"

"我可不想有个室内装潢的商店。"

"一年四万!"她一遍又一遍地说着,然后温柔地说,"罗杰——"

"嗯?"

"我不会和乔治·汤普金斯出去了。"

"你想去我也不会让你去。"他不耐烦地说。

她做愤怒状。

"怎么啦,好几周前就和他约了本周四见面。"

"今天不是周四。"

"是周四。"

"今天周五。"

"啊,罗杰,你一定是疯了!难道你认为我竟然不知道今天是周几吗?"

"今天不是周四,"他固执地说,"看!"他拿出《晨报》。

"星期五!"她喊道,"天啊,这肯定错了!这一定是上周的报纸。今天是星期四。"

她闭上双眼,想了一会儿。

"昨天是周三,"她肯定地说,"洗衣女佣昨天来过。我想我知道。"

"好了,"他有些自鸣得意地说道,"看看报纸吧,没有任何问题。"

带着一脸的困惑,她起床并开始找自己的衣服。罗杰去卫生间刮胡子。一分钟过后,他又听到弹簧咯吱咯吱的声音。格雷琴又躺床上了。

"怎么了?"他问道,头从卫生间的角落里探出来。

"我有些害怕,"她声音颤抖地说,"我想我神经崩溃了。我找不到我的鞋子了。"

"你的鞋子?怎么了,橱柜里不都是吗?"

"我知道,但是我一双都没看到,"她的脸由于惊恐变得煞白,"天啊,罗杰!"

罗杰走到床边,双臂搂着她。

"唉,罗杰,"她哭道,"我怎么了?先是报纸,然后是找不到鞋子。关心关心我,罗杰。"

"我叫医生过来。"他说。

他毫无愧疚地走到电话旁拿起听筒。

"电话好像也坏了,"片刻后他说道,"我让比比去找医生。"

十分钟后医生来了。

"我想我快要崩溃了。"格雷琴对医生说,声音有些不自然。

格雷戈里医生坐在床边,抓起她的手腕放在自己手里。

"今天早上这个毛病似乎很盛行。"

"我起床后,"格雷琴心有余悸地说,"发现自己弄丢了一整天。本来约好要和乔治·汤普金斯去骑马的——"

"什么?"医生惊讶地叫起来,然后笑了。

"乔治·汤普金斯以后很长时间都不会和任何人去骑马了。"

"他离开了吗?"格雷琴好奇地问道。

"他去西部了。"

"为什么?"罗杰追问,"是和别人的妻子私奔了吗?"

"没有,"格雷戈里医生说,"他的精神失常了。"

271

"什么？"夫妻俩异口同声地惊呼。

"他用冷水淋浴的时候突然昏倒，就像一顶礼帽突然塌陷。"

"可是他一直在宣扬他的——他的平衡生活，"格雷琴有些喘不上气，"他一直都在强调这个。"

"我知道，"医生说，"整个早上他一直口中念念有词，念叨的就是这事。我想就是这事把他弄得有点不正常了。他太在乎了，你也知道。"

"在乎什么？"罗杰不解地问道。

"保持他的平衡生活，"他转向格雷琴，"现在我要给这个女士开的药方就是好好休息。如果她在家里静养几天，困了就打个盹，就会健康如常的。她只不过有些紧张。"

"医生，"罗杰声音嘶哑地大声问道，"难道你不认为我才该休息休息或干点啥？我最近一直都超负荷工作。"

"你！"格雷戈里医生笑了，狠劲地拍拍他的后背，"小伙子，我从没见你这么精神过。"

罗杰迅速转过身，怕别人看见他的微笑——朝歪歪斜斜挂在卧室墙上的、附有亲笔签名的乔治·汤普金斯的照片眨着眼，四十下，或许是接近四十下。

（何绍斌　李雷　译）

论菲茨杰拉德短篇小说叙事艺术
——兼评《所有悲伤的年轻人》

一

美国女作家薇拉·凯瑟曾指出:"文学创作的目的应该有两种:其一是,制作适合于市场需要的小说,如同制作肥皂和早餐食品一样。这是一种既无风险,又有收益的商业行为。其二是,文学应当是一种艺术创造,是一种对尚未产生市场需要的新思想的永恒探索。文学创作应当标新立异,勇于尝试前人从未尝试过的新内容和新方法。唯有这样的文学作品才具有真正的价值而不落于俗套。"[①] 毫无疑问,对新思想、新内容、新方法的探索,必须建立在对前人或者同代人艺术成就的清醒认识和深刻理解之上。菲茨杰拉德是一位以严肃的态度从事文学创作的职业作家。他对小说艺术有自己独到的见解,他对别人的作品也独具只眼,从不人云亦云。早在普林斯顿大学求学期间,他

---

① Willa Cather, "On the Art of Fiction", On Writing, New York: Knopf, 1949, p.103.

就广泛阅读过大量文学作品，表现出与众不同的价值取向，并语出惊人地向同窗好友艾德蒙·威尔逊宣称："我要成为有史以来最伟大的作家之一，你呢？"在当时来看，这似乎只是一个尚不知天高地厚的文学青年的一句狂妄之言。然而，他后来的确凭着自己的天赋、激情和勤奋实现了自己的诺言。他的成功，他对小说艺术的独到见解，在很大程度上得益于他对不同时期、不同体裁的文学作品的广泛涉猎。从他公开发表的文学评论、散文、读书札记中，从他作品中许多精彩的片断里，我们不难看出，他对浩如烟海的文学作品有他独到的鉴赏和取舍能力，对创作艺术怀有执著的追求精神。美国南卡罗来纳大学教授马休·布鲁柯利在考据基础上整理编纂的《菲茨杰拉德论创作》（*Scott Fitzgerald on Authorship*, 1996），揭示了这位作家创作思想和艺术风格的发展轨迹，为研究菲茨杰拉德，也为研究美国文学的"第二次繁荣"提供了翔实的史料。

菲茨杰拉德从一开始就将自己定位在大作家的行列。这并不意味着他高估了自己的才华，而是为自己设立了文学创作的崇高标准，为自己树立了远大的志向。在他的创作生涯里，他始终以这种近乎于严酷的标准激励自己、苛求自己。通过研究他留下的大量读书札记，通过考量他对传统文学所持有的批判态度和批评方法，我们就能了解他一贯的创作思想产生的根源，把握他的作品之所以具有一种超越现实、经久不衰的魅力的奥秘所在，理解他对自己的创作所做的总结："我全部的创作理论可以用一句话来概括，那就是：一个作家应当为他那一代青年执笔，而将作品留给下一代批评家和未来的中学校长们去评说。"① 没有对传统文学的批评意识和取舍能力，没有高瞻远瞩的气度，菲茨杰拉德也不可能成长为二十世纪杰出的文学艺术家。

菲茨杰拉德曾在他的自传体文章《作家的黄昏》(*Afternoon of an Author*, 1936)中说："为期刊杂志写短篇小说是一个棘手的问题。写到中途往往会发现其内容过于单薄，仿佛一阵风就能把它吹跑。构思情节如同在没完没了地爬楼梯，留不下任何使人感到出其不意的悬念。前天才涌现出的人物又过于大胆，不适合在报刊上连载。"② 菲茨杰拉德在他二十余年的创作生涯里曾多次面临这一难题，深知个中滋味，因为他也是一个善写短篇小说的行家，一生共创作有一百六十多篇短篇小说，其中有九十余篇都是在稿酬丰厚、"极为时髦"的畅销杂志上发表的（有六十五篇发表在《星期六晚邮报》上）。在上世纪二十年代期间，他的短篇小说销路极好，稿酬也直线上升。但他并没有因此而沾沾自喜，却常常为自己迫于无奈，不得不写一些"垃圾小说"而十分苦恼，甚至把他的这种行为比作为"一个老婊子"。③ 由于菲茨杰拉德曾针对自己的一些短篇故事发表过此类严厉苛刻的言论，不少评论家后来便以此为据，认为他的短篇小说平淡无奇，只不过是一些为赚取高额稿费而匆忙炮制出的作品，没有艺术价值，不值得深入研究。其实不然，正如菲茨杰拉德在《作家的黄昏》中所说的那样，短篇小说的创作绝非易事，也非简单易取的生财之道。事实

---

① F. Scott Fitzgerald, *Preface to "This Side of Paradise"*, New York: Scribners, 1920, p.1.
② Matthew J. Bruccoli, ed. *F. Scott Fitzgerald On Authorship*, South Carolina: University of South Carolina Press, 1996, p.152.
③ Matthew J. Bruccoli, ed. *F. Scott Fitzgerald: A Life in Letters*, New York: Scribners, Simon & Schuter Inc., 1994, p.169.

上,他的短篇小说,包括那些词藻华丽、"仅为赚钱"而写出的作品,都凝聚着他的心血和他对生活的切身体验,他对语言艺术矢志不渝的刻意求工。因此,他的短篇小说大都写得结构严谨、感情充沛、笔意超逸,令人百读不厌。他笔下的那些人物的外表、神情、谈吐,以及内心活动,都被他描绘得惟妙惟肖,跃然纸上,不仅能使人获得美的享受,也能使人获得启迪和警示。

二十年代初期,在他文学创作的早期阶段,菲茨杰拉德的确为自己能够挑战权威、敲开《星期六晚邮报》的大门而欣喜不已,因为这是当时美国竞争最激烈、稿酬最丰厚的文学园地。他在这一时期发表的短篇小说已非仅以娱乐、消遣为目的,而是传达了他对社会的敏锐观察和深切感受。在这些短篇作品中,这位才气横溢的青年作家以他绚丽的文笔和独到的视角而博得了众多青年读者的青睐,并开始以"年轻一代的代言人"的角色闪亮登场。他在这一时期写出的较有影响的短篇小说主要有:《留短发的伯妮思》《冰宫》《近海海盗》等。这些作品后来都集结在他的第一部短篇小说集《新潮女郎与哲学家》中。这部短篇小说集与他的处女作《人间天堂》辉映成趣,通过对一系列年轻女主人公的精心塑造,菲茨杰拉德以严肃的笔调描写了二十世纪二十年代美国青年女性对新生活的渴望和追求,展现了新的价值观念与传统的社会道德习俗之间尖锐的矛盾和冲突。然而评论界也十分诧异地发现,这两部作品的内容和格调迥然有异。人们不得不承认他"擅于捕捉和创造新的词语,这个词语一经造出,便能迅速风行于美国,家喻户晓",但同时又不满于他"轻佻浮躁,缺乏文学作品应有的洞察力";人们在惊羡他那些优美的富有独创性的文句的同时,又认为他的作品过于花哨，深度不够；读者既视他为"爵士乐时代的桂冠诗人"，又觉得他是一个令人难解的谜团。美国大文豪H.L.门肯，是最早发现菲茨杰拉德的这一"人格分裂"特征的评论家之一，认为他既是一个纵情享乐的人，又是一个态度严肃的小说家，"他左右逢源，两边风光，让人感到非常奇特"。[①]

随着创作思想和艺术风格的日趋成熟，菲茨杰拉德渐渐失去对畅销杂志和时尚小说的浓厚兴趣。由于《星期六晚邮报》等通俗刊物不能接受过于暴露社会黑暗面，或创作手法过于新潮的短篇小说，菲茨杰拉德便转向了由门肯主持的《时尚社会》以及其他一些纯文学刊物。他在这一时期所发表的不少短篇佳作，都以辛辣的笔调讽刺和抨击了流行于美国社会的实利主义之风和新兴垄断阶段的贪婪和残暴。令人难以置信的是，连他自己都认为"档次很低"的短篇小说《人见人爱的姑娘》，竟然也很受欢迎，这未免让他颇感沮丧。他在这一阶段发表的若干惊世骇俗的短篇小说，经他亲自筛选后，编入了他的第二部短篇小说集《爵士时代的故事》。

菲茨杰拉德是一位罕见的具有双重性格特征的小说家。他既具有极高的文学天赋和艺术造诣，也身不由己地卷入了"爵士乐时代"的声色犬马之中。他既希望获得名利双收的成功，但也从来没有忘记作为一名严肃的文学艺术家的职责。他最令人瞩目的特色，便是他那诗人兼梦想家的气质风范，以及他那非凡的能在同一时间容纳两种相互矛盾的观点、相互对立的情感，却照样能思索下去而不受影响的本

[①] Jackson R. Bryer, ed. *F. Scott Fitzgerald: The Critical Reception*, New York: Burt Franklin, 1978, p.48.

领。在美国"历史上最会纵乐、最讲究炫丽"的这一特殊年代里,他"既身在其中,又身在其外",以敏锐的目光冷眼旁观世风的变化,探索人生的真谛,寻求新的价值取向。尽管他为了赚取优厚的稿酬撰写过一些迎合畅销杂志需要的短篇小说,但这些通俗小说仍迸发着他创作的热情和思想的火花,展现了他娴熟的写作技艺和独特的审美标准,反映了新一代青年的精神风貌和心态。例如《第三口棺材》《无法形容的鸡蛋》《老友》等短篇故事,虽然写得自然流畅,结尾也出人意表,但纯属巧合的偶然事件,气氛上的过多渲染,以及华丽词藻的频繁使用,无疑影响了小说的内涵深度和张力,成了流于一般的多愁善感的抒情小说。然而在这一时期,他也创作了一系列内容丰富、思想深刻、发人警醒的优秀短篇小说。在《冬之春梦》《赦罪》《明智之举》《阔少爷》等作品里,菲茨杰拉德以严肃的笔调探索和表达了他在长篇小说中所表达的主题和思想,显示了一个职业作家冷峻的创作观、强烈的忧患意识和历史使命感。这些精彩的短篇小说经菲茨杰拉德本人甄选后,编入了他的第三部短篇小说集《所有悲伤的年轻人》。

从《了不起的盖茨比》出版到《夜色温柔》问世这九年里,菲茨杰拉德共发表五十五篇短篇小说。尽管他认为在这九年里,他在很大程度上白白浪费了自己的艺术才华,损害了他在读者心目中的声誉,"因为整整一代人在这一时期都已长大、成熟,而我却还在写那些战后的短篇小说",[1] 但事实表明,他在这一阶段写出的短篇小说更加成熟、更加深刻,因而具有重要的历史价值,受到了评论界和读者的

---

[1] Matthew J. Bruccoli, ed. *F. Scott Fitzgerald: A Life in Letters*, New York: Scribners, Simon & Schuter Inc., 1994, p.466.

高度赞誉。他的第四部也是最后一部短篇小说集《清晨起床号》，汇集了他在这一时期所发表的短篇小说精品，其中包括《最后一位南方佳人》《重访巴比伦》《疯狂的星期天》等脍炙人口、历久不衰的名篇。这些作品代表着他在短篇小说创作上所取得的举世瞩目的成就。在他生命的最后五年里，菲茨杰拉德依然执着地在短篇小说领域奋力笔耕，写出了一批像《作家的黄昏》这样颇有思想和艺术深度的内省式的文章，发表了诸如《失落的这十年》这样使人难以忘怀的短篇小说。

菲茨杰拉德的短篇小说大都自出机杼，情趣横溢，文笔隽永，耐人寻味。此外，他的短篇小说也像他的长篇小说一样，如实记录了他和他同时代的人的心路历程和人生体验，真实反映了那个动荡不安的年代的社会变迁和生活气息，同时也折射出他作为一个职业作家在文学创作的道路上永不停息的跋涉。

二

《了不起的盖茨比》问世近一年后，菲茨杰拉德的第三部短篇小说集《所有悲伤的年轻人》，也由斯克里布纳出版公司于一九二六年二月首次出版。随后，这部短篇小说集被连续再版数次，销量也逾两万册之多。与前两部短篇小说集有所不同的是，这部小说集自出版以来，一直深受评论界的重视和好评，被普遍认为是菲茨杰拉德的一部最成熟、最具艺术功力的短篇小说集。有评论家在这部短篇小说集出版之后不久即撰文说："司各特·菲茨杰拉德仍在连续不断地出版他的作品。从现有的作品来看,他显然已经远远超出了他同时代的其他任何作家。但他仍在奋力向前冲击着。"①

这部小说集共收录了菲茨杰拉德在各类文学刊物上发表过的九篇优秀短篇小说,包括:《阔少爷》《冬之春梦》《宝宝聚会》《赦罪》《拉格斯·马丁-琼斯和威尔士王子》《读心人》《热血与冷血》《明智之举》《格雷琴的四十次眨眼》等。这些短篇故事大都主题严肃,内容深刻,结构谨严,文笔舒展,反映了一个天才小说家对社会的敏锐观察和对未来的忧患意识,代表了菲茨杰拉德已臻成熟的创作思想和艺术风格。

中篇小说《阔少爷》在一定程度上可以被看作《冬之春梦》的翻版,但是篇幅更长,内容也更丰富。这篇小说的主题与《了不起的盖茨比》是一致的,同样也以生动的事例揭示了财富对人的个性发展的扭曲作用,谴责和批判了金钱第一、享乐至上的美国上流社会骄奢淫逸的生活方式和他们灵魂深处空虚、变态的本质。小说是以第一人称叙述的。一个不具姓名,但身在其中的叙述者"我",通过讲述他的一个名叫安森·亨特的朋友的成长经历,对"非常富有的人"的本质进行了入木三分的剖析。安森·亨特出身豪门,家境显贵,自小就养成了强烈的特权思想和个人优越感,与所有富家子弟一样:

> 他们跟你我不一样。他们从小就拥有财富,而且坐享其成,但是这一点或多或少也影响了他们,造成了在我们态度强硬的

---

① Jackson R. Bryer, ed. *F. Scott Fitzgerald: The Critical Reception*, New York: Burt Franklin, 1978, p.272.

地方，他们却心肠软弱，在我们深信不疑的地方，他们却冷嘲热讽，从某种程度上说，你如果不是生来就很富有的话，这一点是非常难以理解的。在他们的内心深处，他们总认为他们比我们强，因为我们不得不为自己的生计去四处奔波，去寻找生活的补偿和避难所。即便他们深入到我们这个世界里来，或者沦落到比我们还不如的地步，他们也照样会认为他们比我们强。他们这些人就是不一样。

菲茨杰拉德在这篇小说中精心塑造的安森·亨特，是一个地地道道的伪君子，一个具有两面性格的人。在他身上，稳练刚强与自我放纵并存，柔情伤感与愤世嫉俗同在。在正式场合或有人在场时，他会表现得魅力十足，善解人意，矜持文雅；而在另一方面，他又粗鲁得连起码的礼貌都没有，对任何事情都毫不在乎，对寻欢作乐却津津乐道，满口下流笑话，常常烂醉如泥。现代思想和传统观念在他的头脑中交织、混杂在一起。他灵魂深处的空虚和他那特有的有钱人的优越感，使他指望女人们处处迎合他的自尊心和特权思想，而且"世上总有这样一些女人……像铁屑遇到磁铁那样顺应着他，帮助他表白自己，给他以某种许诺……她们会拿出她们最灿烂、最鲜嫩、最珍贵的时光来培育和呵护他珍藏在心底里的那种优越感吧。"正如菲茨杰拉德在小说的开头所描述的那样："每当我听到有人标榜自己是一个'平凡、诚实、开朗的人'的时候，我就会非常自信地认为，此人身上肯定有某种确凿无疑的、说不定还是特别吓人的反常之处，这一点他自己也心知肚明，因而想把它隐藏起来。"通过对安森的性格、行为以及心态的刻画，菲茨杰拉德以犀利的笔锋揭破了上流社会温文尔雅的面纱，把他们空虚的本质和腐朽的生活方式暴露无遗地展现在读者面前。小说戛然而止的零度结尾，更是增添了故事的郁闷气氛，给读者留下了思索的空间。

《阔少爷》的创作完成于法国，在菲茨杰拉德等待《了不起的盖茨比》出版之际。小说写成之后，菲茨杰拉德将清样寄给了他的好友路德罗·福勒（Ludlow Fowler，1897—1961），请他提出修改意见。福勒是菲茨杰拉德在普林斯顿大学时的同学，出身豪门贵族，与菲茨杰拉德关系一直较好，并在他与泽尔达的婚礼上担任过他的男傧相，小说中的主人公安森·亨特，就是以他的经历为创作原型的。菲茨杰拉德在写给他的信中说："我创作了一篇五万字的描写你的小说，篇名为《阔少爷》。小说写得很含蓄，除了你我以及另外两个与此有牵连的姑娘之外，谁也看不出写的就是你，除非你自己把它说出去。不过，小说大部分内容是以你的人生经历为原型，经过加工、提炼、简化之后写成的。其中也有不少地方是我凭想象虚构出来的。小说写得直言不讳，措辞严厉，观点鲜明，但也不乏同情之心。我相信，你会喜欢这篇小说的。这是我到目前为止写得最好的一篇短篇小说。"[1]福勒阅后对这篇作品提出了不少中肯的意见。菲茨杰拉德又重新作了大量修改、润饰，最后才付梓出版。美国小说家林·拉登纳（Ring Lardner，1855—1933）尤其欣赏这篇小说，曾竭力建议菲茨杰拉德进一步扩充内容，将其改写为长篇小说。

---

[1] Matthew J. Bruccoli and Margaret M. Duggan, ed. *Correspondence of F. Scott Fitzgerald*, New York: Random House, 1980, p.152.

菲茨杰拉德在《阔少爷》中对富人的描写、界定，以及关于富人"与你我不一样"的论述，在美国文学界引起过不小震动，曾被别的作家广为引用，成为当时的一个时髦话题。当然，其中也不乏纯属断章取义的错误引用，那是因为引用者未能完全领会和把握菲茨杰拉德在这篇小说中所着意表达的主题思想和创作意图。最为明显的例证是，海明威在其短篇名作《乞力马扎罗的雪》中，对他的这位私交好友和文坛对手进行了颇有贬损意味的错误引用。他的这一做法在一定程度上损害了菲茨杰拉德的个人形象，也损伤了这两位大文豪之间的个人感情。但是，海明威在他晚年所作的《流动的盛宴》一书中，终于修正了自己的看法，说："他写出了一篇很出色的小说《阔少爷》。我相信，他还能写出比这更好的作品。后来的情况也正是如此。"[1]《阔少爷》自出版以来一直备受好评，是菲茨杰拉德作品中被各类选集和教科书收录次数最多的短篇小说之一。

《冬之春梦》可谓《了不起的盖茨比》的序曲或浓缩版，也是菲茨杰拉德最优秀的短篇小说之一。在这篇作品里，菲茨杰拉德第一次充分表现了他在创作中一直努力追寻的主题思想。小说以凄怆的笔调描绘了被金钱和物欲所扭曲的爱情和婚姻，表现了"一战"后美国年轻的一代对"美国梦"的幻灭所流露出的失落和悲哀。小说意味蕴藉，感情丰富，运思机巧，时而激越奔放，时而幽怨缠绵，字里行间渗透着悽恻忧伤的涓涓细流，令读者不得不紧张地跟随作者一起去感叹那如梦的人生，去体验和参悟这纷扰的世界。小说在谋篇布

---

[1] Ernest Hemingway, *A Moveable Feast*, New York: Scribners, 1964, p.183.

局、叙事方法和艺术表现风格上，也与《了不起的盖茨比》存在着密切的联系。菲茨杰拉德曾经在写给麦克斯威尔·帕金斯的信中，称这篇小说"是《了不起的盖茨比》创作构想的初稿"。[①] 因此，在正式创作《了不起的盖茨比》时，《冬之春梦》中的若干片断和主要思想便被融入在这部长篇小说中，如德克斯特对朱迪的复杂情感，他对朱迪家的住宅所表现出的态度，与《了不起的盖茨比》中盖茨比对黛西的一往情深，以及他对黛西·布坎南家的别墅所产生的心理反应，可谓异曲同工、一脉相承。《冬之春梦》代表着菲茨杰拉德在短篇小说创作上所取得的显著成就。它与菲茨杰拉德的其他名篇佳作一起，构成了菲茨杰拉德在美国二十世纪文学史上竖起的一座不朽的丰碑。

《宝宝聚会》是一则荒唐可笑，却又发人深省的幽默故事。在为两岁男童比利举办的生日聚会上，两岁半的女童伊德抢走了比利心爱的泰迪熊，并两次把他推倒在地，第一次纯属意外，第二次则是故意所为。伊德的母亲爱迪丝居然无所顾忌地跟着女儿哈哈大笑起来，惹恼了比利的母亲马基太太，两个女人因此互相谩骂起来，两家的丈夫也随之怒不可遏，大打出手，整个聚会不欢而散。小说以凝重的笔调生动反映了那个动荡不安的年代人们焦躁不安的心态。

《赦罪》描写的是一个名叫鲁道夫·米勒的少年与一个名叫施瓦茨的神父之间，在道德准则、宗教信仰和对美好事物的追求上所发生的激烈冲突。鲁道夫·米勒在一次忏悔仪式中撒了谎，而且十分害怕

[①] Matthew J. Bruccoli, ed. *F. Scott Fitzgerald: A Life in Letters*, New York: Charles Scribner's Sons, 1994, p.121.

参加圣餐。他父亲知道后，便强迫他再去教堂做忏悔。第二次忏悔时，他避重就轻，并决定不说出上次撒谎的事来。然而他幼小的心灵在强大的宗教力量面前又感到惶恐不安。他去了施瓦茨神父主持的忏悔室，很想一吐为快，放下思想包袱。然而他又担心自己会罪上加罪，落入亵渎神灵的罪恶深渊。他所做的忏悔使施瓦茨神父大为恼怒，而施瓦茨神父的话语却又使他既感到诚恐诚惶，又感到特别怪诞别扭。可是，在惊恐之余，他又觉得自己内心深处的一些想法被得到了证实："在这个世界上，还有一些妙不可言的美好的东西，而这些东西是与上帝毫无相干的。"

《赦罪》与《了不起的盖茨比》之间有着千丝万缕的联系，少年鲁道夫会使人情不自禁地联想到盖茨比的童年。菲茨杰拉德在写给帕金斯的信中，曾把《赦罪》比作是"《了不起的盖茨比》的序言或引子"，[1] 并说他"原打算把《赦罪》用作对盖茨比早年生活的描写。但是，为了保持小说的神秘感，后来又决定删减了这个部分"。[2] 根据他的这些陈述，以及这两部作品之间的相通之处，我们可以看出，《赦罪》中的少年鲁道夫便是盖茨比的童年杰米·盖茨的形象再现，两人的共同之处是，都对未来抱有十分浪漫的幻想。《赦罪》是菲茨杰拉德较为出色的一篇短篇小说。它从另一个侧面或从一个新的视角，反映了年轻的一代人对自己的生活准则的信心和对传统习俗的反叛态度。

---

[1] Matthew J. Bruccoli, ed. *F. Scott Fitzgerald: A Life in Letters*, New York: Charles Scribner's Sons, 1994, p.72.
[2] *Ibid*, p.509.

《拉格斯·马丁-琼斯和威尔士王子》是一则颇有喜剧色彩的幽默故事,内容和情节都与《近海海盗》非常接近。小说以浪漫的文笔描写了现代女性对美好生活大胆而又热烈的追求。菲茨杰拉德曾在写给帕金斯的信中,称这篇小说是"离奇而又精彩的爵士乐时代的浪漫故事"。①

《读心人》描写的是一个濒临破裂的家庭,如何在一名心理医生的开导、调教下,最终过上夫妻恩爱、幸福美满的生活的故事。小说中所塑造的女主人公卢艾拉·亨珀,是一位具有现代意识的女性,她向往新的生活,追求独立的人格,但她最终还是成了生儿育女、相夫教子,遵从传统道德准则的女性。小说反映了作者对处于新旧交替的转型期时代人们的爱情观和婚姻观的严峻审视。

《热血与冷血》描写了一个为人慷慨、乐善好施的"热血"丈夫与他势利的"冷血"妻子之间的矛盾冲突。小说以细腻、幽默的文笔讽刺了人心不古、世风日下的美国社会的现状和人们的心态。

《明智之举》是一则富有哲理、感人至深的爱情故事。如同菲茨杰拉德的众多其他作品一样,这篇故事也带有明显的传记性质。然而这篇小说中的主人公乔治,却与盖茨比截然不同,他坦然接受了严峻的现实,"过去的就让它过去吧……世界上有各种各样的爱,但是决不会有两次一模一样的爱。"菲茨杰拉德曾对帕金斯说:"《明智之举》所描写的就是泽尔达和我的切身经历。一切都是真实的。"②

---

① Matthew J. Bruccoli, ed. *F. Scott Fitzgerald: A Life in Letters*, New York: Charles Scribner's Sons, 1994, p.121.
② Ibid, p.113.

小说以细腻、生动的笔调，如泣如诉地描绘了这对文学夫妇的爱情与婚姻，真实记录了作者对自己的奇特婚姻的反思，因而在一定程度上为我们解读菲茨杰拉德的生平和作品提供了可资借鉴的线索和注解。

《格雷琴的四十次眨眼》描写在竞争激烈的商品经济大潮中，人们为发财致富而奋力拼搏的高度紧张的生活状态。小说中的罗杰·霍尔西是一个典型的拼命工作的实干家，而他年轻貌美的妻子格雷琴则在百无聊赖之下，与"生活的楷模""善于劳逸结合"的室内装潢师乔治·汤普金斯频频外出幽会。罗杰为了不让妻子在最后的关键时刻干扰他捞到的一个千载难逢的发财机遇，甚至不惜偷偷在妻子的咖啡里下蒙汗药。小说以诙谐、幽默的文笔向读者展现了一幅"爵士乐时代"的世像百态图。

在这部小说选集中，菲茨杰拉德以一个职业作家敏锐的艺术知觉力和娴熟的写作技艺，如实记录了那个特定历史时期年轻的一代人的苦闷、彷徨、失望、感伤和焦躁不安的心态，真实再现了美国经济"繁荣时期"混乱无序的社会图景，深刻揭露和批判了金钱和财富对爱情观、婚姻观、幸福观，以及对人的个性本质所产生的腐蚀、扭曲作用。通过这些脍炙人口的名篇佳作，我们可以看到，作者的思想更加深沉，风格更加凝重，对社会、对人生的观察和思考更趋稳练、透彻。这些作品早已超越了时空界限，为后来的读者去了解历史、感悟现实、体味人生，提供了极有价值的资料。这也是这部小说集的篇名，其中的许多精彩片断，以及那些富有艺术魅力的词语和文句，常被后来人反复引用的原因所在。

三

　　美国小说家、美国历史上第一位诺贝尔文学奖得主辛克莱·刘易斯早在上世纪二十年代初就曾预言："菲茨杰拉德将会成为一位能与欧洲任何一位年轻作家相媲美的小说家。"[1] 菲茨杰拉德的创作艺术和文学活动，从某种意义上说，如同古代传说中的长生鸟，是在不断重复自己，不断深化、升华自我的过程中循环不已，获得永生的。他的创作源泉就是他自己的切身经历和感受。他以一个严肃作家所特有的敏锐眼力仔细观察、详细记录了他的家庭和他的友人们的生活，经过艺术提炼后，写进了他的作品中。他的每一部作品几乎都是他拔高了的自传。他大胆、新颖的写作方法，独特的观察问题的视角，包括那些极有特色的反映年轻一代精神经历的对话方式和内心独白，一经固定，就成了他风格化了模式。他经过精心设计、反复修磨而写出的那些清新、流畅的词语和文句，一经问世，便广为流传，成为美国文化和美国语言中不可分割的组成部分。在美国传统的文化形态正在向现代模式过渡转型的这一特定历史时期中，尽管他和他同时代的作家们一样，对传统的否定偏激到了极点，对价值取向的选择也随意到了极点，但他仍然是社会的人，不可避免地受到现代化的生活方式和现代化的道德意识的裹挟和冲击。他多次坦诚地剖析过这一点："我过去一直生活在我所描写的生活场景中。我笔下的人物都是司各特·菲

---

[1] Frances Fitzgerald Lanahan, "*Introduction*" to *Six Tales of the Jazz Age*, New York, Harper Collins, 1960, p.5.

茨杰拉德式的人物。甚至连女主人公也是被女性化了的菲茨杰拉德。的确，作为作家，我们必须不断重复自己——这是不言而喻的事实。在我们的生活中，总会有两三次惊心动魄、感人至深的经历……无论是二十年前或是在昨天发生的事情，我都必须满怀激情地去描写它，记录它——写出离我最为贴近，而我也能深刻理解的每一个重要事件。"[1]

作为"菲茨杰拉德复兴"的延续，近年来，人们已经重新开始审视和研究他的短篇小说。美国文学评论家布莱恩·曼根的专著《再谈财富——论金钱在菲茨杰拉德短篇小说创作艺术中的作用》（*A Fortune Yet：Money in the Art of Fitzgerald's Short Stories*，1991），详细分析了短篇小说创作在菲茨杰拉德的文学生涯中所起的不可忽视的重要作用，认为菲茨杰拉德既是一位文学艺术家，又是一位职业小说家。短篇小说的创作既为他创造了一片艺术"练兵场"，使他得以藉此磨笔练艺，又为他提供了重要的生活来源，使他不必为维持生计而犯愁。美国南卡罗来纳大学教授布鲁柯利在其编撰的《菲茨杰拉德论创作》（*F. Scott Fitzgerald on Authorship*，1996）一书中，也表述了同样的观点，认为在短篇小说创作上，菲茨杰拉德既是一个有商业意识的小说家，也是一个有职业道德操守的文学艺术家。尤其是美国文学评论家杰克逊·布莱尔编撰的两部专著：《用新文学批评方法看菲茨杰拉德短篇小说》（*The Short Stories of F. Scott Fitzgerald：New Approaches in Criticism*，1982）和《菲茨杰拉德被忽视的短篇小说新

---

[1] Arthur Mizener, ed. *F. Scott Fitzgerald*, *Afternoon of an Author*, New York: Scribners, 1958, p.132.

论》(New Essays on F. Scott Fitzgerald's Neglected Stories, 1996), 为研究菲茨杰拉德的短篇小说提供了新的视野和思路。

诚如菲茨杰拉德本人和不少评论家所说的那样，他的短篇小说远不及他的长篇小说那样深刻，那样富有强烈的艺术感染力。菲茨杰拉德在其创作生涯里的确曾写过一些技艺娴熟、但内容肤浅的短篇小说，他甚至常把一些原打算用在长篇小说里的精彩片断有意截留下来，写成短篇小说，以便及时发表，获得较快捷的稿费。在今天的文化语境下来看，他当年的这种"以文养文"的做法也是无可厚非的。从"职业创作观"(Profession-of-Authorship Approach)来看，职业作家倘若果真以创作为业，他们当然得为钱而写作，这是生活所使然，而合理的稿酬收入则又能使作家得以继续源源不断地写下去。即使作家另有经济来源而不必依赖稿酬维持生计，他们获得的稿费仍有助于保障他们的创作活动。此外，严肃的小说家大都心系时代、社会和读者，具有强烈的使命感和良好的职业道德，不至于只顾赚钱而不顾质量地肆意践踏自己的才华或损毁自己的声誉。因此，菲茨杰拉德的这类即便"并不太出色"短篇小说，甚至包括他早期的练笔习艺之作，也大都写得结构严谨，文笔舒展，跃动着时代的节奏和智慧的光芒，字里行间常常充满诗情画意，能给人以美的享受。

纵观菲茨杰拉德的文学创作生涯，有一个非常有趣的奇特现象，颇值得我们关注和研究：他的每一部长篇小说出版之后不久，都会有一部短篇小说集紧随其后出版，这在他同时代的作家群体中是绝无仅有的。作为一位有着极高的文学天赋和创作激情的严肃的文学艺术家，菲茨杰拉德在他的短篇小说的创作上也是严肃认真、追求完美的，常常"像奴隶一样对每一个词都进行艰苦、细致的反复推敲"，以求能有所创新，有所突破。他的短篇小说与他的长篇小说互为依托，交相辉映，是对他的长篇小说的有力补充和可靠注解，也是他那个时代的精神风貌和他本人的创作足迹的真实反映。因此，他也是二十世纪美国文学史上一位重要的短篇小说家。

何绍斌